KB128370

ROYAL ROADER

로열로더 6

초판 1쇄 인쇄일 2015년 3월 21일 ㅣ **초판 1쇄 발행일** 2015년 3월 24일

지은이 이희호 ㅣ **펴낸이** 곽중열 ㅣ **담당편집 팀장** 이범수
편집부 신연제 이윤아 김호성 김은경

펴낸곳 (주)조은세상 ㅣ **출판등록** 제 2002-23호
주소 경기도 연천군 미산면 청정로 1355
TEL 편집부 02)587-2966 ㅣ FAX 02)587-2922
e-mail bukdu@comics21c.co.kr

ⓒ이희호 2014
ISBN 979-11-5512-992-0 ㅣ ISBN 979-11-5512-809-1(set) ㅣ 값 8,000원

ROYAL ROADER

이희호 장편소설

퓨전판타지 장편소설
NEO FUSION FANTASY STORY

로열로더

6

북두
(도)조은세상

CONTENTS

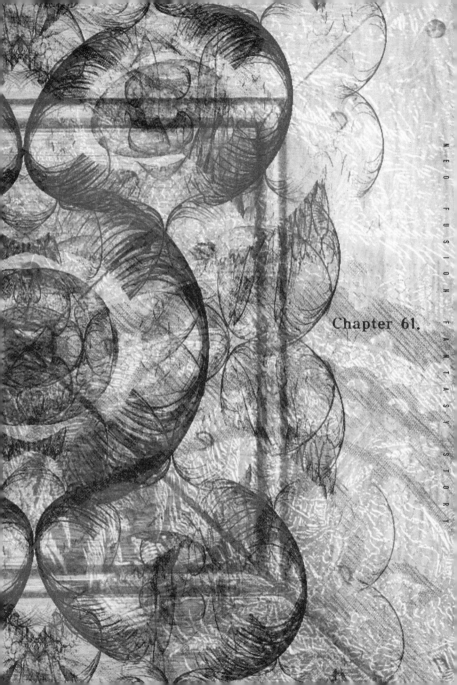

Chapter 61.

I

제국과의 전선에 나가 있던 국왕군은 몰래 퇴각해 수도 크라티아 인근에 모인 상태였다. 추운 날씨와 지면을 뒤덮은 눈으로 제국군이 몸을 움츠린 틈을 잘 이용했다. 그들은 크라티아에 모여 보급을 받고 두 개의 군으로 재편되었다.

동군과 서군이었다.

군의 이름에서 알 수 있듯, 각각 동쪽과 서쪽으로 진군하며 귀족회의 측 영지를 토벌할 병력이었다.

제닌이 막대한 양의 보급품을 팔아준 덕분에 보급은 넉넉했고, 오래간만에 배불리 먹은 탓에 병사들의 얼굴에는 화색이 돌았다. 그뿐만 아니라 지휘관급 인물에게는 수천 골드 이상의 가치를 지닌 장비들이 수여되기까지 했다.

"우와아아! 이런 장비를 하사하시다니!"

"국왕 폐하 만세!"

보급품도 장비도 제닌의 주머니에서 나온 것이지만, 칭송은 국왕이 받았다.

물론 제닌이 알았어도 배가 아프거나 할 일은 없을 것이다. 그 이상의 대가를 받아낼 생각이었기 때문이다.

사기가 하늘을 찌를 듯 높아진 병사들이 기치를 앞세우며 진격을 시작했다.

크라티아를 나와 동서로 갈라진 병력은 가까운 귀족회의 측 영지부터 차례로 토벌했다.

넉넉한 식량과 질 좋은 장비, 거기에 몬스터 고기라는 비장의 무기까지 지닌 국왕군의 행보는 그야말로 거침없었다. 솔직히 몬스터 고기는 사용할 기회조차 없었다.

십만에 가까운 대군은 영지 하나가 상대하기에는 충분하다 못해 과할 정도였다. 그 덕분에 고기를 제공할 몬스터들은 특수한 철창 안에 갇힌 채 끌려다닐 뿐이었다.

하나, 둘, 셋…….

성난 파도처럼 들이치는 국왕군 병력에 귀족회의의 영지는 그야말로 모래성처럼 쓸려나가기 시작했다.

계속해서 영지가 함락당하자 발등에 불이 떨어진 귀족회의 귀족들은 급하게 병력을 모아 후방으로 향했다. 자신의 영지에 웅크려 있다가 각개격파 당하느니 제대로 일전이라도 벌이겠다는 의도였다.

국왕군은 도망치는 귀족들을 굳이 추격하지 않았다. 그들로서도 적이 한군데로 모이면 좋았다. 번거롭게 작은 전투를 여러 번 하느니, 한 방에 정리해버리는 것이 편했던 것이다. 물론 승리에 대한 확신이 있기에 취한 작전이었다.

크라인 왕국의 동부와 서부의 끝자락에서 대규모 회전이 벌어졌다. 공교롭게도 같은 날이었다.

하늘을 찌를 듯한 사기로 무장한 국왕군은 거칠게 돌격했고, 이미 사기가 꺾여버린 귀족회의 측 병사들은 겁에 질린 얼굴로 다가오는 국왕군을 맞이했다.

몸도, 장비도 부실한데다가 사기까지 바닥을 기었으니 애초부터 싸움이 될 리 없었다.

귀족회의 측 병력은 허무하게 진열이 무너져내렸고, 순식간에 괴멸할 위기에 처했다.

이변이 생긴 것은 일단의 무리가 전장에 뛰어들면서부터였다. 규모는 수백 명 정도로 만 단위 이상이 맞붙는 회전에 영향을 주기에는 미미한 수준이었다.

또한, 행색은 추레했고, 몰골은 엉망이었다. 척 보기에도 어디서 유랑 걸식하던 유민들로 보였다.

그들은 변변한 무기조차 들지 않은 채 살육의 현장으로 달려들었다. 그리고 변화를 일으켰다.

후웅!

손짓 한 번에 사람이 날아갔다. 비유가 아닌, 눈에 보이는 그대로를 나타낸 말이었다.

유민의 손에 얻어맞은 병사는 수 미터를 날아가 뒤따르던 왕국군과 엉켜 바닥을 뒹굴었다. 그리고 다시 일어나지 못했다. 육안으로 보일 정도로 함몰된 가슴이 원인이었다.

"무슨 힘이!"

승리감에 도취해 있던 왕국군 병사들이 주춤거리며 물러났다. 아군을 날려버린 유민에게서 무언가 이상함을 느낀 탓이었다.

핏빛으로 물든 눈과 입가에 묻은 하얀 거품, 그리고 나무인형처럼 부자연스러운 움직임까지.

정상적인 인간으로 보기에는 아무리 봐도 이상했다.

"저, 저것들 뭐야?"

외치는 병사의 눈에서는 당황스러움과 두려움이 동시에 느껴졌다.

문제는 그러는 도중에도 난입한 유민들이 계속해서 병사들을 날려 버리며 피해를 늘려나간다는 점에 있었다.

그냥 두어서는 안 되겠다 싶었는지, 기사들이 말을 몰고 달려왔다. 그들은 돌진하는 속도를 이용해 랜스 차징을 시도했다.

콰앙!

히이이이잉!

달려든 기사는 말과 함께 날아갔다. 뒤따르던 다른 기사 역시 처음의 기사와 마찬가지의 운명을 맞았다.

"대체 어디서 저런 괴물이……."

"설마!"

말과 함께 날아가는 기사들의 모습에 국왕군 수뇌부의 눈빛이 달라졌다.

휘하 기사들에게 눈짓을 보내자 고위기사 중 일부가 지휘부 막사 뒤에 마련된 비밀 막사로 들어갔다.

그들이 다시 나왔을 때에는 입가에 핏물을 묻힌 채였다. 상황이 급하게 돌아가자 끌고 온 몬스터의 고기를 생으로 뜯어 먹고 나온 모습이었다.

"우와아아아아아!"

몬스터 고기를 섭취한 기사들은 이상한 유민들과 맞서 싸웠다. 그러나 채 몇 합을 겨루기도 전에 부상자가 속출했다.

"크아악!"

"끄아아아악!"

처절한 비명과 함께 고위기사들은 팔다리가 부러져 날아갔다. 유민들의 힘이 몬스터 고기를 섭취한 그들보다 훨씬 강했기에 일어난 일이었다.

"아니, 어떻게 이런 일이!"

수뇌부의 눈동자에 경악이란 감정이 떠올랐고, 그들이 전전긍긍하는 사이, 전세는 다시 뒤집혀 버렸다.

"후, 후퇴하라!"

국왕군은 승리를 확신했던 대회전에서 패배했다. 그것도 막대한 사상자를 동반한 패배였다. 사상자는 대부분 후퇴할 때 발생했다. 유민들은 악착같이 쫓아와 피해를 늘려갔으나, 결정적인 것은 그 뒤에 일어났다.

어느 순간 유민들이 미친 듯이 떨기 시작하더니 처절한 비명을 내질렀다. 그리고 피부가 조각조각 떨어져 내리며 새로운 생명체로 변화했다.

몬스터였다.

괴력을 발휘하다가 몬스터로 변신하는 사람.

그들의 등장은 크라인 왕국의 내전을 다른 국면으로 빠져들게 했다.

Ⅱ

번쩍.

눈앞에서 무언가가 반짝인다 싶은 순간, 온몸 곳곳에서 불쾌한 소리가 일어났다. 날카로운 물체가 육체를 꿰뚫는 소리였다. 베르헨 백작은 순간 그 날카로운 물체가 적이 생성했던 빛이라는 것을 깨달을 수 있었다.

하지만 생각은 그리 오래 이어지지 않았다. 머릿속을 하얗게 불태우는 것 같은 통증이 그의 정신을 잠식했기 때문이다.

점차 의식이 흐려져 갔다.

'괴, 괴물······.'

베르헨 백작의 마지막 생각이었다.

푸푸푸푸푸푹.

사방에서 소리가 들려왔다.

그리고 둥근 원을 그리며 붉은 땅이 영역을 넓혀갔다.

그 모든 광경은 주변에 늘어서 있던 병사들의 눈에도 고스란히 전해졌다.

"우, 우욱!"

헛구역질하는 자부터 두 눈을 질끈 감고 시선을 회피하는 자까지, 다양한 반응들이 이어졌다.

물론 공통점은 있었다.

바로 두려움이다.

무려 백여 명이었다. 그것도 최소한 기사급 이상의 무력을 갖춘 실력자들이었다. 병사들로서는 꿈도 꾸지 못할 정도의 실력을 지닌 이들이 몰살당했다. 그것도 단 한 순간에.

병사들은 떨리는 몸을 주체하지 못했다.

"괴, 괴물이야······."

"검의 지배자……. 소드 룰러야……."

"우린 이제… 다 죽었어……."

병사들의 얼굴에 절망감이 떠오를 때, 제닌은 가볍게 머리를 내젓는 중이었다.

'쯧! 이거, 머리가 띵한데?'

순식간에 마력이 바닥난 탓이었다.

'하긴, 마력을 있는 대로 때려 부었으니…….'

원인은 제닌 자신에게 있었다.

압도적인 강함을 보여주기 위한 일종의 퍼포먼스였다.

효과는 탁월했다. 두려움에 질린 얼굴로 차마 눈도 마주치지 못하는 병사들의 모습이 그 증거였다.

무려 팔만의 대군이었다.

그런 그들을 굳이 몰살할 필요는 없었고, 제닌에게 그럴 만한 능력 또한 없었다.

'처음부터 이걸 노리고 무리한 거니까.'

몸 상태가 적당히 돌아오자 제닌은 살짝 고도를 높였다. 그리고 입을 열었다.

"더 해볼 사람?"

처음과 같은 장난기 어린 말투였건만, 누구도 그것을 장난처럼 듣지 못했다. 말투가 장난스럽다고 실력까지 장난스러운 것은 절대로 아니었다.

상대는 이미 압도적인 실력으로 수뇌부를 학살해버린

자. 눈앞의 참상은 그런 장난기 속에 피와 광기가 담겨 있음을 병사들에게 일깨워 주었다.

또한, 제닌의 입가에 피어오른 미소는 수만 명쯤은 얼마든지 상대할 수 있다는 자신감이 묻어났다. 적어도 병사들의 눈에는 그렇게 보였다.

"뭣들 하는 건가! 저자는 적이다! 조금 전의 일을 못 보았단 말이냐? 저자는 우리 역시 죽일 생각이다!"

병사들 사이에 섞인 지휘관이 목청을 높였다.

수뇌부가 아닌, 직접 병사들을 이끄는 역할이었기에 화를 면한 인물이었다.

제닌은 목소리가 들려온 쪽으로 슬쩍 고개를 돌렸다.

"정말 그렇게 만들어 줄까?"

여전히 장난스러운 말과 함께 제닌은 검지를 까딱였다.

번쩍!

섬광처럼 뻗어 나간 빛줄기가 목청을 높였던 지휘관의 몸을 꿰뚫었다.

크아아아아악!

지휘관은 다시 한 번 목청을 자랑했다. 그리고 풀썩 쓰러져 다시 일어나지 못했다.

"또 헛소리 지껄여 볼 사람?"

제닌은 여전히 비릿한 미소를 머금은 채 물었다. 그것은 모두의 가슴속에 자리 잡은 공포가 한층 진해지는 결과를 낳았다.

순간 사위는 고요해 졌다.

모두 몸을 움찔거리며 옆 사람의 눈치를 살폈다.

마음은 이미 항복을 외치고 있었지만, 먼저 앞으로 나설 용기가 없었다. 그들은 제발 누군가가 먼저 나서주길 간절히 바랐다.

악마가 손을 쓰기 전에.

죽음의 빛이 자신을 향하기 전에.

병사들의 모습은 마치 잔뜩 균열이 일어난 둑과 같았다. 이미 무너질 준비를 모두 마친 채, 사소한 계기를 기다리고 있는 둑이었다.

꿀꺽.

마른 침을 꿀깍이며 눈치를 살피던 도중, 누군가가 손에 든 무기를 바닥에 떨어뜨렸다.

쨍강!

날카로운 금속성은 사방이 고요한 틈을 타 모든 병사의 귓가에 전해졌다.

"하, 항복하겠습니다."

균열 하나가 툭 갈라지며 물을 쏟아냈다. 그리고 그것은 순식간에 번져 사방으로 확대되었다.

쨍강!

쩔그렁!

"항복! 항복입니다!"

"제발 살려주십시오!"

"고향으로 돌아가고 싶습니다!"

"어머니가 보고 싶어요!"

무기를 버린 병사들은 바닥에 엎드려 목숨을 구걸했다.

팔만 병력이 일제히 엎드린 모습은 제법 장관을 이루었다. 그것을 위에서 내려다보던 제닌은 마치 자신이 대단한 존재가 된 듯한 기분을 느꼈다.

'이런 것도 나쁘지는 않은데?

제닌은 진한 웃음을 머금은 얼굴로 다시 입을 열었다.

"저것들 잘 치우고, 일단 천 명만 따라오도록."

'천 명?

병사들의 머릿속에 의문이 떠올랐다.

"수뇌부가 다 죽었으니, 누군가는 그 역할을 맡아야 하지 않겠나?"

이어진 제닌의 목소리는 병사들의 머릿속에 선명하게 각인되었다.

신분상승.

그들의 머릿속에 제닌은 이미 황제와 같은 절대자였다. 그리고 여기서 그를 따라간다면 그의 힘을 나눠 받아 다른 병사들의 위에 설 수 있었다.

물론 몰살한 수뇌부의 꼴을 보았기에 다소 꺼려지기는 했으나, 어디에나 계산이 빠른 자는 있기 마련이었다.

"제, 제가 가겠습니다!"

항복과 마찬가지로 이 역시 누군가가 물꼬를 텄다. 그러자 손을 들고 앞으로 나서는 이들이 기하급수적으로 늘어났다.

"저도 따라가고 싶습니다!"

"거두어 주십시오! 충성을 다하겠습니다!"

순식간에 수천 명이 손을 들고 나섰다.

그중에는 자청해 휘하로 들겠다는 이들도 있었다.

물론 제닌은 그들을 다시 제국으로 돌려보낼 생각이었지만, 병사들이 그의 머릿속을 알 리 없었다.

- 띠링!

[군중제압 스킬을 획득하였습니다.]

'군중제압? 이건 또 뭐야?'

[군중제압]

- 압도적인 무력과 분위기로 군중의 감정을 흔들어 사용자에게 두려움을 느끼게 합니다.

'호오!'

제닌은 흥미롭다는 표정으로 눈앞의 메시지를 바라보았다.

'이런 건 당연히 받아들여야겠지.'

제닌의 입장에서는 반드시 필요한 스킬이기도 했다.

앞으로 지금과 같은 대규모 전투가 또 언제 벌어질지 몰랐다. 게다가 앞으로 수많은 이들을 다스릴 때를 위해서라도 이런 스킬 하나쯤은 필요했다.

"나머지는 요새 경계선 밖으로 물러나 있도록. 허락 없이 넘어오거나, 밀밭에 손대는 놈들은 저것과 같이 만들어주지."

이미 제닌에 대한 두려움이 가득한 병사들이었기에, 팔만의 병력 모두가 제닌의 말에 순순히 따랐다.

고작 혼자서 팔만이 넘는 대병력을 좌지우지한다는 것은 솔직히 말이 되지 않았다. 그러나 제닌은 실제로 해냈다.

수뇌부를 한꺼번에 몰살시킨 영향이 컸다. 병력을 지휘할 머리를 잘라냈다는 의미였다.

대게 병사들은 수동적일 수밖에 없었다. 혹독한 훈련과 세뇌에 가까운 정신교육으로 생각을 거세했기 때문이다.

피와 광기가 난무한 전장에서 지휘관의 지시에 따라 병사들을 움직이게 하려면 생각은 없는 게 좋았다. 그보다는 몸에 익은 동작대로 움직이는 것이 훨씬 나았다.

이런 이유로 병사는 단순한 부품의 역할을 하도록 만들어졌다. 그런데 지금과 같은 상황에서는 그것이 오히려 역효과를 가져왔다. 명령을 내릴 머리가 사라지자 부품에 불과한 이들은 할 수 있는 일이 없었던 것이다.

"아 참! 그러고 보니 깜빡했네. 천인장 이상은 날 따라오도록."

몇 명이 움찔거리는 모습이 제닌의 눈에 들어왔다.

"어이, 거기. 그렇게 똥 씹은 얼굴 하지 말고 좋은 말로 할 때 그냥 나오지? 저기 눕고 싶으면 계속 있든가."

제닌은 말과 함께 수뇌부들이 있던 자리를 가리켰다.

움찔거리던 천인장들은 하얗게 질린 채 앞으로 나섰다. 마치 도살장에 끌려가는 가축과 같은 표정이었다.

팔만이나 되는 규모 탓에 병사들 사이에 섞여 있던 천인장 이상의 지휘관만 해도 백여 명에 달했다.

제닌은 병력이 경계선 밖으로 물러난 것을 확인한 뒤, 적당히 추린 천 명을 데리고 라테스로 돌아갔다.

이번에 지원한 천 명은 훈련소는 물론 훈련던전까지 이수시킬 생각이었다.

일종의 특혜였지만 그만한 의미가 있었다.

힘을 얻은 그들은 다시 돌아가 팔만 병력을 이끄는 수뇌부가 될 것이다. 그리고 그들은 웬만해서는 제닌이 내린 지시를 거부하기 어려울 것이다. 그들이 얻은 힘의 원천이 바로 제닌이었기 때문이다.

"엇! 이건 뭐지?"

호기심 어린 음성이 새어 나왔다.

두터운 로브를 둘러쓰고, 후드를 깊이 눌러쓴 호리호리한 체구의 인물이었다.

인물의 앞에는 높다란 성벽이 놓여 있었다.

"이게 그… 성벽이라는 건가?"

로브의 인물은 천천히 성벽 쪽으로 다가갔다.

"그런데 왜 문이 없지?"

성벽을 한 바퀴 둘러본 후 또다시 의문을 토해내는 인물. 그러던 도중 번쩍 고개를 들어 성벽 위를 바라보았다.

"아하! 그냥 넘어가면 되는구나!"

로브의 인물은 후드에 가려진 고개를 맹렬하게 끄덕이며 몸을 움츠렸다.

어쩐지 어리바리해 보이는 행동이었으나, 이어 보여주는 인물의 신체능력만큼은 대단했다.

탓!

단 한 번의 도약으로 성벽 위로 올라섰기 때문이다.

"으아아아! 오지 마! 살려줘!"

특이하게도 성벽 안쪽에는 또 하나의 성벽이 있었는데,

그 안에는 제법 넓은 공터가 있었다. 그리고 그 안에서는 몬스터와 인간의 쫓고 쫓기는 추격전이 한창이었다.

"아! 이 소리였구나!"

로브의 인물이 고개를 끄덕였다. 근처를 지나던 인물을 이곳으로 이끈 것이 바로 누군가의 비명이었기 때문이다.

"그런데 이상하네."

로브의 인물이 고개를 갸웃했다.

"왜 동족의 위험을 그냥 지켜보고만 있지?"

이해할 수 없다는 말투였다.

단순히 지켜보고만 있는 게 아니었다. 성벽 위의 인물 중에는 쫓기는 사람들을 향해 비웃음과 조롱이 담긴 소리를 내지르는 이들도 있었다.

"역시 언니 말대로 인간은 미개하다는 말이 맞았어! 정말 야만스러운 종족이야!"

로브 안의 몸이 부르르 떨렸다.

"아무리 미개하고 야만스러운 종족이지만……."

후드 안쪽의 시선이 쫓기는 사람들을 향했다.

"몬스터는 그보다 몇 배는 더 싫으니까."

말이 끝남과 동시에 인물의 몸이 점차 흐릿해지기 시작했다. 그리고 얼마 지나지 않아 완전히 사라졌다.

'빌어먹을! 개자식들!'

비트렌은 속으로 온갖 욕설을 내뱉으며 달렸다.

– 쿠워어어어어!

흉측한 외모를 가진 몬스터가 괴성을 내지르며 비트렌의 뒤를 쫓았다.

"빌어먹을! 이쪽으로 오지 말란 말이다! 이 괴물 놈아!"

그는 죄수였다.

제국군에게 협조하고, 같은 왕국민 탄압에 앞장섰던 죄로 이곳 요새로 옮겨져 몬스터를 유인하는 역할을 맡게 되었다.

'놈들에게 협조한 게 뭐가 그리 나쁘다고! 살려면 어쩔 수 없었다고! 너희도 나와 같은 상황이었다면 다 그랬을 것 아니야!'

속에서 울분이 치밀어 올랐으나, 비트렌은 그것을 꾹꾹 누르며 계속 달릴 수밖에 없었다.

숨이 턱까지 차올랐다. 가슴은 터질 듯 부풀어 올랐고, 발을 내디딜 때마다 다리가 후들거렸다.

그럼에도 속도를 늦출 수 없었다. 조금이라도 속도를 늦췄다가는 몸서리쳐질 정도로 끔찍한 상황이 찾아올 게 빤했다. 아무리 현실이 더럽고 화가 나도 그래도 사는 게 나았다.

비트렌은 달리는 자세 그대로 슬쩍 성벽 위를 올려다보았다. 성벽 위에 선 병사 하나가 팔을 빙글빙글 돌리는 모습에 그의 얼굴은 와락 일그러졌다.

'개 같은 놈들! 지금 다리 후들거리는 게 안 보이나?'

팔을 돌리는 행동은 비트렌에게 몬스터를 이끌고 성벽 안 공터를 한 바퀴 더 돌라는 의미였다.

비트렌으로서는 선택의 여지가 없었다. 가만히 있으면 뒤따라온 몬스터에게 잡아먹힐 터였으니, 어쩔 수 없이 다시 한 바퀴를 돌아야 했다.

사실 엄밀히 따지면 굳이 이렇게 몬스터를 유인할 필요는 없었다. 성벽은 각종 방어탑으로 도배되어 있었고, 성벽 위 병사들의 실력 또한 몬스터를 충분히 상대할 만큼 높았기 때문이다.

다만, 그럼에도 죄수들에게 몬스터 유인을 시키는 것은, 그들을 최대한 괴롭히라는 상부의 지시 때문이었다.

'빌어먹을! 죽인다! 죽인다! 다 죽여버리고 말 테다!'

비트렌이 붉게 충혈된 눈으로 복수를 다짐했다. 과연 그럴 기회가 있을지는 모르겠으나, 만약 온다면 온 힘을 다해 이곳에 있는 이들을 파멸시키기 위해 노력할 것이다.

"으아아아아아!"

비트렌이 악에 받친 고함을 질러가며 달려갈 때였다.

탓. 탓. 탓.

바닥을 차는 소리가 점차 가까워지더니 옷자락 날리는 소리가 그의 머리를 넘어갔다.

푹푹푹!

– 쿠웨에에에엑!

날카로운 물체가 뭔가를 관통하는 소리가 일어났고, 흉측한 몬스터의 괴성이 뒤를 이었다.

슬쩍 고개를 돌려 확인해 보니, 양쪽 어깨와 가슴 한복판에 구멍이 뚫린 몬스터가 서서히 무너져 내리고 있었다.

쿠웅!

미약한 땅 울림이 일어났다.

"뭐, 뭐지? 왜 갑자기……."

비트렌은 휙휙 소리가 날 정도로 고개를 돌려가며 주변을 살폈으나, 주변에는 아무것도 보이지 않았다. 성벽 위를 바라보니 병사들도 어리둥절한 표정을 지으며 쓰러진 몬스터를 바라볼 따름이었다.

'대체 뭐가…….'

비트렌의 얼굴에 진한 의문이 떠오를 때, 그는 강력한 힘이 자신의 뒷덜미를 잡아채는 것을 느꼈다.

"흐엇!"

비트렌의 입에서 놀란 목소리가 터져 나왔을 때, 땅바닥이 훌쩍 멀어졌다. 아득한 높이까지 떠오르자 공포감이 밀려왔으나, 곧바로 안정적으로 고정되었다.

'여, 여긴……. 성벽 위?'

고개를 돌려 보자 당황한 표정으로 우왕좌왕하는 병사들의 얼굴이 눈에 들어왔다.

"침입자다! 보이지 않는 침입자야!"

"침입자 죄수를 빼돌렸다!"

"헛! 마력핵! 마력핵도 사라졌다!"

성벽 위에 있던 병사들이 고래고래 소리쳤다.

그러나 그때는 비트렌과 그의 뒷덜미를 잡은 보이지 않는 침입자가 이미 내부 성벽 위에 올라와 있던 때였다.

비트렌은 다시금 땅바닥이 훌쩍 멀어지는 것을 느꼈고, 다시 가까워지는 것을 느꼈다.

'외, 외성? 설마 밖으로 나가는 거야?'

정신이 어지러웠으나, 그런 와중에도 그의 얼굴에는 기쁜 기색이 어려 있었다.

어떻게 된 일인지는 몰라도 악몽과도 같은 요새를 벗어나고 있다는 것만큼은 사실이었기 때문이다.

외부 성벽에 도달한 침입자는 15미터 이상의 높이에도 아랑곳하지 않고 그대로 뛰어내렸다.

"으, 으악!"

급속도로 가까워지는 지면의 모습에 비트렌은 단말마의 비명을 내질렀다. 그러나 그의 몸은 너무나 가볍게 지면에 착지한 후, 이어 눈 덮인 황무지를 나아가기 시작했다.

'사, 살아 있어?'

비트렌은 살며시 눈을 떴다. 그러자 눈 아래로 휙휙 지나치는 하얀 땅의 모습이 보였다.

'엄청난 속도!'

그야말로 눈부신 속도였다. 슬쩍 고개를 숙여 뒤를 바라 보니, 요새의 성벽이 멀리 보일 정도였다.

'그런데 누굴까? 대체 누가 날 구한 거지?'

비트렌이 이런 의문을 떠올릴 때, 그의 몸이 바닥에 떨 어졌다. 달리던 관성으로 한바탕 눈밭을 구른 다음에야 겨 우 멈춰선 비트렌이 비틀거리며 일어났다.

'이런 쌍! 놓아줄 거면 좀 곱게 놓아줄 것이지!'

물론 속마음을 겉으로 꺼낼 정도로 비트렌은 미숙하지 않았다. 그랬다면 제국군에 빌붙어 비위를 맞추기도 어려 웠을 것이다.

"구, 구해 주셔서. 감사합니다."

비트렌은 아픈 몸을 겨우 바로 세워 상대가 있을 것으로 예상하는 곳을 향해 굽실거렸다. 상대의 모습이 보이지 않 았으니, 그렇게라도 감사를 표하는 게 최선이었다.

'누군지는 몰라도 일단은 비위를 맞추는 게 좋아.'

상대의 정체는 몰랐지만, 그자의 실력은 알았다.

무시무시한 몬스터를 단숨에 처치하고, 자신의 뒷덜미 를 들고 성벽을 뛰어넘었다. 비트렌은 직접 겪은 몇 가지 사실만으로도 상대가 엄청난 실력자라는 점을 알 수 있었 다. 요새 안에 있던 기사와 비교해도 절대 밀리지 않을 것 같았다.

"흥! 딱히 인간 따위를 구해줄 생각은 아니었어. 다만, 몬스터가 마음에 들지 않았을 뿐이야."

냉기가 풀풀 날리는 대답이 들려왔다.

'여자?'

목소리는 뾰족했다. 게다가 맑고 투명하기까지 했다. 다른 것을 떠나 목소리만 놓고 보면, 토라진 소녀의 그것과 비슷한 느낌이었다.

'아니야. 그게 아니야. 여기서 중요한 것은……'

비트렌은 속으로 머리를 저으며 조금 전 상대가 했던 말을 곱씹어 보았다. 그러던 도중 그의 눈이 번쩍 뜨였다.

'인간! 인간 따위라고 했어!'

단순한 단어에 불과했으나, 많은 것을 내포한 단어이기도 했다. 일단 상대가 인간이 아니라는 것을 뜻했고 또한, 따위라는 말을 사용한 것에서는 인간에 대한 적대감이 느껴졌다.

'정체가 무엇인지는 모르겠지만, 잘만 설득한다면.'

비트렌이 눈이 빛을 발했다.

'요새를 쑥대밭으로 만들 수도 있겠어!'

비트렌은 몬스터에게 쫓기며 했던 다짐을 다시 한 번 떠올렸다. 기회만 온다면 요새 안의 모든 것들을 깡그리 지워 버리고 싶었다.

비트렌은 번뜩이는 눈빛을 애써 감추며 입을 열었다.

"하찮은 인간이라 죄송합니다. 하지만 은인께 한 가지 꼭 말씀드리고 싶은 게 있습니다."

"흥! 그래 봤자 살려달라는 소리 아니겠어? 그 말이라면 미리 거절해 두겠어. 몬스터가 더 싫지만, 미개하고 야만스러운 인간도 엄청 싫어하니까!"

'그렇게 속마음을 그대로 말하다니. 실력은 어떨지 모르겠지만, 생각은 조금 모자라. 목소리로 보아하니, 나이가 그리 많지는 않은 것 같은데······. 이거 잘하면 이용할 수도 있겠는데?'

비트렌은 혀로 입술을 축이며 말을 이었다.

"저 역시 인간을 싫어합니다. 가끔은 제가 인간이라는 사실에 자살하고 싶은 마음이 들 때도 있을 정도입니다."

"응? 자살? 왜 그런데?"

상대의 말투에서 호기심이 묻어났다.

"은인께서 말씀하셨다시피, 인간은 너무나 미개하고 야만스러운 종족입니다. 아마 이 세상 모든 종족 중에서 같은 종족을 거리낌 없이 죽이는 것은 오직 인간뿐일 것입니다. 게다가 제가 직접 겪기도 했지요. 저는 그저 인간의 재미를 위해 몬스터 앞에 던져졌습니다. 인간은 같은 종족이 몬스터에게 잡아먹히는 것을 지켜보며 즐거워하는 추악한 종족이기도 합니다. 만약 은인께서 구해주시지 않았다면······."

비트렌은 말끝을 흐린 채, 울상을 지은 채 콧물을 들여 마셨다. 여기서 눈물까지 한 방울 흘려주면 최고였을 텐데, 아쉽게도 그에게는 억지로 눈물을 뽑아낼 재주가 없었다.

"우, 울지 마. 내가 구해줬잖아!"

뾰족한 목소리에 묻어나는 은근한 슬픔에 비트렌은 쾌재를 불렀다.

'통했다! 통했어!'

"죽어 마땅한 인간이지만……. 은인께서 허락만 해주신다면 미력한 힘이나마 보태고 싶습니다. 저는 이 세상의 모든 인간이 사라졌으면 좋겠습니다."

"정말…이야?"

처음과 비교해 경계심이 많이 누그러진 목소리에 비트렌은 바로 지금이 결정타를 날릴 때라는 것을 직감했다.

"이 비천한 인간 비트렌, 제 모든 힘을 다해 은인을 도울 것을 목숨을 걸고 맹세합니다!

스르륵.

허공 한쪽이 일그러지더니 온몸을 두꺼운 로브로 감싼 인물이 모습을 드러냈다.

"그런데 날 어떻게 도와줄 수 있지?"

'여기가 고비야. 이것만 넘어간다면 살 수 있어.'

비록 요새에서 몬스터를 유인하는 역할은 위험하고 힘

들었지만, 그래도 최소한의 생활은 보장받을 수 있었다.

그런데 요새 밖으로 나온 이상 먹을 것부터 안전을 지키는 것까지 모든 것을 스스로 책임져야 했다. 비트렌이 어떻게 해서든 상대에게 빌붙어야 할 처지란 의미였다.

그는 끊임없이 머리를 굴린 끝에, 한 줄기 희망을 찾아낼 수 있었다.

"저 요새와 비슷한 곳이 몇 군데 더 있습니다. 저는 그 위치를 알고 있습니다."

"그것뿐?"

실망감이 느껴지는 말투에 비트렌은 정신을 바짝 차렸다.

"그리고 저는 몬스터가 죽어 남기는 마력핵이 많이 저장된 곳을 알고 있습니다."

"마력핵? 설마, 이걸 말하는 거야?"

로브의 인물은 작은 주머니에서 마력핵을 꺼내 비트렌에게 보여 주었다.

역시나 미숙했다. 조금만 노련한 상대였다면 결코 이렇게 쉽게 관심을 표현하지는 않았을 것이다. 물론 상대의 이런 미숙함이 비트렌에게는 행운이었다.

"예. 인간들은 그것을 마력핵이라고 부릅니다. 그리고 그곳에는 그런 마력핵이 수천 개 이상 있습니다."

"수천 개? 그렇게 많이?"

후드에 가려진 상대의 눈이 빛을 발했다.

그 모습에 비트렌은 상대가 완전히 넘어왔음을 느낄 수 있었다. 상대의 손에 뒷덜미를 잡힌 채 성벽을 넘을 때, '마력핵이 사라졌다!' 하는 병사의 외침을 들었던 것이 비트렌의 행운이었다.

"어떻습니까? 그 정도면 도움이 되겠습니까?"

"어, 어느 정도는. 하지만 그걸 알려준다고 해서 너를 좋아할 거라는 착각은 하지 마!"

자신의 행동이 너무 눈에 드러났음을 느꼈는지, 상대의 말투에 다시 경계심이 엿보였으나, 노련한 비트렌은 이미 상대의 머리 꼭대기에 있었다.

"여부가 있겠습니다. 이 비천한 인간은 꿈에도 그런 생각을 하지 않을 것입니다. 그런데 은인께서는 성함이……."

"이, 이름은 왜 묻지?"

살짝 굳어진 상대의 말투에 비트렌은 능청스러운 웃음을 지으며 대답했다.

"하하! 앞으로 평생 은인님께 감사하는 마음을 담아 신께 축원의 기도를 올릴 생각인데, 은인의 성함을 몰라서야 그러고 싶어도 할 수 없지 않겠습니까?"

"기도? 날 위해?"

은근한 기쁨이 묻어나는 목소리에 비트렌의 입매가 살

짝 비틀려 올라갔다.

"예! 제 남은 평생 은인님을 위해 기도하겠습니다."

"내 이름은 엘리시나 류아릴."

이름을 말함과 동시에 로브의 인물이 얼굴을 덮었던 후드를 걷어냈다. 그 순간, 비트렌은 놀란 표정을 감출 수 없었다.

찬란한 금발과 눈꽃 같은 하얀 피부. 그리고 인간의 것이라고는 절대로 생각할 수 없는 아름다운 이목구비. 그런데 조금 이상한 점도 눈에 띠었다.

'귀가 길어? 설마!'

"나무 일족이야."

생긋 웃는 미소는 너무도 눈부셨다.

상대가 종족을 직접 언급하지는 않았지만, 눈부신 외모와 뾰족하고 긴 귀가 상징하는 것은 하나뿐이었다. 수백년 전의 전쟁을 끝으로 역사 속에서 사라져 버린 종족. 적어도 남자라면 꼭 한번 만나보고 싶은 종족.

'엘프라니……'

Chapter 62.

ROYAL ROADER

I

'흐음……. 이것의 다른 용도가 더 있단 말인가?'

제닌은 손바닥을 튕기듯 까딱거렸다. 그럴 때마다 손바
닥에 놓여 있던 작은 보석이 공중으로 떠올랐다 떨어지며
영롱한 광채를 발했다. 마력핵이었다.

조금 전 라테스 동북 요새로부터 보고가 들어왔다.

침입자가 들어와 몬스터를 유인하던 죄수를 납치하고
마력핵을 탈취했다는 보고였다. 특이한 것은 누구도 침입
자의 모습을 볼 수 없었다는 점이었다.

'보이지 않는 침입자……. 그런데 이걸 어쩌지?'

제닌의 시선이 미니맵을 뚫어지게 바라보았다.

'난 보이는데.'

그곳에는 또렷하게 나타나는 붉은 점 하나와 그 옆에 붙어 있는 검은 점이 표시되고 있었다. 붉은 점은 적이었고, 검은 점은 죄수를 뜻했다.

'그건 그렇고, 어딜 그렇게 급하게 가시나?'

꼭 붙어 있는 점들의 속도는 무척이나 빠르게 동쪽으로 이동하는 중이었다. 잠시 점의 움직임을 지켜보던 제닌은 손가락을 튕기며 탄성을 흘렸다.

'아! 마력핵! 프라덴 요새로 가는 건가?'

아무래도 붉은 점의 목적은 마력핵이 확실한 듯 보였다. 현재 마력핵을 가장 많이 보유한 곳은 프라덴 요새 안에 있는 마법 연구실이었다.

'아무래도 옆에 있는 매국노 자식이 정보를 흘린 것 같은데…… 아니, 아예 놈에게 협조하는 건가?'

적이 단순히 정보를 캐기 위해 죄수를 납치했다면, 정보를 얻어낸 순간 죄수를 처리했을 것이다. 그런데 함께 이동하고 있다는 것은 죄수가 무언가 다른 제안을 했고 적이 그것을 받아들였다고 보는 편이 옳았다.

'도착은…….'

제닌은 미니맵을 확 끌어당겨 축소했다. 그리고 붉은 점의 이동 속도와 프라덴 요새까지의 거리를 가늠해 보았다.

'내일 밤 정도겠군. 하지만 의도를 정확하게 파악하기 위해서는 미리 가서 살펴보는 편이 좋겠지.'

이런 생각을 끝으로 제닌은 미니맵에서 눈을 떼고 베스란을 호출했다.

"주군, 찾아계셨습니까?"

공손히 머리를 숙이는 베스란에게 제닌이 손을 휘저었다.

"그거, 불편하다니까. 정 그러고 싶으면 아버지께나 그러고, 나한테는 그냥 평소대로."

제닌은 날이 갈수록 극진해지는 베스란의 예가 불편했다. 마치 몸에 맞지 않는 옷을 입은 것 같은 기분이었다.

"현재 진행률은?"

괜스레 말로 해봤자 또 며칠이면 다시 돌아오기에, 제닌은 단도직입적으로 본론을 꺼냈다.

"현재 절반가량 훈련소를 마쳤습니다. 또한, 앞으로 이삼 일 정도면 나머지 역시 훈련소 이수를 마칠 수 있을 것으로 보입니다."

"말은 잘 듣고?"

"처음에는 불안한 눈치였으나, 새로 수뇌부가 된 이들이 잘 다독여 주고, 충분한 식량을 공급하자 이제는 만족하는 눈치였습니다. 게다가 전에 없던 힘을 얻은 이들 중에는 주군을 중심으로 모시겠다는 이들이 나올 정도입니다."

"정 그러고 싶다면 적당히 거둬들여. 단, 제국에 연고가 남아 있지 않은 이들로."

싫다는 놈들을 억지로 끌어들여 봤자 좋을 게 없었다. 시간이 지나면 문제를 일으킬 확률이 높았기 때문이다. 그렇지만 자발적으로 충성을 바치겠다고 나서는 이들은 달랐다.

"말씀대로 하겠습니다."

"아직 오지 않은 병력은 얼마나 되지?"

"대략 십이만 정도 됩니다."

"다 합치면 25만인가? 쓸데없이 많군."

"이들을 막기 위해 동원한 왕국의 병력은 거의 사십 만에 달합니다. 게다가 지난 그동안 죽어간 이들까지 합하면 어쩌면 백만 이상일 수도 있습니다."

"백만이라……."

웬만한 소국의 인구에 해당하는 숫자였다. 게다가 병사로 끌려온 이들은 대부분 생산력이 활발한 청년들.

'전쟁이 끝나도 한동안은 힘을 회복하는 데 온 힘을 쏟아야겠군.'

한때는 조국이었던 크라인 왕국의 현실에 제닌은 씁쓸한 기분이 들었다. 그러나 이제는 남의 나라 일이었다.

'하긴, 이제는 그것을 오히려 그것을 좋아해야 할 처지니…….'

지금 당장은 국왕의 지지를 받고 있지만, 그 지지가 앞으로도 계속될 거라는 보장은 없었다. 충분히 기반을 다질 때까지는 크라인 왕국의 국력 회복이 늦을수록 좋았다.

"다른 쪽은?"

라테스의 남부. 즉, 귀족회의 측 요새에 남아 있던 병력을 회유하는 일을 묻는 말이었다.

"이미 삼 분의 이가량 완료되었습니다. 앞으로 일주일 정도면 모든 병력 흡수를 완료할 수 있을 것으로 보입니다."

"어려운 점은 없고?"

"다들 불만이 머리끝까지 쌓여 있는 상태라, 작은 불씨만 당겨줘도 알아서 타올랐습니다. 가끔은 귀족회의 측 지휘관들이 저희를 도와주는 게 아닌가 하는 생각이 들 정도로 순조롭습니다."

"하긴, 지들 뱃속밖에 모르는 놈들이니……."

베스란의 보고에 제닌은 만족스러운 표정으로 고개를 끄덕였다.

"그럼, 당분간 내가 신경 쓸 일은 없다는 거네?"

"그렇긴 하오나……."

"잡다한 것들은 베스란이 알아서 처리하고. 그라함 자작도 쓸만하니까 둘이 의논하면 웬만한 일은 해결할 수 있을 거야. 그리고 내 결정이 필요할 것 같은 일은 아버지께 허락받으면 될 일이고."

제닌의 말에 베스란은 의문 어린 얼굴로 그를 바라보았다.

"말씀이 꼭 어디론가 가시려는 걸로 보입니다만……."

"아직 확실하지는 않은 데, 꽤 재미있는 일이 벌어질 것 같거든? 뭐, 하루면 끝날 수도 있고, 며칠이 걸릴 수도 있겠지만."

"주군께서 자리를 오래 비우시는 것은 그리 좋은 일이 아닙니다."

"어디로 영영 가버리겠다는 것도 아니고. 정 급하면 그 것도 있잖아?"

"아!"

베스란은 뭔가를 깨달은 표정을 지으며 품 안을 더듬었다. 두껍게 말린 두루마리 뭉치가 느껴졌다. 여러 가지 스크롤이 있었지만, 베스란은 한 가지에 주목했다.

바로, 찢으면 기이한 울림을 사방으로 내뿜어 신호를 보내는 스크롤이었다. 여러 장을 동시에 찢으면 그 수만큼 울림은 커지고, 멀리까지 전파되었다.

"급한 일 생기면 동시에 한 열 장쯤 찢으라고. 그럼 문제 없지?"

"알겠습니다."

베스란은 공손히 대답했다.

급한 일이 생긴 것을 알기만 하면, 제닌이 돌아오는 것은 순식간이었기 때문이다. 굳이 달려오거나 날아올 필요도 없었다. 그보다 훨씬 간단하고 빠른 방법이 있었기 때문이다.

'공간이동 마법.'

그런 베스란의 생각을 알기라도 하는 듯, 제닌이 한 장의 스크롤을 꺼내 들었다.

"그럼, 나중에 보자고."

찌이익!

종이 찢어지는 소리와 함께 환한 빛무리가 제닌의 몸을 감싸 안았다.

Ⅱ

"그러니까 엘프님들과 다른 위대한 종족들이 힘을 합쳐 미개하고 더러운 인간 따위를 이 대륙에서 지우시겠다는 말씀이시군요! 정말 대단하십니다!"

손뼉을 마주치며 좋아하는 비트렌의 모습에 엘리시나는 생긋 웃으며 고개를 끄덕였다.

"그래."

요새를 벗어난 후, 대화를 나누며 걸어오는 동안 비트렌에 대한 엘리시나의 평가는 점점 좋아지는 중이었다.

무슨 말을 할 때마다 격하게 반응해주고, 입속의 혀처럼 좋은 말을 해주는 비트렌의 모습은 엘리시나에게는 색다르게 다가왔다.

'이 사람은 참 재미있는 것 같아. 언니는 내가 아무리 열심히 말해도 절대로 이렇게 대해주지 않았는데.'

이러한 비트렌의 반응은 엘리시나가 더 많은 말을 하도록 유도했고, 그 덕분에 비트렌은 그녀와 그녀의 동족들이 계획하는 많은 일을 알아낼 수 있었다.

문제는 그 내용이었다.

'썩을! 이거, 오크를 피하다가 오우거를 만난 격이야! 전설에나 나오는 종족들이 힘을 합쳐 인간을 지우겠다니!'

웃는 얼굴과 달리 비트렌의 속마음은 까맣게 타들어 갈 지경이었다.

하루하루를 위험천만하게 보내야 했던 요새에서 빠져나온 것은 좋았다. 상대가 인간을 적대시한다는 것을 알아내고, 그것을 이용해 복수할 계획을 세울 때까지만 해도 더할 나위 없는 기회라고 생각했다.

그런데 계속 이야기를 나누다 보니 이건 좀 아니라는 생각이 들었다.

말 그대로 어릴 적 할아버지의 이야기에서나 들어본 종족들이 비밀리에 세력을 이루고 있었고, 조만간 인간 세상을 침공해 멸망시킨다는 이야기를 들으니 저도 모르게 등줄기가 서늘해질 정도였다.

그들에게 정말 그럴만한 능력이 있는지는 그리 중요하지 않았다. 문제는 비트렌의 보잘것없는 능력으로는 이 눈앞의 모자라고 멍청한 엘프 하나도 제대로 상대할 수 없다는 점이었다.

'차라리 요새가 낫지······.'

비트렌은 뒷일이 걱정이었다.

눈앞의 멍청한 엘프는 어떻게 속여 넘겼을지 모르겠지만, 다른 엘프들까지 이렇게 멍청하리라는 보장은 없었다.

'어떻게든 이 년한테서 벗어나야 해.'

복수니 뭐니 하는 생각은 이미 접었다. 이대로 따라간다면 돌아오는 것은 죽음뿐이라는 것을 비트렌은 잘 알고 있었다.

'그냥 죽으면 다행이지.'

어쩌면 정보를 캐기 위해 고문을 받을 수도 있었다. 엘리시나에게 들은 바로 놈들은 인간을 끔찍하게 싫어했다. 그랬으니 그 고문의 강도는 어마어마할 것이고 자신은 그런 고통 속에서 죽어갈 터였다.

'안 되지! 절대로 안 돼! 놈들에게 복수할 때까지는 절대로 죽을 수 없어!'

비트렌은 엘리시나의 뒤를 따라가는 와중에도 끊임없이 머리를 굴렸다. 그러나 딱히 그녀에게서 벗어날 방법은 떠오르지 않았다.

상대의 속도는 비트렌보다 몇 배는 빨랐다. 체력 또한 훨씬 좋았다. 그냥 도망치는 것은 어렵다는 의미였다.

'그렇다면… 밤을 통해 도망치는 방법밖에 없나?'

남은 것은 그것 하나뿐이었다.

"있잖아, 비트렌. 네가 말한 곳에서 마석을 빼 온 다음에 마을로 돌아갈 건데, 너도 우리 마을로 갈래?"

똥줄이 타는 비트렌의 속도 모르고, 엘리시나는 천진하게 물어왔다.

재미없고 무뚝뚝한 엘프들만 모여 사는 마을에 말도 많고 재미있는 비트렌이 있으면 좋을 것 같다는 생각에서 나온 제안이었다.

물론 언니를 비롯한 어른들의 동의가 있어야겠지만, 엘리시나는 온갖 애교로 그들을 설득할 자신이 있었다.

"예? 무, 물론입죠! 저는 온 세상의 인간이 멸망하는 모습을 꼭 제 두 눈으로 보고 싶습니다요!"

등줄기에서 삐질삐질 땀을 흘려가면서도 비트렌은 환하게 웃으며 대답했다. 지금 상황에서 거절은 그리 좋지 않았다. 상대가 조금 전까지 맞장구치던 행동을 거짓으로 받아들일 수도 있었다.

그러면 지금 당장이 위험했다.

"역시, 비트렌이라면 그렇게 말할 줄 알았어. 내가 어른들한테도 잘 말해줄 테니까. 이제부터 비트렌은 우리 마을 사람이야!"

엘리시나는 해맑은 웃음을 지으며 비트렌을 바라보았다.

백치미가 느껴지는 아름다운 미소였으나, 비트렌이 느끼기에는 죽음의 미소와 다를 바 없었다. 그녀의 마을에서 그를 기다릴 것은 죽음뿐이기 때문이다.

'우라질 년!'

그렇게 한참을 걸어간 끝에 드디어 비트렌이 기다리던 밤이 찾아왔다. 요새를 떠난 후 맞이하는 첫날밤이었다.

사박. 바그락.

'빌어먹을! 소리가 왜 이리 큰 거야?'

조심스러운 움직임에 문제는 없었다. 다만 땅거죽 사이에 살얼음이 끼어 밟을 때마다 부서진다는 점이 문제였다. 또한, 주변이 너무 고요한 탓도 있었다.

'흐으으! 오라지게 춥네!'

비트렌은 잔뜩 움츠린 어깨를 부들부들 떨었다.

달조차 희미한 겨울의 밤은 뼈가 시리도록 추웠다. 게다가 엘리시나는 나무를 다치게 할 수 없다는 이유로 나무를 꺾어 불을 피우는 것조차 막았다.

'썩을! 너만 안 추우면 다냐? 다야?'

비트렌으로서는 눈을 감고 조용히 잠든 엘리시나의 모습이 얄미워 보일 수밖에 없었다.

잠든 사이에 확 덮쳐 제압할까 하는 생각도 잠깐 했었으나, 비트렌은 이내 포기했다. 적당한 무기도 없었을뿐더러, 그러다가 들키기라도 하면 압도적인 실력의 상대를 도저히 이길 방법이 없었다.

'이곳만 벗어나면!'

일단 조용한 곳에 숨어 눈치를 볼 것이다. 그리고 기회가 온다면 복수를 위해 무슨 짓이든 할 것이다.

부석. 부석. 푸슥.

그렇게 몇 발자국을 걸었을 때였다.

"비트렌, 어디 가?"

갑자기 등 뒤에서 들려온 목소리에 비트렌의 몸은 그대로 얼어붙었다.

"헛! 죄, 죄송합니다."

부르르 몸을 떠는 비트렌의 모습에 엘리시나는 고개를 갸웃거리다가 이내 확 얼굴을 붉혔다.

"설마, 그, 그거야?"

"예? 예. 마, 맞습니다. 그거……"

뭔지는 모르겠지만, 일이 틀어진 이상 상대의 비위를 맞추는 게 최선이었다.

"음……"

잠시 눈을 감아 주변의 기척을 느끼던 엘리시나가 별다른 기척이 느끼지 않자 다시 눈을 떴다.

"저, 저쪽에 가서 해. 주변에 위험한 건 없으니까."

'뭘 해? 위험한 게 없다니?'

비트렌의 머리가 급속도로 회전했다.

살짝 부끄러운 듯한 말투, 그리고 직접 언급을 피하는 것으로 비트렌은 엘리시나의 말에 담긴 의미를 순간적으로 파악해 낼 수 있었다.

"아, 아하하! 죄, 죄송합니다. 제가 너무 급해서."

다른 대꾸가 없는 것으로 보아, 제대로 때려 맞춘 듯싶었다. 눈치 하나만큼은 기가 막힌 비트렌이었다.

'휴우우……. 생각보다 더 멍청한 년이라 다행이군. 이렇게 되면 밤을 틈타 도망가는 것은 실패인가?'

비트렌은 한숨을 내쉬며 엘리시나가 가리킨 쪽으로 걸어갔다. 그곳에서 잘 나오지 않는 소변을 억지로 쥐어짜낸 후, 다시 자리로 돌아왔다.

"아! 이러면 되겠네."

엘리시나는 뭔가를 떠올린 듯한 표정을 짓더니 난데없이 휘파람을 불었다.

– 휘이이익!

작지만 날카롭게 뻗어 나간 소리는 무언가를 부르는 소리로 보였다. 얼마 지나지 않아 급격하게 가까워지는 발소리가 들려왔기 때문이다.

'헙! 느, 늑대!'

머리 높이가 거의 비트렌의 키만 한 대형늑대였다. 푸른 안광을 뚝뚝 흘리는 주먹만 한 눈동자에 비트렌은 오금이 저릴 지경이었다.

"비트렌, 내 친구야. 이젠 얘가 지켜줄 테니까, 그, 급하면 아무 때나 해결할 수 있어."

"아! 감사합니다. 엘리시나님은 정말 친절하시군요."

'이런 썅! 이젠 감시냐!'

겉으로는 고마운 표정을 지었으나, 비트렌의 속은 거의 썩어들어가기 직전이었다.

'설마 겉으로만 멍청한 척하는 건 아니겠지?'

여기까지 생각한 비트렌은 머리를 휘저었다. 그 생각이 사실이라면 그가 살아날 확률은 바닥으로 떨어진다. 그런 불길한 생각 따위는 처음부터 하지 않는 편이 나았다.

추위와 불안감에 거의 뜬눈으로 밤을 지새운 비트렌은 다음 날. 어디서 구해왔는지 모를 과일 몇 조각으로 아침을 때운 후 다시 출발했다.

'춥고, 힘들고, 졸리고……'

– 꼬르르륵.

마지막은 울부짖는 배가 대신 말해 주었다.

비트렌은 인간이 비참해질 모든 요소를 가진 채로 걷고 또, 걸었다. 마음 같아서는 당장에라도 쓰러지고 싶었으나, 그러다 이 추위에 버려진다면 그를 기다리는 건 얼어 죽거나, 굶어 죽는 일뿐이었다.

"좀 쉬었다 갈까?"

문득 들려온 엘리시나의 말에 졸음을 못 이겨 감겨가던

비트렌의 눈이 번쩍 뜨였다.

"예! 무, 물론입죠!"

대답하기 무섭게 비트렌은 털썩 바닥에 주저앉았다.

정신을 차려보니 야트막한 산자락이었다. 적당히 우거진 나무 덕에 눈은 쌓이지 않았지만, 뼛속까지 시린 냉기가 엉덩이를 타고 올라왔다.

'으으……'

이가 마주칠 정도로 추웠으나, 이미 지칠 대로 지친 비트렌은 몸을 일으킬 힘도 없었다.

"힘들어?"

"아, 아닙니다. 아직 쌩쌩합니다!"

"좀 천천히 갈까?"

"예? 아니, 안 그러셔도 되는데……."

비트렌은 차마 거절할 수 없었다.

"인간은 약하구나. 그렇게 약한데 어떻게 다른 종족을 다 쫓아내고 대륙을 지배했을까?"

"그건……."

비트렌도 알 수 없었다.

"아마 숫자가 많기 때문일 겁니다. 게다가 인간 중에는 인간답지 않게 강한 자도 있고요."

"나보다 더?"

반짝이는 눈으로 되묻는 엘리시나의 모습에 비트렌은

흠칫 놀라며 손을 내저었다.

"아니, 어떻게 인간이 엘리시나님보다 더 강할 수 있겠습니까? 그냥, 다른 인간보다 조금 더 강하다는 말씀입니다."

일단 듣기 좋은 말을 하기는 했으나, 마음속에 든 생각은 달랐다.

'과연 기사를 이길 수 있을까?'

비트렌은 섣불리 판단할 수 없었다. 평범한 인간에 불과한 그로서는 엘리시나나 기사나 둘 다 엄청나게 강하다는 생각뿐이었다.

'마력핵을 얻으려 요새에 침입했다가 발각되면? 그래서 잡혀 버리면? 엇!'

찬찬히 현재 상황을 되짚어 보니 오히려 엘리시나가 실패해도 좋다는 결론이 나왔다.

'차라리 그게 나은가?'

그러면 최소한 엘프의 마을로 끌려가 끔찍한 고문 속에서 죽는 결과만큼은 피할 수 있겠다는 생각이 들었다.

물론 자신은 죄수의 신분이었으니 탈출했다가 돌아온 죄를 물어 가혹한 심문을 받을 수는 있겠지만, 납치당했다고 변명하면 어느 정도 통할 것도 같았다.

어쨌든, 고문 속에서 죽는 것보다는 낫다는 판단이었다.

'게다가 나에게는 좋은 정보가 있으니!'

인간 세상을 멸망시키기 위해 힘을 모으는 비밀 세력. 비트렌은 역사 속에 사라진 종족들이 어딘가에 남아 있다는 정보가 라테스를 장악한 영주도 귀를 기울일 만큼의 가치를 가지고 있다고 생각했다.

그 정보를 대가로 거래를 한다면 어쩌면 자신에게 유리한 상황을 만들 수 있을 듯싶었다.

슬그머니 엘리시나를 바라보았다. 그러던 도중 비트렌의 눈동자가 화들짝 커졌다.

물론 엘리시나의 여전히 눈부신 미모를 자랑했으나, 비트렌을 놀라게 한 것은 그녀가 아닌, 그녀의 뒤쪽에 자라난 식물이었다.

'엇! 저 풀은!'

추운 날씨 때문인지 마르고 시들해 보이기는 했지만, 모양만큼은 비트렌이 기억하는 그대로였다.

'평안초! 그리고 그 근처에는 활력초가 있을 거야. 그것들을 함께 섞어서 태운다면?'

비트렌의 입가에 썩은 미소가 피어올랐다.

'제대로 거래를 해볼 수도 있겠어.'

Ⅲ

'허! 저건 또 뭐야?'

귀환 스크롤을 사용해 프라덴 요새로 넘어온 제닌은 곧바로 요새 밖으로 나갔다. 붉은 점을 마중 나가 미리 살펴보기 위함이었다.

　　적당히 떨어진 곳에 자리 잡고 이글아이 스킬을 사용하자 눈부시게 아름다운 소녀의 모습이 눈에 들어왔다.

　　'인간이 아닌가? 저렇게 귀가 길다는 것은……'

　　눈부신 미모와 긴 귀를 특징으로 가진 종족. 제닌은 어렵지 않게 답을 찾아낼 수 있었다.

　　엘프.

　　그들은 주로 용사에 관련된 이야기의 단골 여주인공이었다. 인간을 초월한 아름다움과 주인공을 향한 헌신적인 사랑은 어린 제닌에게 용사의 꿈을 심어 주기도 했었다.

　　특히 어렸을 적 책 속에서 엘프에 관한 내용을 읽은 후로, 제닌은 남몰래 엘프를 만났을 때를 상상하곤 했었다. 물론, 대부분 아름다운 로맨스에 관한 상상이었다.

　　제닌도 어쩔 수 없는 남자였다.

　　'그런데 쥐새끼 같은 놈은 무슨 말이 저렇게 많아?'

　　지켜보던 제닌의 미간에 살짝 주름이 잡혔다.

　　그의 시야에는 엘프의 옆에서 걷는 야비한 생김새를 가진 남성이 잡혔는데, 그 모습이 무척이나 눈에 거슬렸다.

　　거리가 너무 떨어진 탓에 대화의 내용은 알 수 없었다.

거리를 좁혀 들어보고 싶기도 했지만, 이내 귀를 쫑긋거리는 엘프와 조금 떨어진 곳에서 어슬렁거리는 늑대의 모습에 포기했다.

야비한 생김새의 남성은 열심히 입을 놀리고 있었고, 그 말을 들은 엘프 소녀는 생긋 웃었다. 누가 봐도 아름다운 암컷의 환심을 사기 위해 작업을 거는 수컷의 모습이었다.

'아니지, 일단은 적이잖아? 마력핵 도둑! 그런데 저 죄수는 왜 구한 거지? 책에 나온 바로는 인간을 무척 싫어한다고 했는데 말이야.'

이야기 속의 엘프는 용사를 사랑하지만, 역사서 속의 엘프는 인간과 반목했다. 인간은 그들의 터전인 숲을 파괴하는 존재였기 때문이다.

제닌은 생각할수록 커지는 궁금증을 억누른 채, 계속 그들의 모습을 관찰했다.

야비하게 생긴 남성은 갈수록 말수가 적어졌다. 그와 더불어 얼굴에는 피곤한 기색이 떠올랐고, 걸음은 느려졌다.

나지막한 산자락에 도달한 후 엘프가 걸음을 멈췄다.

바닥에 주저앉아 피곤함을 달래던 남성이 쭈뼛쭈뼛 움직이더니 무언가를 뜯어냈다.

'평안초?'

자세히 살펴보던 제닌은 한눈에 알아볼 수 있었다. 처음 힘을 얻고 블러디 울프를 물리치고, 아스트 백작을 만났을 때였다. 아스트 백작은 어떻게 그들을 물리칠 수 있었는지를 물었고, 그 당시 제닌은 의심을 피하고자 약초를 증거로 사용했다.

'어쭈! 활력초까지? 설마, 그걸 사용하려는 건가?'

평안초는 차처럼 우려 마시면 불면증에 도움을 주는 약초였다. 활력초 또한 원기 회복에 좋은 약초로 잘 알려졌다.

그러나 이 두 가지를 한데 섞어 태우면, 강력한 수면효과가 지닌 연기가 발생했다.

'크큭! 역시 생긴 것답게, 더럽게 노는군. 그러니 제국 놈들 앞잡이 짓도 그렇게 열심히 했겠지.'

야비하게 생긴 남성은 평안초와 활력초를 몰래 뜯어 감춘 후, 근처에 떨어진 나뭇가지 몇 개를 주워들었다. 그리고 엘프를 향해 계속 무언가를 설명하는 것이 추워서 불을 피우겠다고 말하는 듯했다.

엘프는 인상을 살짝 찌푸렸다가 계속 사정하는 남성의 말에 결국 고개를 끄덕였다.

'순진한 건가? 아니면 모르는 척하는 건가?'

먼 거리에서도 다가가는 기척을 느낄 수 있는 엘프가 약초를 뜯어 감춘 것을 느끼지 못할 리 없었다.

얼마간 휴식을 취한 엘프 일행은 다시 일어나 걷기 시작했고, 제닌은 풀리지 않은 궁금을 품은 채 그들을 따랐다.

　어스름한 저녁이 되었고, 야비한 외모의 남성이 불을 피웠다. 엘프는 얼굴을 조금 찌푸렸으나 그가 하는 대로 내버려 두었다.

　불을 피운 남성은 불 안에 몰래 뜯어 두었던 평안초와 활력초를 집어넣고, 자리를 피했다. 바람이 불어오는 쪽으로 나아간 그가 주섬주섬 허리춤을 풀 때, 근처에 앉아 찡그린 얼굴로 연기를 바라보던 엘프가 하품을 시작했다.

　'뭐야? 엘프가 저걸 그냥 당해? 바보야?'

　제닌은 아무리 생각해도 이해할 수 없었다. 그가 책에서 읽은 내용으로 엘프는 숲을 평지처럼 누비며 커다란 나무 속에 마법으로 집을 만들어 생활하는 종족이었다.

　주식은 나무 열매였으며, 육식은 절대로 하지 않는다. 식물을 무척 아끼기에 불도 피우지 않았으며, 온갖 약초에도 해박했다. 또한, 궁술의 명수였으며 마법과 정령술에도 일가견이 있는 종족이었다.

　여러 가지 잡다한 것이 떠올랐으나, 제닌이 주목한 것은 엘프가 온갖 약초에 해박하다는 점이었다. 그런 엘프가 저런 흔한 수법에 당한다는 사실을 제닌은 도무지 이해할 수 없었다.

'졸음을 연기하는 건가? 흐음…… 그렇다고 보기엔 너무 자연스러운데? 진짜 졸린 것처럼.'

엘프의 눈이 스르르 감겼다. 그리고 천천히 옆으로 누워 잠에 빠져들었다. 엘프가 잠들자 근처를 어슬렁거리던 늑대가 다가오더니 몇 번 코를 벌름거리고는 그대로 엘프의 옆에 엎드려 잠들었다.

'허…… 책에서 얻은 정보와 실제는 다르다는 건가? 하긴, 엘프가 사라진 지 벌써 수백 년이 흘렀는데. 그것도 인간의 기록이 정확할 리 없겠지.'

다소 황당한 일이 벌어졌으나, 그보다는 앞으로의 일이 더 중요했다.

'일단은 설명부터 들어보도록 할까?'

스슷!

어두컴컴하게 내려앉는 땅거미 속으로 제닌의 몸이 녹아들었다.

IV

'으흐흐! 통했어! 역시 이 몸의 머리는 알아줘야 한다니까!'

잠든 엘프를 바라보는 비트렌의 얼굴에는 음흉한 웃음이 떠올라 있었다.

'게다가 늑대까지 함께 잠들었으니, 그야말로 최고의 성과 아닌가!'

엄청난 실력의 엘프도 문제였지만, 주변을 어슬렁거리며 사방을 경계하고 감시하는 늑대 역시 문제였다. 둘 다 비트렌으로서는 감당하기 어려운 존재였다.

비트렌은 평안초와 활력초의 연기가 잦아들 때까지 기다렸다가 한 발짝씩 조심스럽게 접근했다. 다행히 졸음이 오지는 않았다. 많은 양을 쓴 게 아니었기에 약초들의 성분은 모두 타서 날아가 버린 것 같았다.

"흐흐흐. 으흐흐흐……."

잠든 엘프를 내려다보는 비트렌의 입에서는 끊임없이 음침한 웃음이 흘러나왔다. 단순히 얼굴만 보아도 마음속 생각이 그대로 드러나는 듯했다.

"어차피 끌고 가면 온갖 짓을 다 당할 건데, 내가 먼저 맛봐도 되는 것 아닌가? 이때가 아니면 내가 언제 이런 미인을 안아볼 수 있겠어?"

침이 흥건한 목소리로 중얼거리며 비트렌이 막 엘프의 몸에 손을 댈 때였다.

"그 손모가지 잘라줄까?"

목소리와 함께 시퍼런 칼날이 비트렌의 손 앞을 스쳐 지나갔다.

"흐엇!"

비트렌은 기겁하며 뒤로 물러났다. 다행히 손은 무사했다. 하지만 칼날을 타고 올라간 시선이 그것을 든 주인과 마주친 순간 비트렌은 다시 한번 기겁할 수밖에 없었다.

"여, 영주님?"

멀리서 스치듯 바라본 적이 있는 얼굴이었다. 게다가 그를 하루에도 몇 번씩 죽음의 위기로 몰아넣은 주인공이기도 했다. 비트렌에게는 언젠가 복수해 줄 대상 중 가장 커다란 존재가 바로 제닌이었다.

"저, 저는 절대로 도망친 게 아닙니다. 나, 납치당했습니다. 그래서 다시 요새로 돌아가기 위해 이 엘프를……."

비트렌은 황급히 변명하려 했으나, 제닌이 손을 내저어 말을 막았다.

"일단은 설명부터 듣지."

딱딱하게 굳은 제닌의 말투에 비트렌의 등줄기는 축축하게 젖어들었다. 그리고 이것은 가뜩이나 추운 날씨를 한층 더 춥게 만들었다.

비트렌은 열성적으로 설명했다. 지금 상황에서 그의 목숨줄을 틀어쥔 것은 제닌이었기에 그로서는 온 힘을 다해 제닌이 원하는 일을 할 수밖에 없었다.

'허어! 왜 갑자기 스케일이 커지는데?'

비트렌의 설명을 모두 들은 제닌은 살짝 놀란 표정을 지었다. 그리고 턱을 만지작거리며 한참이나 생각을 정리해야 했다.

역사에서 사라진 종족들이 세력을 만들어 기회를 노리고 있다는 것은 결코 단순한 문제가 아니었다. 역사서에 기록된 이종족들이 사라진 시기는 수백 년 전. 이 말은 즉, 그들이 수백 년 동안 준비했다는 의미였다.

제닌은 슬쩍 엘프 쪽을 바라보았다.

[Lv.28 엘리시나 류아릴(우드엘프)]

단순히 레벨만 보아도 만만한 상대는 아닌 듯싶었다.

게다가 눈앞의 이 엘프는 비교적 약한 축에 속할 터.

"아! 그 엘프는 아무래도 좀 모자란 것 같습니다. 나이가 어려서 그런지 바보처럼 순진합니다."

슬쩍 돌아간 제닌의 시선에 비트렌은 곧바로 설명을 늘어놓았다.

'다른 건 몰라도 눈치 하나는 제법인데? 하긴, 왕국민을 노예보다 아래로 보던 제국 놈들한테 빌붙어 행세할 정도면 이 정도는 당연한 일인가?'

비트렌이라는 인물 자체는 마음에 들지 않았다. 생긴 것도 쥐새끼처럼 야비하게 생겼을뿐더러, 쉴 새 없이 눈알을 굴리며 눈치만 살피는 모습은 가뜩이나 낮은 호감도를 팍팍 떨어뜨렸다. 그러나 단 하나, '쓸모'라는 측면에서 비트렌은 합격점을 넘어섰다.

"보아하니, 엘프와 호감이 좀 쌓였던 것 같던데?"

"하하하! 아시다시피, 저 엘프는 바봅니다. 생각 없는 엘프 하나쯤 구워삶는 것은 제게 별문제도 아니지요."

자신만만한 모습이 다시금 호감도를 떨어뜨렸으나, 지금은 이 마음에 들지 않는 자를 이용해야 할 때였다.

"기회를 주지."

"헙! 가, 감사합니다!"

비트렌은 무덤에서 기어나온 것처럼 반색하며 소리쳤다.

제닌은 비트렌에게 몇 가지를 당부했다.

"항상 지켜보고 있음을 명심하도록."

"여부가 있겠습니까? 한 치의 오차 없이 영주님의 명을 이행하겠습니다."

여전히 눈치를 살피는 비트렌의 모습이 신경에 거슬렸지만, 지금 당장은 어쩔 수 없었다.

'엘프의 마을이란 말이지……'

제닌은 어둠 속에 몸을 감추며 히죽 웃었다.

어쩐지 생각보다 훨씬 재미있는 일이 벌어질 것 같았다.

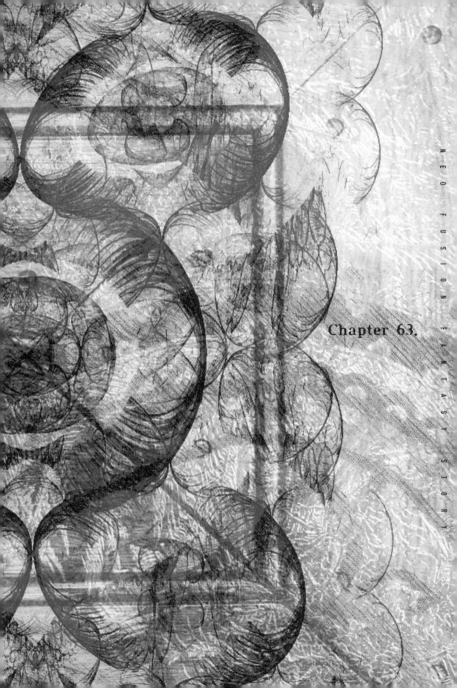

Chapter 63.

Chapter 63.

ROYAL ROADER

I

"아흠-! 잘 잤다!"

찬란한 아침 햇살만큼 아름다운 미소녀가 기지개를 활짝 켜며 일어났다.

"편히 주무셨습니까? 엘리시나님?"

"엇! 비트렌, 안 잔 거야?"

눈을 동그랗게 뜨며 묻는 엘리시나의 말에 비트렌은 호의를 가득 담은 웃음을 지었다.

"엘리시나님도 잠드시고, 늑대… 님도 잠들어서……."

"앗! 그러고 보니, 울피도 자고 있었네?"

'울피? 생긴 건 사자도 무서워하게 생긴 놈의 이름이 무슨…….'

비트렌이 어쩐지 어울리지 않는다는 얼굴로 늑대를 바라볼 때, 늑대의 눈꺼풀이 밀려 올라가며 주먹만 한 눈동자가 그를 바라보았다.

– 크릉!

낮게 으르렁거리는 소리에 비트렌은 절로 몸이 움츠러들었으나, 애써 태연한 척 너스레를 떨었다.

"울피님! 캬! 멋진 외모만큼이나 늑대님의 이름도 아주 잘 어울립니다. 역시, 엘리시나님은 탁월한 능력과 아름다운 외모만큼이나 이름 짓는 센스도 뛰어나시군요!"

"어머! 정말?"

'무슨 애도 아니고. 칭찬 한마디에 저렇게 좋아하는 꼴이라니……'

비트렌은 환한 웃음 속에 속마음을 감췄다. 그리고 눈을 반짝이며 되묻는 엘리시나에게 고개를 끄덕여 주었다.

"고마워 비트렌. 덕분에 편하게 잘 수 있었어."

하얀 눈만큼이나 순진무구한 엘리시나의 모습은 가시처럼 비트렌의 양심을 찔렀다.

'쯧! 순진한 것도 어느 정도여야지. 잠든 사이에 무슨 일이 벌어졌을 줄 알고 저래?'

잠든 엘리시나에게 흑심을 품었던 그였기에 그런 엘리시나의 감사가 그저 낯뜨거울 따름이었다.

"절 구해주신 엘리시나님의 은혜에 조금이라도 보답할

수 있었다면, 저는 그걸로 다행이라고 생각합니다."

"히힛! 역시 비트렌은 착하다니까. 어른들은 인간이 무조건 나쁘다고 했는데, 비트렌을 보니까 다 나쁜 건 아닌 것 같아."

'자고로 어른 말씀 들어서 손해 볼 일은 없다고 했지.'

비트렌은 옛 격언을 떠올리며 대답했다.

"하하하! 과찬이십니다. 그런데 그 부분은 어른들 말씀이 옳은 것 같습니다. 인간은 몹시 교활하고 악독한 존재입니다. 그러니 항상 인간을 조심하셔야 합니다. 그들이 무슨 속셈을 하고 있을지 모르니."

"정말? 그럼 비트렌도?"

'당연하지!'

순진무구한 눈동자로 바라보는 엘리시나의 모습은 계속해서 비트렌의 양심을 찔렀으나, 이미 그것은 그가 알 바가 아니었다.

그에게 있어 그보다 더 중요한 것은 제닌이 부여한 역할을 다하는 것이었다. 죄수에서 벗어남은 물론, 특별한 힘과 어마어마한 재물까지 약속했기 때문이다.

"예! 저도 믿지 마십시오. 저 자신조차도 제 마음속에 숨어 있는 인간의 교활한 본성이 언제 튀어나올지 모릅니다. 그러니 완전히 믿지 마시고 항상 경계하시는 게 좋습니다. 저 역시 저 때문에 엘리시나님이 위험해지는 것은 싫으니까요."

'캬! 내가 한 말이지만, 이건 정말 좋은데? 이 정도면 나라도 믿고 싶어지겠어!'

내용은 믿지 말라고 했으나, 자신이 듣는 입장이라고 생각해보면 믿으라는 말보다 오히려 더 신뢰가 가는 말이었다.

"그래도 비트렌은 믿고 싶어지는걸?"

"하하! 믿어 주신다니 감사합니다. 그래도 제가 드리고 싶은 말씀은, 항상 조심하시라는 의미였습니다."

"우움……. 어려운데?"

입술을 살짝 내밀며 고개를 내젓는 엘리시나의 모습은 절로 팔을 뻗어 끌어안고 싶어질 정도로 사랑스러웠다. 비트렌은 초인적인 인내심을 발휘해 움직이려는 몸을 억누르며 다시 입을 열었다.

"아! 그리고 보니, 밤사이에 손님이 한 분 다녀가셨습니다."

문득 생각난 듯한 비트렌의 말에 엘리시나가 눈을 동그랗게 뜨며 되물었다.

"손님?"

"예. 저와 마찬가지로 인간을 증오하는 분이었습니다. 그리고 그분께서 앞으로의 일에 도움을 주시기로 했습니다."

"도움?"

"예. 마석은 요새에 보관되어 있는데, 그분께서 먼저 요새에 소란을 일으켜 주시기로 했습니다. 그러니 엘리시나님은 그 틈을 이용해 마석을 탈취하시면 됩니다."

당연한 말이지만 손님은 제닌이었다. 그리고 그는 도움을 계기로 일행에 합류해 엘프 마을이란 곳을 찾아갈 목적이었다.

'제발 넘어가 줘라!'

비트렌은 간절한 눈빛으로 엘리시나가 속아주기를 바랐다. 그의 임무 중에서 가장 중요한 것이 바로 제닌이 합류할 수 있도록 엘리시나를 설득하는 일이었다.

"그 사람이 도와주면 정말 일이 쉬워지는 거야?"

"물론입니다! 그분은 인간 중에서는 정말 강한 분이거든요. 물론, 엘리시나님보다는 조금 못하겠지만……."

살짝 의문을 품고 있던 엘리시나의 표정은, 자신보다 못한다는 말에 환하게 밝아졌다.

'나보다 못하다면 그 인간이 나쁜 마음이 있어도 내가 해결할 수 있다는 말이니까!'

나름대로 생각한 끝에 내린 결론이었지만, 생각 자체는 안쓰러울 정도로 허술했다.

"좋아!"

"감사합니다."

엘리시나의 흔쾌한 승낙에 비트렌은 깊은 감사를 표했다. 이번만큼은 진심이 담긴 감사였다.

II

탓!

작은 소리와 함께 엘리시나가 성벽 위에 올라섰다.

'왜 이렇게 조용하지?'

그녀의 의문은 사방에 쓰러져 있는 병사들의 모습에서 답을 찾을 수 있었다.

'아! 잠들었구나! 그 손님이란 사람이 한 건가?'

엘리시나는 의심 없이 받아들이며 성벽을 가로질러 요새 안으로 뛰어내렸다.

'북쪽 성벽에서 길을 따라 열 번째 건물.'

엘리시나는 마법으로 몸을 감춘 채 거리를 걸으며 건물의 숫자를 헤아렸다.

'아! 여기다!'

유독 커다란 건물에는 '마법 연구소'라는 간판이 달려 있었지만, 엘리시나는 인간의 글자를 몰랐다.

'제일 위층이라고 했지?'

엘리시나는 건물의 높이를 가늠해 보다가 힘껏 도약해 건물 지붕으로 내려섰다.

탓!

지붕을 울리는 미약한 소리에 마치 기다렸다는 듯이 최
상층의 창문 하나가 열렸다.

끼이익.

"늦었군. 비트렌이 실력이 엄청나다고 해서 기대했었는
데, 비트렌의 눈이 잘못되었나 보군."

창문 너머로 들려온 목소리에 엘리시나는 볼을 부풀리
며 창문 안으로 뛰어들었다.

"비트렌의 눈은 잘못되지 않았어!"

"헛! 생각이 있는 건가? 없는 건가? 그렇게 소리치면 발
각된다는 생각도 못하나?"

"흥! 발각되면 다 쓰러뜨리면 되는걸? 당신은 그 정도도
못하는 거야?"

"쯧! 못한다는 게 아니라, 굳이 귀찮은 일을 만들 필요가
없다는 거야. 난 누구처럼 쓸데없이 몸을 움직여 힘을 낭
비하는 것은 그리 좋아하지 않거든."

"뭐야! 내가 쓸데없이 힘을 낭비한다는 거야?"

'정말 바보가 맞군.'

갈수록 커지는 엘리시나의 목소리에 제닌은 히죽 웃었
다. 상대의 생각이 모자라면 모자랄수록 그에게는 좋았다.

– 삐이이익!

"침입자다! 침입자가 발생했다!"

"전원 경계 태세! 불을 밝혀라!"

소란스러워지는 밖의 상황에 제닌은 혀를 찼다.

"쯧쯧! 덕분에 귀찮은 일이 발생했군. 이제 어떻게 할 텐가?"

"흥! 난 인간 따위에 겁먹지 않아!"

"흐음……. 그런가? 그럼 이건 자신 있는 사람이 들고 오는 게 낫겠군."

제닌은 묵직해 보이는 주머니를 꺼내 엘리시나에게 던졌다.

"무슨 짓이야?"

엘리시나는 피하려 했으나, 이어진 제닌의 목소리에 그가 던진 주머니를 받아들 수밖에 없었다.

"네가 원하던 마력핵. 아니, 마석이다. 늦게 도착한 누구 때문에 모든 일을 나 혼자 해야 했지."

주머니의 입구를 살짝 열어 안을 살펴본 엘리시나가 눈을 동그랗게 떴다.

"우와! 많아!"

"먼저 가지. 비트렌이 있는 곳에서 기다릴 테니, 알아서 빠져나와 보도록."

제닌은 말을 마침과 동시에 창문 밖으로 몸을 날렸고, 홀로 남겨진 엘리시나는 골난 얼굴로 멀어져가는 제닌의 뒷모습을 바라보았다.

"이익! 마음에 안 들어!"

<h2 style="text-align:center">Ⅲ</h2>

"크윽! 분하다!"

제닌은 한쪽 무릎을 바닥에 댄 채로 숨을 헐떡였다.

'지금 저걸 연기라고 하는 거야?'

비트렌은 황당하다는 얼굴로 제닌을 바라보았다.

그는 모든 과정을 지켜보았다.

먼저 돌아와 있는 제닌과 말을 맞춘 직후, 엘리시나가
도착했고 다짜고짜 제닌에게 시비를 걸었다. 제닌 역시 발
끈한 기색으로 맞받아쳤고 결국 싸움이 벌어졌다.

그리고 그 결과는 제닌의 패배였다. 물론 누가 봐도 져
준다는 느낌이 확연히 날만큼 티가 나는 패배였다.

'대체 그런 연기로 무얼 하겠다고……. 쯧! 그런 연기에
는 바보도 안 속겠…….'

"흥! 약해 빠진 주제에!"

엘리시나의 콧방귀 소리에 비트렌의 생각이 멈췄다.

'딱, 바보까지는 속일 수 있는 연기였나?'

마음 한구석에는 아직 '어떻게 저런 연기에 속을 수 있
나?' 하는 의문이 있었으나, 어쨌든 결과가 그렇게 됐으니
비트렌도 더는 할 말이 없었다.

"호호호! 이래도 계속할 거야?"

엘리시나는 들고 있던 레이피어를 공중에 몇 번 휘두르며 제닌을 겁박했다.

"그, 그만! 항복입니다. 항복!"

제닌은 겁먹은 표정으로 손을 내저었고, 이에 엘리시나는 만족스러운 표정을 짓더니 레이피어를 허리춤의 검집에 집어넣었다.

"앞으로 한 번만 더 까불면, 그땐 안 봐줄 거야!"

엘리시나는 뾰족한 말투로 쏘아준 후 비트렌 쪽으로 고개를 돌렸다. 그와 동시에 그녀의 얼굴에 눈부신 미소가 피어올랐다. 마석을 탈취하는 작전에서 무시당했던 것을 갚아 주었으니, 속이 시원하긴 할 것이다.

"비트렌! 성공했어!"

"고생 많으셨습니다. 엘리시나님이라면 당연히 성공하실 줄 믿고 기다리고 있었습니다."

"히힛! 당연하지! 인간의 요새 정도로는 절대로 나를 막을 수 없다고."

한껏 치켜든 턱과 힘껏 앞으로 내민 가슴이 엘리시나의 심정을 그대로 드러내 주었다.

"흥! 실제로 일을 한 건 나라고. 고작 내가 다 해 놓은 일에 뒤늦게 나타나 주머니만 챙긴 주제에."

제닌의 투덜거림에 엘리시나의 눈썹이 휙 치켜 올라갔다.

"이 인간이! 정말 한 번 더 혼나 볼 테야?"

고리눈을 치켜뜬 엘리시나의 모습에 제닌은 어깨를 움찔하며 입을 닫았다.

"그래도, 사실은 사실이지 않습니까?"

"흥! 네가 없었어도 나 혼자 다 할 수 있었다고."

티격태격하는 두 사람 사이에 비트렌이 끼어들었다.

"자자! 너무 그러지 마시고, 어쨌든 결과적으로는 두 분이 힘을 합쳐 성공한 것 아니겠습니까? 결과가 좋으니 다투지 마셨으면 합니다."

비트렌의 중재에 서로 노려보던 두 사람이 반대쪽으로 시선을 돌렸다.

"그런데 엘리시나님. 제가 한 가지 궁금한 게 있는데, 대체 이 마석을 어디에 쓰시려고 모으시는 겁니까?"

"응? 이거? 나도 모르는데?"

엘리시나는 순진무구한 얼굴로 고개를 가로저었다. 거짓임을 의심할 필요도 없을만큼 진심이 담긴 표정이었다.

"모르신다니요. 그럼 이유도 모르고 무작정 모으셨다는 말씀입니까?"

"아, 나도 잘은 모르겠는데, 그림자 일족이 찾아와서 이걸 모아달라고 했거든."

'그림자 일족?'

엘리시나의 말은 남은 두 사람의 눈을 빛나게 했다.

'쉐도우 엘프. 이종족과의 최후의 전쟁 당시 인간을 공포에 떨게 했던 존재.'

제닌은 역사서에 기록된 내용을 떠올렸다.

역사서에는 쉐도우 엘프를 거의 악마와 다름없는 존재로 묘사하고 있었다. 그들은 은신과 잠입에 특화된 능력을 지녔고, 몰래 인간들의 진영에 침투하여 수뇌부를 암살했다.

이들을 악마로 묘사한 이유가 바로 수뇌부의 암살에 있었다. 역사는 주로 힘 있는 자들의 입맛에 맞게 기록하는 것. 그렇기에 힘 있는 자들은 그들의 생명을 위협했던 쉐도우 엘프를 가장 사악하고 악랄한 존재로 묘사할 수밖에 없었다.

'이거 일이 점점 더 재미있어지는데?'

흥미롭게 생각하는 제닌과 달리, 비트렌의 안색은 흙빛으로 굳어져 있었다.

'하필 그런 악마들이라니……'

비트렌은 지금이라도 다시 돌아가고 싶었다. 그냥 엘프 마을에 가는 것만으로도 위험을 감수해야 하건만, 행여나 쉐도우 엘프라도 만나는 날에는 그야말로 끝장이었다.

"어른들은 왜 그림자 일족을 싫어하는지 모르겠어. 다들 친절하고 좋은 엘프들인데."

'호오! 우드 엘프와 쉐도우 엘프 사이가 좋지 않다?'

제닌은 굳이 캐묻지 않아도 알아서 정보를 전해주는 엘리시나가 퍽 마음에 들었다.

더불어 다소 모자란 엘리시나가 어떻게 엘프 마을 바깥으로 나올 수 있었는지도 대충 감이 왔다.

'보나 마나 쉐도우 엘프가 꼬드겼겠지. 적당히 비위를 맞춰 주면서. 누가 봐도 이용하기 편한 성격이니까.'

또한, 엘리시나의 말 속에는 우드 엘프들이 이번 일을 꺼린다는 느낌도 담겨 있었다.

'어쩌면 첨병일 지도 모르겠군. 둑을 터뜨리기 위한 용도로 말이야.'

움직이기 싫어하는 무리를 움직이는 방법은 생각보다 간단했다. 먼저 그 무리 중 소수를 움직이게 하는 것이었다. 그렇게 되면 소수와 연관된 다른 이들도 따라 움직이게 되고, 그게 점차 퍼져 나가 결국 전체가 움직일 수밖에 없게 된다.

물론 이를 위해서는 한 가지 전제가 필요했다.

'그렇다면 엘리시나의 집안이나 지위가 우드 엘프 족에서 제법 높을 가능성이 크겠는데?'

미끼로 사용되었다는 말은 다시 말해 그녀가 미끼로 사용될 정도로 중요한 인물이라는 것을 뜻했다. 아무것도 아닌 엘프 한 명으로 우드 엘프족 전체를 움직이게 할 수는 없는 노릇이었다.

'대충 윤곽이 잡히는군. 이제 남은 건 뿌리를 살살 잡아당겨 본 뿌리를 드러내게 하는 것인가?'

제닌은 감춰진 세력이 단순히 엘프만으로 이루어진 세력은 아닐 것으로 생각했다.

적어도 인간들을 몰아내고 대륙을 수중에 넣기 위해서는 제법 거대한 세력을 이루었을 것이고, 여기에는 엘프를 포함한 많은 이종족들이 포함되어 있을 것으로 추론했다.

Ⅳ

며칠 후, 일행은 몬스터 산맥의 입구에 도착해 있었다.

– 쿠워어!

– 크르르릉!

아직 산맥에 들어선 것도 아니건만, 벌써 각종 몬스터들의 울음소리가 들려오기 시작했다.

"여, 여기로 들어가시는 겁니까?"

비트렌은 겁에 질린 얼굴로 물었다.

눈앞의 몬스터 산맥은 수천 년의 세월 동안 인간의 침입을 불허한 금역이었다. 굳이 몬스터들의 울음소리가 없더라도, 평범한 사람은 몬스터 산맥이라는 이름만으로도 두려워할 수밖에 없었다.

"걱정하지 마. 착한 비트렌은 내가 지켜줄 테니까."

"저도 몬스터 따위는 두렵지 않습니다."

제닌은 지기 싫다는 말투로 툴툴거렸다.

"홋! 당신은 알아서 하든가."

마치 '네까짓 게 몬스터를 상대할 수나 있을 것 같아?'
하는 비웃음이 담긴 코웃음과 함께 엘리시나는 우거진 수
풀로 다가갔다. 그리고 수풀에 대고 난데없이 노래를 부르
기 시작했다.

'저건 갑자기 왜 저러는 거지?'

노래 같기도 하고, 말하는 것 같기도 했다. 문제는 무슨
뜻인지 전혀 알 수 없다는 점이었다.

<u>쓰스스. 스스스스!</u>

노래가 계속되자 수풀이 흔들리기 시작했다. 마치 엘리
시나의 노래에 맞춰 춤을 추는 듯한 모습이었다.

놀란 눈으로 바라보는 두 사람의 시선 속에 어느덧 엘리
시나의 노래가 끝났다.

남겨진 것은 수풀 사이로 드러난 길이었다.

'설마, 엘프의 길?'

제닌은 놀라움을 담은 표정으로 엘리시나를 바라보았
다.

"홋! 이제야 내가 얼마나 대단한지 알겠어?"

거드름을 떠는 모습에 핀잔이라도 주고 싶었으나, 제닌
은 대꾸하지 않았다.

'엘프의 길이라니······.'

엘프의 길 역시 역사서에 기록되어 있었다. 이 엘프의 길을 이용한 엘프들의 배후 침투와 보급로 차단 덕분에 인간의 군대가 애를 먹었다는 내용이었다.

'그런데 엘프의 길은 엘프들의 귀족이라는 하이 엘프들만 사용할 수 있는 것 아니었나?'

물론 엘프들의 귀족이라는 말은 인간들이 갖다 붙인 단어였으나, 하이 엘프가 다른 엘프로부터 존경을 받고 그들을 이끄는 존재라는 것만큼은 확실했다.

'대체 신분이 어떻게 되는 거야? 그리고 하이 엘프가 호위도 없이 혼자 밖으로 나돌아다닐 수 있는 거야?'

인간들만큼은 아니어도, 역사서에는 하이 엘프를 대하는 엘프들의 태도는 무척 극진하다고 기록하고 있었다. 그리고 역사서는 그런 대우를 받는 만큼 하이 엘프는 다른 엘프를 위해 헌신적인 삶을 살아간다고도 말했다.

'아무래도 말도 없이 몰래 빠져나온 게 확실하겠군. 거기에 우드 엘프들을 끌어들이기 위한 목적으로 쉐도우 엘프가 적당히 도움을 줬겠고.'

제닌은 추론 끝에 대강의 상황을 이해할 수 있었다.

물론 아직 사실로 밝혀진 것은 하나도 없었지만, 아귀가 딱딱 들어맞는 것이 크게 벗어나지는 않은 것 같았다.

'그런데 여기서 더 확실히 우드 엘프들을 끌어내리려면

어떻게 하는 게 좋을까?'

"자, 다 됐다! 비트렌, 이 길은 안전하니까 따라와. 그리고 당신은 따라오든지 말든지."

제닌은 자부심으로 가득 찬 엘리시나의 얼굴을 바라보았다.

'나라면······.'

순간 시야 주변이 알록달록한 글자와 그림들로 채워졌다. 인터페이스 창이 나타난 것이다. 그리고 인터페이스 창이 나타났다는 것은.

'적이 나타났다는 의미지.'

제닌의 입가에 잔잔한 미소가 떠오른 순간이었다.

피이잉!

날카로운 소리가 공기를 뚫고 전해졌다.

'후! 귀찮게 됐군. 이거, 머리가 너무 좋은 것도 탈이란 말이야.'

제닌은 생각과 동시에 아직 상황 파악이 되지 않아 어리둥절한 엘리시나를 향해 몸을 날렸다.

쉬이익! 푸욱!

날카로운 물체가 무언가를 파고드는 소음이 일어났다.

"뭐, 뭐야! 당신!"

"잔말 말고 숙여!"

피잉! 피이잉! 핑!

연속으로 화살이 날아들었다.

제닌은 어느새 뽑아든 검을 들고 앞을 막아섰다.

'쯧! 적당히 다치고 피도 좀 흘려 줘야 완벽한데, 몸이 너무 단단한 것도 문제로군.'

제닌은 몬스터 가죽으로 만든 가죽 갑옷을 입고 있었다. 그리고 갑옷을 뚫고 들어온 화살촉은 그의 피부를 뚫지 못하고 그 사이에 끼인 상태였다.

굳이 방어구를 갖추지 않아도, 날아드는 화살은 제닌이 가진 기본 방어력을 뚫을 수 없었다.

"비트렌! 뒤로 숨어!"

제닌은 날아드는 화살을 쳐내며 비트렌을 잡아 등 뒤로 던져 버렸다.

"우, 우와아앗!"

비트렌이 비명과 함께 날아가는 사이에도 화살은 계속해서 날아들었다.

피이잉! 핑! 피잉!

팅! 티팅! 팅!

제닌은 날아드는 화살을 차분하게 검으로 쳐내며 뒤를 향해 소리쳤다.

"뒤로 물러나! 어서!"

"아, 알았어."

엘리시나는 당황한 목소리로 답하며 주섬주섬 몸을 뒤

로 물렀다. 그리고 제닌 역시 그녀를 등진 채로 차츰차츰 뒤로 물러섰다.

"길을 닫을 수 있나?"

"그렇긴 한데……."

"뭘 망설이지? 화살을 맞고 싶다면 내가 비켜줄 수도 있는데, 그럴까?"

"아, 아니 그건 아니고……."

엘리시나는 풀죽은 목소리로 대답하며 다시 노래와 비슷한 말을 시작했다.

쓰스스스스.

수풀이 흔들리며 그 사이로 만들어졌던 길이 사라졌다.

화살은 더 날아들지 않았다.

'엘프의 길이 일종의 마법적인 공간이라는 기록은 사실이었군. 그리고 보면, 내가 엘프의 길에 들어선 최초의 사람이 되는 건가?'

밖에서 볼 때는 몰랐으나, 엘프의 길 안에 들어서자 확실히 알 수 있었다. 물결처럼 흔들리는 막이 주변을 감싸고 있었고, 그 밖으로 다갈색 피부에 호리호리한 체구를 가진 인물들의 얼굴이 서성이고 있었다.

역시 엘프라 그런지 남녀 할 것 없이 눈부신 미모를 갖췄지만, 그런 미모임에도 왠지 모르게 음산한 분위기를 풍겼다.

'아마도 저들이 쉐도우 엘프겠지.'

"엇! 저들은!"

엘리시나가 뾰족한 목소리를 토했다.

"아는 자들인가?"

엘리시나는 당황한 얼굴로 고개를 끄덕이다가 번쩍 고개를 들며 제닌을 바라보았다.

"대체 당신, 정체가 뭐야? 우리 엘프의 화살은 인간이 절대로 막을 수 없는데!"

"역시, 생각이 모자라는군. 지금 상황에서 그따위 것이 중요한가?"

"그, 그럼 중요한 게 뭔데?"

"네가 저들에게 이용당했다는 사실이지."

"이용? 그게 무슨 소리야? 저들은……."

"일단 좀 듣지? 질문은 내 설명이 끝난 다음에 하도록."

제닌은 엘리시나의 말을 막으며 그동안 자신이 추론한 내용을 말해 주었다.

"가장 중요한 것은 네 죽음으로 우드 엘프들이 분노할 테고, 앞으로 그들이 일으킬 인간들과의 전쟁에 선봉에 설 거라는 사실이야. 물론, 결과는 많은 우드 엘프의 죽음으로 나타나겠지. 어때? 지금까지의 설명 중에서 내가 잘못 짚은 것이 있다면 한번 말해 봐."

"마, 말도 안 돼! 그들이 그럴 리가 없어!"

엘리시나는 세차게 고개를 흔들었다. 그녀의 얼굴에는 믿고 싶지 않다는 표정이 역력했다. 쉐도우 엘프를 철석같이 믿고 있던 그녀였기에 당연한 반응이었다.

"저들을 믿고 싶은 건가? 아니면 자신의 잘못을 인정하고 싶지 않은 건가? 정 저들을 믿고 싶다면 지금이라도 늦지 않았으니, 다시 길을 열고 나가 보는 것도 방법이기는 한데 말이야."

제닌의 말에 엘리시나는 솔깃한 표정을 지었다.

쉐도우 엘프들은 여전히 엘프의 길 밖을 서성이고 있었다. 어떻게든 따라 들어오려 입구를 찾는 모양이었으나, 하이 엘프가 아닌 이상에야 엘프의 길을 열 수는 없을 터였다.

"물론, 굳이 내기한다면 난 네 몸이 화살꽂이가 된다는 것에 걸겠어."

"으으…… 어떡하지? 어떻게 해?"

엘리시나는 이러지도, 저러지도 못한 채 안절부절못했다.

'지능 미달에 판단력 또한 바닥이군. 어디서든 이용만 당하다가 끝날 운명이겠어.'

"다, 당신 대체 정체가 뭐야? 그것부터 알려줘."

"보다시피 인간. 좀 더 정확히 말하자면 산맥 아래의 인간들을 다스리는 위치에 있지."

제닌의 대답에 엘리시나의 얼굴에 경계의 빛이 어렸다.

"역시! 인간은 믿을 수 없는 존재였어! 날 속인 거야?"

"인간인 내가 정체를 감춘 것은 그렇게 발끈하면서, 그 토록 믿고 있던 쉐도우 엘프가 속인 것은 생각하지 않는 건가? 내가 웬만해서는 이런 말 안 하려고 했는데. 넌 바보 다. 신도 구제할 수 없을 정도로 멍청한 바보."

"이익! 가만두지 않겠!"

스릉!

발끈한 엘리시나가 덤벼들려 할 때, 검집을 빠져나온 제 닌의 검은 이미 그녀의 목덜미를 겨누고 있었다.

"시, 실력까지 속인 거야?"

"내 실력이 네게 보여준 그대로였다면, 네 몸은 지금 쯤……."

제닌은 말끝을 흐리며 칼로 땅바닥을 쿡쿡 찔러댔다.

푹! 푸푸푹! 푹!

한 뼘 남짓한 면적이 순식간에 칼자국으로 뒤덮였다.

칼자국이 선명한 땅바닥을 바라보며 엘리시나는 입술을 꾹 깨물었다. 지능이 좀 많이 모자란 그녀지만, 칼자국이 선명한 땅바닥이 곧 자신의 몸을 나타낸다는 것 정도는 알 아들을 수 있었다.

"그, 그만해! 알아들었으니까!"

칼끝이 땅을 파고들 때마다 몸을 움찔거리던 엘리시나

가 보다 못해 소리쳤다. 사실상 항복의 표시나 다름없었
다.

"그래서 대체 당신이 원하는 게 뭔데?"

'후후. 본론이 나오기까지 이렇게나 오래 걸려서
야……. 하긴, 이런 사람들이 많아야 생각을 조금이라도
할 줄 아는 내가 활개칠 수 있는 거겠지.'

제닌은 피식 웃으며 입술을 뗐다.

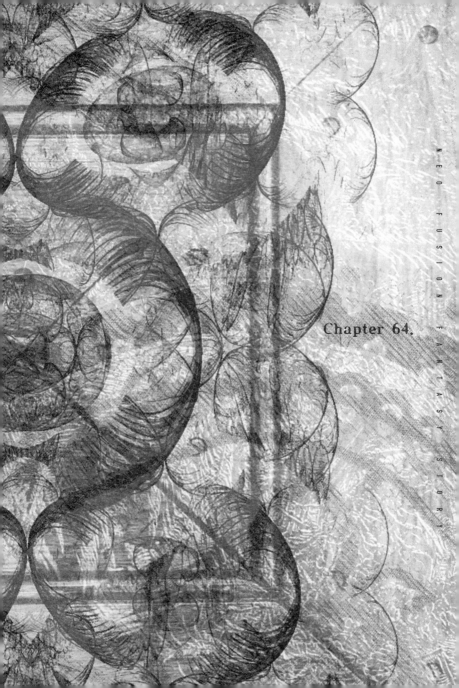

Chapter 64.

Chapter 64.

ROYAL
ROADER

I

우드 엘프 마을의 전경은 거대한 나무들의 군집이었다.
우드 엘프들은 살아 있는 나무의 줄기에 마법을 걸어 공간
을 만들고 그곳을 집으로 사용했다.

나무는 엘프에게 안락한 공간을 제공하고 엘프들은 각
종 마법으로 나무의 생장을 도왔기에 서로에게 이득이 되
는 구조였다.

하지만 오늘 그 구조가 깨어졌다.

번쩍!

색색의 마법이 하늘을 수놓았다. 높이 떠오른 그것들은
섬광처럼 내리꽂히며 지상에 파괴의 에너지를 쏟아냈다.

콰콰콰쾅!

93

나무뿌리와 덩굴들이 한데 엮어 만든 방어막은 순식간에 깨져 나갔다. 파괴적인 성향이 강한 쉐도우 엘프의 마법은 우드 엘프의 마법으로 막기에는 무리가 있었다.

쩌쩡!

반투명한 정령들이 뭉쳐 형성한 이차 방어막 또한, 그리오래 버티지 못하고 깨져 나갔다. 정령들 역시 다양한 방면으로 활용도가 높을 뿐, 실질적으로 낼 수 있는 파괴력은 마법에 비할 바가 아니었다.

슛. 스슛.

은밀한 그림자가 깨진 방어막 사이로 조용히 파고들었다. 그리고 우왕좌왕하는 우드 엘프들의 등 뒤에 비수를 꽂았다.

푸푸푹!

"크아아악!"

곳곳에서 처절한 비명이 터져 나오는 이곳에서는 예전의 평화롭던 마을의 모습을 찾아볼 수 없었다.

"대체 이유가 뭐요! 우린 그저 지금까지 지내오던 대로 평화롭게 살고 싶었을 따름이오!"

하얀 수염을 길게 기른 늙은 엘프의 외침. 그러나 돌아온 것은 비웃음이 담긴 쉐도우 엘프의 목소리였다.

"우리도 이러고 싶지는 않았는데, 상황이 그렇게 돼버렸거든. 따르지 않으면 배제하는 수밖에."

쉐도우 엘프의 수장으로 보이는 인물은 대답과 함께 손을 휘저었고, 늙은 엘프를 향해 검은 그림자들이 쇄도했다.

우우우웅!

늙은 엘프 주변으로 투명한 방어막이 형성되었으나, 그것은 쉐도우 엘프들의 칼질 몇 번에 깨져 나갔다. 그러자 늙은 엘프의 주변에 있던 우드 엘프들이 몸을 던져 경로를 막았다.

푸푸푸푹!

"으아아악!"

다시금 섬뜩한 소리와 처절한 비명이 한데 어우러졌다.

"하필이면 두 분이 모두 자리를 비우셨을 때, 이런 일이 생기다니……."

늙은 엘프는 비통에 찬 표정을 지었으나, 안타깝게도 그가 기댈 수 있는 것은 아무것도 없었다.

Ⅱ

'대체 이 인간은 무슨 생각인 거야?'

느긋한 걸음으로 엘프의 길을 나아가는 엘리시나의 머릿속은 복잡했다. 하지만 아무리 생각해 보려 애를 써도 도무지 뒤따르는 인간의 의도를 알 수 없었다.

'그냥 천천히 걸어가면 된다니. 마을에 도착하면 자기한테 하고 싶은 말이 있을 거라니.'

엘리시나는 슬쩍 뒤를 돌아봤으나 능글능글한 미소를 띤 채 바라보는 제닌의 모습에 삐죽 입술을 내밀 뿐, 그녀로서는 별다른 도리가 없었다.

그렇게 천천히 나아간 끝에 엘프의 길의 끝이 보였다. 그 끝은 우드 엘프의 마을과 이어져 있었다.

콰콰쾅!

"으아아악!"

난데없는 폭음에 엘리시나의 걸음이 빨라졌고, 잇달아 들려온 비명은 그녀를 날 듯이 뛰게 했다. 그렇게 엘프의 길의 끝에 다다르자 그녀는 길을 열기 위해 노래 같은 말을 시작했다.

"흐음. 그러고 보니 자살이 취미인가 봐?"

옆에 다가온 제닌이 슬쩍 물었다.

"다, 당신! 무슨 말을!"

"급한 건 알겠는데, 아무리 급해도 일에는 순서가 있는 법이라는 말이지. 무작정 뛰쳐나가서 뭘 어쩔 건데? 저들을 막아낼 숨겨진 능력이라도 있는 건가?"

"이, 있어!"

"호오! 그렇게 자신 있으면 마음대로 해봐. 그토록 싫어하는 인간은 옆에서 구경해줄 테니까."

제닌의 말에 엘리시나는 화들짝 놀란 표정을 지었다.

"설마 아, 안 도와주겠다는 거야?"

다른 것은 잘 모르겠지만, 그녀도 한 가지만큼은 알았다. 제닌의 실력이 자신보다 훨씬 윗줄이었고, 공격받는 엘프 마을을 구원하기 위해서 꼭 필요한 존재라는 사실이었다.

게다가 엘리시나가 마을을 구할 방법이라고 한 것에는 한 가지 커다란 약점이 있기도 했다.

"엘프는 어떨지 모르겠지만 말이야. 우리 인간들은 무언가를 부탁할 때, 항상 대가를 약속하거든?"

"약속할게! 당신이 원하는 그 대가라는 것!"

엘리시나는 한 치의 망설임 없이 외쳤다.

"뭐든지?"

"그래! 뭐든지! 그러니까 제발 도와줘! 부탁이야!"

엘리시나의 대답에 제닌의 입꼬리가 눈에 띄게 올라갔다.

'엘프는 반드시 약속을 지킬 수밖에 없는 존재라고 했었지? 말에 담긴 힘 때문에 약속을 어긴 엘프는 시름시름 앓다가 죽게 된다고.'

물론 실제로 확인한 것은 아니었으나, 일단 역사서에 기록된 사실은 그러했다.

"일단은 믿어 보지. 그런데 마을을 지킬 방법이 있다는 것은 무슨 말이지? 일단 그 방법이라는 것을 들어 봐야 내가 도와줄 방법을 찾을 텐데."

"세계수. 마을 중앙의 세계수에게 부탁하면 보호막을 만들 수 있어."

"보호막이라……. 그런데 보호막이 생긴다고 해도 별다른 효용성은 없을 것 같은데? 쉐도우 엘프는 이미 마을 안에도 많이 들어왔잖아."

"적은, 밖으로 밀려나게 돼."

엘리시나의 말대로라면 일단 급한 불은 끌 수 있을 것으로 보였다.

"호오! 유지 시간은?"

"응? 언니는 며칠이라도 할 수 있지만 나는 몇 시간 밖에……."

왠지 자신 없는 말투에 제닌은 미간을 확 찌푸렸다.

"상황이 별로 안 급한가 보지? 한번을 말해도 정확히 말하는 편이 시간을 줄이는 데 도움이 될 텐데 말이야."

"하, 한 시간!"

엘리시나는 눈을 질끈 감고 외쳤다.

이렇게 대화를 나누는 와중에도 시시각각 우드 엘프들의 숫자는 줄어가고 있었다.

"그러니까 한 시간 안에 쉐도우 엘프를 모두 처치해야 한다는 뜻이로군. 그런데 아무리 나라고 해도, 그러기는 쉽지 않은 일 같은데?"

"언니까지! 언니까지 그 대가라는 것을 치를 테니까 제발 도와줘!"

"응?"

뜻밖의 말에 제닌은 눈을 둥그렇게 뜨며 되물었다.

'지금 자신이 한 말이 무슨 뜻인지 알고 하는 건가?'

엘리시나가 알든 모르든, 그것은 그리 중요치 않았다.

만약 역사서에 기록된 대로 엘프의 약속이 그렇게 중요하다면, 엘리시나의 언니 또한 약속을 지킬 수밖에 없을 것이다. 그렇지 않으면 엘리시나가 약속을 어긴 대가를 치르게 되기 때문이다.

게다가 말을 들어 보니 엘리시나의 언니 역시 하이 엘프로 보였다.

'이거, 어째 좀 미안한 것 같기는 한데…….'

제닌은 상대의 절박함을 미끼로 이득을 챙기는 자신이 어쩐지 악당 같다는 생각이 들었다.

그래도 상대가 눈앞에 잘 구운 고기를 놓아 주는데 어쩌겠는가? 생각은 나중에 할망정 일단 포크로 찍어라도 놓는 게 우선이었다.

"한 가지를 명심하도록. 일단 보호막을 형성한 다음, 마을 사람들에게 내가 아군이라는 것을 설득해. 만약 그게 안 되면 내가 사용하는 기술에 마을 사람들도 다칠 거야."

제닌은 그 점을 강하게 주지시켰다.

제한시간 안에 쉐도우 엘프를 모두 처리하기 위해서는 광역 스킬이 필수였다. 하지만 상대가 적의를 가지고 있거나 자신을 아군으로 생각하고 있지 않으면 광역 스킬에 휘말려 목숨을 잃을 수도 있었다.

"알았어! 이제 된 거지?"

제닌은 발을 동동 구르는 엘리시나의 모습에 희미하게 웃으며 고개를 끄덕였다.

"계약 성립."

Ⅲ

우우우웅!

낮은 진동음과 함께 뿌연 막이 생성되었다. 마을 중앙의 커다란 나무에서 시작된 막은 점차 바깥쪽으로 크기를 키워가기 시작했다.

"뭐, 뭐야?"

"갑자기 몸이 왜?"

놀란 음성과 함께 검은 그림자들이 밀려나기 시작했다.

"이건… 세계수의 장막!"

"하이 엘프가 돌아왔단 말인가?"

쉐도우 엘프들은 각자의 무기로 보호막을 때렸으나, 모조리 튕겨 나갔다. 뿌연 보호막은 일전에 우드 엘프들이 마법으로 생성한 것과는 차원이 다른 강도를 지니고 있었다.

그렇게 밀려난 쉐도우 엘프와 안에 남겨진 우드 엘프들로 안팎의 진영이 나누어졌다.

"불안정하군. 기껏 해봐야 몇 시간이면 사라지겠어."

보호막의 표면을 쓸어보던 쉐도우 엘프의 수장이 천천히 고개를 끄덕였다.

"그런데 이거, 너무 친절한 것 아닌가?"

쉐도우 엘프의 수장은 비릿한 웃음을 머금은 채 옆의 수하에게 물었다.

"이렇게 쉴 시간까지 주다니 말이야."

"하하하! 이거 불쌍해서 어떡하죠? 저들로서는 오히려 공포에 떠는 시간만 더 길어질 뿐이겠습니다."

맞장구치는 수하의 말에 주변의 쉐도우 엘프 모두가 비릿한 미소를 베어 물었다. 이들은 저마다 편한 자세로 휴식을 취하며 잡담을 나누었다.

"이봐, 계집들은 안 죽였지?"

"당연히 발목 힘줄만 잘랐지. 이때 아니면 우릴 혼혈이라고 무시하던 순혈의 속살 맛을 또 언제 보겠어?"

언제, 누구로부터 시작된 것인지는 몰라도 혼혈이라는 말은 피부가 하얗지 않은 엘프 일족에게 열등감과 모멸감을 심어 주었다.

대표적인 순혈의 일족은 우드 엘프였고, 쉐도우 엘프와

다크 엘프가 그 반대에 해당했다.

사실 순혈들은 그 말에 별 신경을 쓰지 않았고, 실제로 혼혈을 무시하거나 괄시한 적이 없었다. 그럼에도 혼혈의 일족은 순혈에 대한 태생적인 질투심을 가지고 있었다. 어쩌면 자신이 가지지 못한 것에 대한 부러움 일 수도 있었다.

"거기서 기다리고 있으라고."

"우리가 아주 즐겁게 해줄 테니까."

쉐도우 엘프들은 보호막 안쪽을 바라보며 음흉한 미소를 지었다.

"그건 니들 생각이고!"

갑자기 목소리가 들려왔다.

하늘 높은 곳에서였다.

목소리를 따라 하늘로 올라간 쉐도우 엘프들의 시선 끝에는 그들과 마찬가지로 비릿한 미소를 베어 문 은발의 청년이 있었다.

"뭐, 뭐냐?"

"아까 그 인간?"

쉐도우 엘프들이 깜짝 놀라는 사이, 제닌이 그들의 머리 위로 떨어져 내리며 나직이 외쳤다.

"수확."

후우우웅!

푸른 원반이 자라났다. 지름이 거의 10미터에 가까운 거대한 원반이었다.

푸르렀던 원반은 곧 보랏빛을 띠기 시작했다. 범위 안에 있던 쉐도우 엘프의 붉은 피를 잔뜩 머금은 영향이었다.

"고맙다. 니들이 나쁜 놈들이라서."

제닌은 핏빛보다 저 진득한 미소를 머금으며 말했다.

"이렇게 해도 잠자리가 불편하지는 않을 것 같거든."

"쳐, 쳐라!"

"공격!"

쉐도우 엘프들의 한발 늦은 반응이 시작되었다.

피이이잉! 피피핑!

가장 먼저 화살이 날아들었고, 흐릿한 그림자들이 어지럽게 제닌의 주변으로 쇄도했다. 그리고 후방으로 물러난 마법사들의 몸 주변으로는 각양각색의 빛무리가 자라나기 시작했다.

– 네가 뭘 해야 할지는 알겠지?

제닌의 소리 없는 물음에 그의 그림자가 일렁였다.

– 예스. 마스터.

그림자의 일렁임은 곧 사라졌고, 마법사들의 후방에서 다시 모습을 드러냈다. 채찍처럼 자라난 검은 음영이 길게 늘어나더니 쉐도우 엘프 마법사들의 몸을 스쳐 지나갔다.

"끄아아악!"

"으악!"

그들이 내지르는 단말마는 은신을 한 채 달려들던 쉐도우 엘프들마저 흠칫 거리게 할 정도로 처절했다.

공기중에 일렁이는 모습은 제닌의 눈에 확연히 들어왔다.

"아주 여유가 넘치나 봐? 아니면 내가 만만하게 보인 건가? 전투 중에 딴 생각해도 될 만큼?"

낭창낭창하게 휘어진 아우라가 은신한 쉐도우 엘프들의 몸을 훑고 지나갔다.

푸화아악!

피보라가 일어났다.

"물러나라! 거리를 벌려!"

쉐도우 엘프의 수장이 소리쳤다.

"놈은 혼자다! 포위한 채 화살을 날려! 언젠가는 지칠 것이다!"

'이거, 어디서 들어본 말 같은데? 아하!'

제닌의 입꼬리가 호선을 그리며 올라갔다.

'아마, 베르헨 백작이라는 놈이었지?

팔만의 제국군 앞에 제닌이 홀로 나섰을 때, 제국군의 총사령관이었던 자가 했던 말이었다.

피이이잉! 피피핑!

쉐도우 엘프들은 수장의 지시에 따라 재빠른 반응을 보였다. 하지만 그들의 화살은 제닌의 몸 주위에 두른 보호의 힘을 뚫지 못했다.

티팅! 티티티팅!

단순한 보호막이 아니었다. [보호] 스킬로 형성된 보호막 바깥으로 아우라까지 둘러쳐 방어력을 한층 높인 강화 보호막이었다.

"공격! 공격을 늦추지 마라! 놈은 이미 고립됐다!"

"고립?"

'저 엘프, 사람 웃기는 재주가 있는데?'

웃음이 절로 나왔다.

제닌은 천천히 움직이기 시작했다. 배부른 맹수 마냥 설렁설렁 걷는 걸음이었다. 방향은 쉐도우 엘프의 수장이 있는 쪽이었다.

"포, 포위를 유지하라!"

제닌의 걸음에 따라 포위망도 함께 이동했다.

"그런데 말이야. 여기서 내가 좀 빨리 움직이면 어떻게 될까?"

제닌은 수장의 눈을 똑바로 바라보며 물었다. 그러자 수장은 움찔하며 뒤로 몇 걸음 물러났다.

상대에게 화살 공격이 통하지 않는다는 것은 그도 알았다. 게다가 어찌 된 영문인지 모르겠지만, 지금쯤 강력한 마법을 날렸어야 할 마법사들이 모조리 쓰러져 있었다.

은신해서 접근하려던 수하들은 크게 휘두른 일격에 대부분 목숨을 잃었고, 남아 있는 이들 중 쓸만한 전투력이라고는 그의 주변에 있는 전사들뿐이었다.

'과연 이들과 함께 저자를 이길 수 있을까?'

처음 제닌이 나타났을 때만 해도, 그는 자살 희망자로밖에 보이지 않았다.

수장은 자신이 거느린 쉐도우 엘프의 전투력을 잘 알고 있었다. 이미 우드 엘프와의 전투에서 학살에 가깝도록 그들을 도륙하고 승기를 굳힌 것이 그 증거였다.

인간과 비교하면 월등한 전투력의 엘프. 그들을 상대로 승리를 거둔 자신들에게 맞선 인간 하나.

수장의 머릿속 제닌은 보호막이 걷히기 전 가볍게 즐길 여흥 거리에 지나지 않았었다. 그런데 이제는 자기 생각이 크나큰 오판이었다는 것을 알게 되었다.

'고작 인간 하나 따위에게 이렇게 휘둘리다니!'

쉐도우 엘프 수장은 제닌을 노려보며 이를 깨물었다.

이미 커다란 피해를 보기도 했지만, 그보다 엘프 중에서도 손꼽힐 정도로 강력한 전투 일족이라는 자부심에 상처가 생긴 것이 더 문제였다.

'네놈만큼은!'

수장이 주변의 엘프 전사들에게 눈짓을 보냈다. 그러자 그와 눈을 마주친 엘프 전사들이 비장한 표정으로 고개를 끄덕였다.

"일족을 위해."

딱딱하게 굳은 수장의 목소리에 엘프 전사들이 화답했다.

"일족을 위해!"

외침과 함께 그들이 달려와 제닌의 주변을 포위했다.

'저것들은 표정이 왜 저따위야? 꼭 죽으러 오는 사람 같잖아?'

심상치 않은 분위기였다. 단지 분위기뿐만 아니라, [간파] 스킬로 살펴본바, 저들의 몸속에 나타난 에너지의 흐름도 심상치 않았다.

'설마, 자살 공격은 아니겠지?'

제닌이 그것을 떠올렸을 때, 그를 포위했던 이들이 일제히 달려들기 시작했다. 일부는 양팔을 한껏 벌린 채 달려왔고, 일부는 힘차게 도약해 공중을 막았다. 제닌의 주변으로 물샐 틈 없는 포위망이 형성되었고, 빠르게 좁혀 들었다.

이로써 상황은 확실해 졌다.

'마음 같아서는 보호막의 강도를 시험해 보고 싶지만.'

굳이 위험을 감수할 필요는 없었다.

콰앙! 콰콰콰쾅!

강렬한 폭발이 일어났다. 몸 안의 마나를 폭주시켜 그들의 몸 자체를 폭발시키는 자살 공격이었다.

"형제들이여! 너희의 고귀한 희생은 내가 죽을 때까지 절대 잊지 않을 것이다!"

분루에 찬 목소리와 함께 쉐도우 엘프 수장의 움켜쥔 주먹 사이로 핏방울이 흘렀다. 자살 공격을 감행한 엘프 전사들은 그야말로 형제나 다름없는 이들이었다.

"이거 미안해서 어쩌지? 금방 잊힐 것 같은데?"

어깨를 툭툭 두드리는 손길.

이제는 너무도 익숙해진 목소리.

수장의 눈동자가 한껏 커졌을 때는 싸늘한 칼날이 이미 그의 목덜미에 와 닿은 뒤였다.

"도망쳐!"

수장은 남은 이들을 향해 외쳤다. 목에 검이 겨눠졌음에도 그렇게 소리친 것은 목숨을 도외시한 행동이었다.

하지만 어쩔 수 없었다. 수장에게는 더는 남은 카드가 없었다. 그런 그에게 기댈 것이라고는 남은 이들이 도망쳐 이 소식을 전해주는 것뿐이었다.

'인간 따위가 아무리 강해도, 우리 대종족 연합의 모든 힘을 막을 수는 없을 것이다.'

쉐도우 엘프 수장은 눈을 감았다. 그리고 말도 안 되게 강한 인간이 그에게 가져다줄 죽음을 기다렸다. 그러나 그에게 돌아온 것은 목덜미를 파고드는 칼날이 아니었다.

쿵!

뒷머리에서 둔중한 충격이 느껴진다 싶더니, 시야가 까맣게 물들었다. 처절한 동족들의 비명이 아련하게 들려옴과 동시에 수장은 의식을 잃었다.

IV

"끄아아악!"

멀리서 들려온 비명을 끝으로 우드 엘프의 숲은 평소의 적막함을 되찾았다.

슬쩍 미니맵을 살펴보니 붉은색 점은 하나를 제외하고 모두 사라졌다.

"후……."

온몸이 피로 물든 제닌은 낮은 한숨을 내쉬었다. 물론 그중에서 그가 흘린 피는 단 한 방울도 없었다.

"그래. 어쩔 수 없는 일이겠지. 지금 죽이지 않으면, 나중에 더 큰 싸움을 불러올 테니까."

지난 4년간의 전쟁을 통해 깨달은 것이 있다면, 적에게 베푼 자비가 비수가 되어 돌아온다는 사실이었다.

"그래도 기분이 더러운 건 어쩔 수 없군."

아무리 전쟁을 오래 겪었다 해도, 살아 있는 생명을 죽인다는 것에는 좀처럼 익숙해지지 않았다.

"홋! 그래. 지금 같은 상황에서 감상은 사치지."

제닌은 고개를 휘휘 내저으며 미니 맵에 나타난 붉은 점을 향해 걸었다. 기절한 쉐도우 엘프의 수장이 있는 곳이었다.

"기분도 찝찝하니, 웬만하면 쉽게 가자고. 쉽게."

중얼거림과 함께 다가서며, 제닌은 [보이지 않는 손]을 사용해 쉐도우 엘프 수장의 몸을 살짝 들어 올렸다가 떨어뜨렸다.

쿵!

"헛! 뭐, 뭐야!"

깜짝 놀란 수장의 음성이 터져 나왔다.

V

그 시각, 비트렌은 제닌이 남긴 주머니에서 물약을 꺼내 열심히 나눠주는 중이었다.

'뭐, 뭐야? 설마 이 많은 게 다 포션인거야?'

처음에는 제닌이 시킨 일이라 별생각 없이 나눠 주었건만, 물약의 효과는 어마어마했다.

가벼운 상처는 순식간에 사라졌고, 근육이나 힘줄이 잘린 중상조차 눈에 보이는 속도로 아물었다. 심지어 잘린 팔다리조차 이어 붙일 정도였다.

'대, 대단해! 이거 몇 병만 팔아도 평생 돈 걱정 없이 살 수 있겠어!'

비트렌의 마음 한구석에서 슬그머니 욕심이 치솟았다. 그리고 그가 슬쩍 몇 병을 빼 품 안에 넣었을 때, 엘프들의 감사 인사가 쇄도했다.

"고, 고맙소! 당신은 정말 좋은 인간이오!"

"고마워요. 이 은혜는 잊지 않을게요."

꼬리를 물고 이어지는 감사 인사들. 특히나 아리따운 엘프 여인의 인사는 비트렌의 광대를 하늘 높이 승천시켰다.

'내가 착한 놈은 아니지만, 아주 가끔 착한 짓 하는 것도 그리 나쁘지는 않은 것 같은데?'

그동안 비트렌은 착한 짓 하는 이들을 바보나 병신으로 취급했었다.

그들은 대부분 형편이 어려운 이들이었고, 정작 자신도 가난하면서 어렵사리 얻은 식량이나 물품을 더 가난한 자들과 나누었다. 비트렌의 머리로는 아무리 생각해봐도 이해할 수 없는 일이었다.

아니, 제 한 몸 건사하기도 어려운 와중에 왜 그걸 나눈단 말인가? 가난하면 어떻게 해서라도 그것을 벗어나려고 발버둥쳐야 하는 것 아닌가? 그렇게 해서까지 자신의 가난을 자식들에게 대물림하고 싶은 건가?

하지만 이제 조금은 그들의 마음을 알 것도 같았다. 물론 깨달음은 개미 눈물만큼 작았고, 여기에는 나눠주는 포션이 자신의 것이 아닌 탓도 컸다.

"자, 엘리시나님도 한 병 드시죠."

비트렌은 피로한 기색이 역력한 엘리시나에게도 한 병

을 내밀었다.

"고마워 비트렌. 그, 그런데……."

어쩐지 부끄러운 기색을 하며 슬쩍 말끝을 흐리는 엘리시나의 모습에 비트렌은 고개를 갸웃했다.

"비트렌이 먹여주면 안 될까?"

엘리시나는 마을의 중앙의 커다란 나무에 손을 댄 채였다.

'아! 보호막을 유지하기 위해서는 손을 뗄 수 없는 건가?'

비트렌은 게슴츠레 뜬 눈으로 엘리시나의 몸을 훑어 내렸다. 다시 봐도 극강의 미모였다.

게다가 손을 뗄 수 없다는 것은 곧 움직이지 못한다는 말과 다름없었다. 게다가 보호막은 온 마을 엘프들의 생명을 지켜주는 중요한 것이기에 절대로 해제할 수 없었다.

즉, 비트렌이 무슨 짓을 엘리시나는 꼼짝 못한다는 의미였다.

"비, 비트렌? 왜 그런 눈빛으로……."

슬며시 변한 비트렌의 눈빛을 느꼈는지, 엘리시나가 물어왔다.

'아니지! 아니야! 그랬다가 무슨 꼴을 당하려고!'

비트렌은 머리를 저어 음흉한 생각을 흩트렸다.

그는 이미 엘프의 길에서 제닌과 엘리시나가 나누는 대

화를 들은 뒤였다. 분위기로 볼 때, 엘리시나는 제닌의 것이 될 확률이 높아 보였다. 그런 그녀에게 손을 댄다는 것은 곧, 제닌을 적으로 돌리겠다는 생각이나 마찬가지였다.

'쓸데없는 것에 목숨 걸 필요는 없지. 암!'

비트렌은 환한 미소를 머금은 채 엘리시나에게 다가갔다. 그리고 뚜껑을 뽑은 물약 병을 그녀의 입에 대고 천천히 기울였다.

꼴깍. 꼴깍. 꼴깍.

'거 참. 예쁘게도 먹네.'

비트렌은 미인은 무엇을 해도 예쁘다는 말을 실감했다.

단순히 액체가 목을 넘어가는 소리 임에도 어쩐지 예쁘게 들려왔고, 그럴 때마다 미세하게 움직이는 목의 유동이 그의 시선을 휘어잡았다.

물론 다른 엘프들도 미인이었지만, 엘리시나는 그중에서도 확연히 달라 보일 만큼의 미모를 가지고 있었다.

왠지 성스럽고 고결해 보인다고 해야 할까?

'아서라. 아서!'

마음속으로 외치며 생각을 접으려 했으나, 포션을 먹이는 동안 계속 볼 수밖에 없는 것은 그도 어쩔 수 없었다.

앞부분이 슬그머니 부풀어 오르는 것을 엉거주춤 허리를 숙여 감춘 비트렌은 마침내 비어버린 물약 병을 거두며 뒤로 물러났다.

"비트렌, 정말 고마워. 덕분에 한결 나아졌……."

엘리시나가 생긋 웃으며 고마움을 표할 때였다.

쿠웅!

거대한 충격이 우드 엘프 마을 전체를 흔들었다.

"꺄악!"

엘리시나가 비명을 내질렀다. 안색은 푸른 기가 감돌 정도로 창백했고, 입가에는 한 줄기 피가 내비쳤다.

"헛! 엘리시나님! 무, 무슨 일이!"

비트렌은 황급히 포션을 꺼내 엘리시나의 입에 물렸다. 당황한 와중임에도 그는 자신이 해야 할 일을 정확히 알았다.

쿠우웅!

다시 한 번 충격이 전해졌다. 이전보다 더 큰 충격이었다.

푸스스스스!

세계수라 불리는 거대한 나무가 몸을 떨며 사방으로 잎사귀를 뿌려댔다. 그 모습은 마치 괴로워서 몸부림치는 동물의 모습과 흡사했다.

'대체 무슨 일이 일어나고 있는 거야?'

Chapter 65.

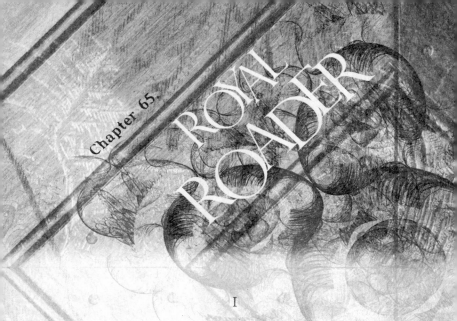

ROYAL
ROADER

I

　'이거 골치 아파지겠는데?'

　제닌은 쉐도우 엘프 수장을 심문했다. 물론 쉽게 입을
열지는 않았지만, 닫힌 입을 여는 방법은 많고도 많았다.

　물론 모든 것을 잃은 쉐도우 엘프 수장이 정확한 사실을
말했는지, 그 안에 거짓이 포함되어 있는지는 알 수 없었
다. 어차피 확인작업을 거쳐야 할 것들이었다.

　한 번 입이 열리자 다양한 정보들을 줄줄 늘어놓기 시작
했는데, 특히 제닌을 놀라게 한 것은 마력핵의 사용법이었
다.

　'사람의 능력을 증폭할 수 있다니!'

　하지만 문제점은 있었다.

마력핵을 정제한 약을 먹은 이들은 일시적으로 인간을 초월한 힘을 낼 수 있었다. 그들의 힘은 시간이 지날수록 더 강력해지며, 반대로 이성은 점차 옅어져 갔다. 그리고 결국에는 몬스터로 변해 버린다.

인간인 제닌으로서는 치가 떨리는 일이었지만, 인간을 증오하는 이종족에게는 이보다 더 좋은 방법이 없을 것이다.

그들은 어떻게든 마력핵을 정제한 약을 널리 퍼뜨리려 할 것이다. 그럴수록 인간 세상이 혼란에 빠질 것이고, 그럴수록 이종족들의 계획이 이루어질 확률은 높아진다.

'더 큰 문제는 이미 이들이 그 약을 사용했다는 점이겠지.'

바로 크라인 왕국의 귀족회의 측이었다.

이미 궁지에 몰린 귀족회의로서는 평범한 인간을 순식간에 기사 이상의 실력자로 바꿔주는 약을 그들을 구원해 줄 빛줄기로 받아들였을 터였다.

'지금쯤 아주 난리가 났겠군.'

국왕 측이 무슨 카드를 쥐고 있었는지는 모르겠지만, 귀족회의 측에 건네진 약이 정말 그 정도의 효과가 있다면, 국왕 측은 고전할 수밖에 없었다.

'어쩌면 이미 수도가 함락당했을 수도 있겠는데?'

제닌에게는 좋지 않은 소식이었다.

나중에야 어떻게 될지 모르겠지만, 지금의 국왕은 아군이었다. 그런 그들이 무너지면 후방이 불안정해진다. 최소한 제닌이 영토를 모두 점령하고 그것을 안정화할 때까지는 후방에 대한 걱정이 없어야 했다.

'게다가 놈들이 몬스터 산맥을 거점으로 삼으려 한다는 것도 문제겠지.'

이종족 중에는 드워프라 하는 난쟁이도 있었다. 작달막한 키에 온몸이 근육질인 이들이었는데, 손재주가 탁월해 각종 물품을 만들고 광산을 개발하는 데 특화된 이들이었다.

이곳 몬스터 산맥에는 드워프의 선조가 지어 놓은 유적이 있었고, 그곳을 거점으로 산맥 아래쪽부터 장악하고 점차 전 대륙으로 차츰차츰 잠식해 들어간다는 이야기였다.

물론 산맥 아래는 바로 제닌의 영토였다.

'후⋯⋯. 이제는 좀 끝이 보이나 싶었더니, 무슨 풍파가 이렇게 끊이지 않고 몰아치지?'

영토의 중심인 라테스는 이미 개발을 거의 끝마쳤다. 모든 시설이 완비되면, 앞으로 세울 나라의 수도 역할과 식량을 공급하는 중심지의 역할을 톡톡히 해낼 수 있다.

영토 내에 있는 귀족회의 측 병력도 거의 회유가 끝나가는 상황이었고, 제국군 역시 절반 이상 작업을 마쳤다. 이제 몬스터 산맥 아래로 통로만 개통되면 그들을 제국으로 넘길 수 있을 터였다.

그 일들만 완료하면 일단 급한 불은 껐다고 볼 수 있었다. 그리고 이제 본격적으로 자신이 원하는 나라를 건설해 보려고 계획하던 제닌이었다.

그렇다고 마냥 손 놓고 있을 수도 없었다.

이종족들의 첫 목표가 바로 자신의 영토였기 때문이다.

'일단은 거점 확보부터 방해해야겠군.'

드워프 선조가 만든 유적의 위치는 쉐도우 엘프 수장도 몰랐다. 하지만 몬스터 산맥을 이를 잡듯 뒤지다 보면 언젠가는 발견할 수 있을 터였다.

'나머지는 돌아가서 상의해 보면 답을 낼 수 있겠지.'

제닌은 천천히 고개를 끄덕이며 생각을 정리했다.

이제 마을로 돌아가야 할 때였다.

툭.

"어라?"

보호막이 그의 걸음을 막았다.

'나갈 때에는 아무런 저항 없이 내보냈는데, 들어가려 니까 막는다는 것은……'

제닌의 미간이 살짝 찌푸려졌다.

'수작을 부리겠다는 건가? 아니면 기세 싸움을 해보자는 건가? 그것도 아니면, 엘프의 약속이 역사서에 기록된 만큼의 효과가 없는 건가?'

의도적인지, 아니면 다른 이유가 있는지는 제닌도 몰랐다. 하지만 중요한 점 하나는 깨달을 수 있었다.

'무슨 뜻인지는 모르겠지만.'

우우웅.

미약한 진동음과 함께 제닌의 손에 든 대검의 표면을 보석처럼 영롱한 광채가 감싸 안았다.

'어디 한 번 해보자고!'

눈앞의 보호막이 방해된다면 제거하면 그만이었다.

제닌은 지름이 수백 미터에 이르는 뿌연 벽을 향해 대검을 내리쳤다.

콰앙!

격렬한 폭음과 함께 보호막이 물결치듯 출렁였다.

"호오! 단단한데다가 탄력까지 있다는 건가?"

우우우우웅!

대검으로 흘러들어 가는 마력의 양을 조금 더 늘렸다.

콰아앙!

보호막 전체가 요동쳤다.

콰앙! 콰아앙! 콰아아앙!

제닌의 공격은 점차 강렬해졌지만, 보호막은 그때마다 위태롭게 떨리면서도 용케 모습을 유지했다.

'그래 어디, 누가 이기나 한번 해보자고!'

깨질 듯하면서도 계속 버텨 내는 보호막의 모습에 제닌은 없던 호승심마저 끓어 오르는 느낌이었다.

제닌은 몸 안의 마력을 있는 대로 대검에 쏟아 부었다.

키이이이잉!

대검의 떨림이 손아귀에 전해질 정도. 표면에는 그 어느 때보다 강렬한 인텐시브 아우라가 맺혀 있었다.

"하압!"

제닌은 기합까지 내지르며 일격을 날렸다.

콰직! 콰지지직!

뿌연 보호막에 균열이 일어나기 시작했다.

'그렇지!'

제닌은 계속해서 대검을 밀어붙였고, 마침내 보호막은 대검의 힘에 굴복했다.

쩌저정!

우웃빛 빛가루가 사방을 수놓았다. 산산이 조각난 보호막의 잔해였다.

제닌에게 그것은 승자를 향해 뿌리는 꽃가루와 같았다.

"훗! 고작 이따위 걸로 날 막을 수는 없지!"

제닌이 뿌듯한 가슴을 힘껏 펼칠 때였다.

"지금 무슨 짓을 한 거냐!"

표독스러운 목소리가 제닌의 귓가를 파고들었다.

"어라?"

놀람도 있었지만, 그보다 더 큰 것은 궁금함이었다.

'대체 어떻게 다가온 거지? 미니맵에도 안 나타났는데?'

은신이라면 미니맵에 나타나지 않는 것을 이해할 수 없었다. 그러나 문제는 제닌의 감각 역시 미니맵만큼이나 예민하다는 점이었다.

눈에 보이지 않아도 소리는 들을 수 있었다. 아주 조심스럽게 움직인다면 소리를 대부분 줄일 수 있겠지만, 단한 가지만큼은 아무리 뛰어난 암살자라도 줄일 수 없었다.

'심장 소리가 들리지 않아. 거리가 먼 건가?'

특이한 점은 목소리를 들었음에도 소리가 들려온 방향을 가늠하기 어렵다는 점이었다.

'이거, 긴장해야 하나?'

"대답하지 않으면, 적으로 생각하겠다!"

다시금 들려온 목소리와 함께 목울대 부근에서 아릿한 느낌이 일어났다. 이 느낌은 다소 느슨했던 제닌의 긴장감을 단숨에 최고치까지 끌어 올렸다.

'강자!'

온몸의 솜털이 곤두서는 느낌이었다. 마치 프라덴 후작을 처음 대면했을 때를 보는 듯했다.

다른 것을 떠나, 상대가 자신의 목에 칼을 댈 때까지 아무것도 느끼지 못했다는 사실 하나만으로도 상대는 충분히 강자라 칭함 받을 수 있었다.

당황스러웠으나 제닌은 오히려 히죽 웃었다. 당황한 티를 낸다는 것은 자신의 나약함을 인정하는 것과 다름없었다.

"거 참, 말로 하자고, 말로."

제닌은 슬쩍 손을 올려 엄지와 검지로 목덜미에 닿은 칼날을 집었다.

'폭이 좁군. 레이피어? 에스토크?'

보이지 않아 확신할 수는 없었지만, 목덜미에 와 닿은 검이 찌르기 계열의 검이라는 것은 짐작할 수 있었다.

제닌은 엄지와 검지에 힘을 주어 천천히 검을 밀어냈다. 그러나 칼끝은 움직이지 않았다.

"적이로군."

엄지와 검지가 칼끝에 힘이 들어감을 감지한 순간, 제닌은 목을 뒤로 젖히며 다리를 차올렸다.

부우웅!

공기를 가르는 소리가 일어났으나, 발끝에 걸리는 것은 없었다. 제닌은 곧바로 대검을 휘둘렀다.

[수확] 스킬까지 곁들였다.

근 10미터에 가까운 푸른 원반이 거대한 위용을 자랑하며 나타났다.

캉!

"큭!"

대검을 통해 전해지는 저항감과 함께 미약한 신음이 들려왔다.

비로소 제닌의 입꼬리가 슬쩍 올라갔다.

"누군지는 모르겠지만."

제닌은 한 손을 대검에서 떼어 내며 인벤토리를 열었다.

"숨바꼭질은 할 만큼 했잖아?"

촤아아악!

큼지막한 통에 담겨 있던 맥주가 사방으로 비산했다.

제닌은 맥주가 뿌려진 범위에 있던 한 곳에 생겨난 이지러짐을 발견하고는 눈을 빛냈다.

"찾았다!"

목소리와 함께 손에 들린 대검이 바닥을 휩쓸었다.

공격의 의도는 아니었다.

푸화아악!

후두둑. 후두두둑.

잔돌부터 시작해 바닥에 있던 흙먼지가 한 곳으로 뿌려졌다. 공중에 맺혀 있던 이지러짐이 흙빛을 띠기 시작했다.

"자고로 싸움은 공평해야지. 안 그래?"

사기적인 능력으로 적을 압살하던 제닌이 할 말은 아니었으나, 두근거리는 심장은 그에게 아무 말이나 하도록 강요했다.

실로 오랜만에 느껴보는 전투의 흥분이었고, 심장의 두근거림이었다.

그가 힘을 얻은 후로 만난 적들은 너무 약한 감이 있었다.

물론 프라덴 후작이라는 초강자의 앞에서 한 번 무너졌던 적이 있기는 해도, 그 외의 적 중에는 그가 전력을 다해야 할 정도의 강자가 없었다.

어쩌면 지금의 상대 또한 프라덴 후작과 마찬가지의 강자일 지도 모른다. 그러나 제닌 역시 그때와는 달랐다.

제닌은 혀를 내밀어 바싹 마른 입술을 훔쳤다.

두근거리는 심장이 외쳤다.

"한판, 거하게 떠보자고!"

Ⅱ

"꺄아아악!"

엘리시나가 처절한 비명을 내질렀다. 그와 동시에 거대한 나무에 붙어 있던 그녀의 몸은 튕기듯 떨어져 나갔다.

"아, 안 돼! 안 돼!"

세계수를 향해 안타까운 손짓을 해보았으나, 그녀 역시 알았다. 이미 늦었다는 것을.

쩌적. 쩌저저적.

육중한 소리와 함께 거대한 나무를 세로로 가르는 균열이 일어났다. 중간에서 시작된 균열은 꼭대기와 뿌리 쪽으로 뻗어 가더니 어느 순간, 쩍 갈라졌다.

"허업!"

비트렌은 떡 벌어진 입을 다물지 못했다.

거대한 나무가 세로로 갈라지는 모습은 장엄하기까지 했다. 문제는 그 나무가 마을 안의 우드 엘프들의 목숨을 지켜주던 최후의 보루였다는 점이었다.

사락. 사라라락.

그런 비트렌의 머리 위로 우윳빛을 띤 빛의 입자들이 눈처럼 떨어져 내렸다. 머리 위로 파란 하늘이 모습을 드러내고 있었다.

"대체 무슨 일이……."

비트렌의 입에서 영혼이 빠져나간 듯한 중얼거림이 흘러나왔다.

"비트…렌……."

힘없이 들려온 목소리에 비트렌은 퍼뜩 정신을 차렸다.

"포션… 포션을……."

"아!"

비트렌은 허겁지겁 포션을 꺼내 바닥에 쓰러진 엘리시나에게 다가갔다. 그녀의 상체를 살짝 들어 올린 후 포션병을 입에 물렸다.

반은 마시는 것 같았으나, 나머지 반은 밖으로 새어 나왔다. 붉은 액체가 하얀 목덜미를 타고 가슴으로 흘러들어 가는 모습은 상당히 야릇했다. 그러나 상황이 너무 다급한 탓에, 그것에 신경 쓰는 이는 없었다.

"비트렌. 한 병 더 부탁해."

파랗던 안색이 조금이나마 돌아온 엘리시나가 재차 포션을 요구했다. 한 병을 더 마시자 엘리시나는 몸을 일으켜 어딘가로 걸어가기 시작했다.

비틀거리는 걸음에 비트렌이 그녀의 옆을 부축했다.

"고마워, 비트렌."

"다, 당연한 일입니다."

경황이 없을 때에는 몰랐지만, 가까이 붙게 되자 묘한 기분이 들었다.

코끝을 자극하는 향긋한 냄새 하며, 팔에서 느껴지는 말랑말랑한 촉감. 특히 비트렌의 심장을 뛰게 한 것은 포션으로 젖어 굴곡이 드러난 가슴이었다.

'커흡! 차, 참자! 참아야 한다. 지금 여자 따위가 중요한 게 아니잖아! 목숨이 왔다 갔다 할지도 모르는 상황이란

말이다!'

비트렌은 나무, 바위, 돌 등을 떠올리며 필사적으로 야
릇한 감정을 누르려 했으나, 그럴수록 그의 바지춤은 오히
려 부풀어 오를 따름이었다.

'쌍! 에이! 나도 몰라!'

어느 순간 비트렌은 포기했다. 빵빵하게 부풀어 오른 바
지춤을 감추려 하지도 않은 채, 당당하게 앞세우고 걸어갔
다.

흘깃거리는 엘프들의 시선이 느껴졌으나, 뭐 어쩌겠는
가.

보호막을 깬 존재가 적이라면 어차피 죽은 목숨이었
다.

"아앗!"

걸어가던 엘리시나가 묘한 소리를 흘렸다. 그와 동시에
그녀의 얼굴이 서서히 밝아지기 시작했다.

"왜 그러십니까?"

"언니야! 이건 언니의 느낌이야!"

"언니… 라니요?"

되물었던 비트렌의 얼굴도 어느 순간 밝아지기 시작했
다.

"그럼, 아군이란 말씀이십니까?"

"응. 그런데… 싸우고 있어. 누군가와……."

엘리시나의 표정이 다시 어두워졌다. 비트렌의 얼굴 역시 덩달아 어두워졌다.

"그런데 언니 분은 강하십니까?"

"응! 언니는 강해! 아주 강해! 나 같은 것은 손가락 하나로 가뿐히 이길 정도로!"

어두워졌던 엘리시나의 얼굴이 다시금 밝아졌다. 비트렌의 표정 또한 다시 밝아졌다.

쾅! 콰쾅! 쿠콰콰쾅!

가까이 다가갈수록 들려오는 굉음이 커졌다. 그와 동시에 잔돌이나 나뭇조각 같은 것들이 날아들었다.

강렬한 바람과 날아드는 잔해물 때문에 전투의 현장은 제대로 살펴볼 수조차 없었다. 그저 번쩍이는 빛과 굉음이 표현한 전투의 격렬함을 느낄 따름이었다.

"큭!"

비트렌은 자신의 몸을 스쳐 지나간 잔해가 만든 상처에 얼굴을 찌푸렸다.

"엘리시나님, 아무래도 더는 다가가지 않으시는 편이 좋겠습니다. 너무 위험합니다."

"응? 하지만 그래도……."

왠지 모르게 석연치 않은 표정. 눈치 빠른 비트렌은 그러한 그녀의 표정을 단숨에 잡아냈다.

"왜 그러십니까?"

"왠지 말려야 할 것 같은 기분이 들어서. 이대로 두면 슬픈 일이 생길 것 같아."

"슬픈 일이요?"

"응. 아주 슬픈… 일……."

비트렌은 필사적으로 머리를 굴렸다. 엘리시나는 엘프 중에서도 귀한 신분을 가진 것으로 보였다. 마을의 모든 엘프가 그녀를 극진한 태도로 대했기 때문이다.

게다가 마을 전체를 보호할 수 있는 보호막을 형성하는 능력을 지니고 있었다. 어쩐지 성스러운 느낌이 느껴졌던 보호막을 생각하면, 그녀의 느낌을 허투루 넘길 수는 없다고 생각했다.

'슬픈 일이라는 게 뭘까? 언니라는 엘프가 패배한다는 말일까?'

그렇게 볼 수도 있었다. 하지만 마냥 그렇게 받아들이기에는 다른 말이 조금 이상했다.

'그런데 말린다고 했어. 저렇게 격렬하게 싸우는 사람이 말린다고 말을 들을까? 게다가 언니라는 사람은 몰라도 상대편이 적이라면 말린다고 말을 들을 리 없잖!'

여기까지 생각한 비트렌은 눈을 부릅떴다.

'적이 아니라면?'

비트렌이 입을 크게 벌리며 굉음이 들려오는 곳을 향해 소리쳤다.

"영주님! 그리고 엘리시나님의 언니님! 두 분은 같은 편입니다. 전투를 그만하십시오!"

비트렌으로서는 밑져도 손해 볼 게 없는 도박이었다.

만약 그가 생각한 대로 격전을 벌이는 이들이 제닌과 엘리시나의 언니라면 상황은 그걸로 끝이었다. 아군임을 알게 된 이상 두 사람이 싸울 이유가 없었기 때문이다.

물론 통하지 않아도 더 나쁠 것은 없었다. 어차피 전투가 진행되고 있었으니, 그 상황이 계속될 뿐이었다. 그때는 아주 간절히 엘리시나의 언니가 승리하길 기원할 수밖에 없었다.

Ⅲ

콰쾅! 콰콰콰쾅!

쉴 새 없이 번쩍이는 섬광, 폭발하는 에너지. 그리고 고막을 찢을 듯한 굉음.

남겨진 것은 폐허가 된 숲이었다.

격전이 벌어지는 현장 주변에는 웬만한 집 한 채는 고스란히 들어갈 듯한 구덩이가 만들어졌고, 뿌리째 뽑힌 아름드리나무가 흉물스럽게 바닥을 뒹굴었다.

흙먼지를 뒤집어쓴 엘프 여인의 얼굴은 무서울 정도로 일그러져 있었다. 적과의 교전 때문이라지만 가족처럼 소중히 여기던 숲을 파괴한 것은 그녀의 가슴에 깊은 상처를 새겼다.

'이 인간만큼은 반드시!'

상처만큼이나 깊숙한 분노가 끓어 올랐다.

그때, 소리가 들려왔다.

비천한 인간의 목소리였기에 무시하려 했으나, 그럴 수 없었다. 말 속에 포함된 '엘리시나'라는 이름 때문이었다.

엘프 여인은 순간적으로 그쪽을 흘깃거렸다.

소리치는 인간의 옆에서 위태롭게 서 있는 엘리시나의 모습을 확인할 수 있었다.

'무사했구나.'

세계수의 장막이 충격을 받거나 깨지면 그 충격은 그것을 유지하던 인물에게도 전달되었다. 그녀가 제닌을 적으로 생각하고 공격한 것에는 엘리시나를 다치게 한 이유가 컸다.

엘프 여인의 생각은 그리 길게 이어지지 못했다.

뜻밖의 상황에 그녀가 지금 격전을 치르는 중이라는 사실을 깜빡한 대가는 컸다.

'빈틈!'

눈이 틈을 발견한 순간, 그의 손에 들린 대검은 이미 그곳을 향해 휘둘러지는 중이었다.

한발 늦게 실수를 알아챈 엘프 여인의 얼굴에 당황한 기색이 스쳤으나, 이미 피하기엔 너무 늦었다.

콰앙!

폭발음이 일어났고, 엘프 여인의 몸은 몽둥이에 맞은 잔돌처럼 휠휠 날아갔다.

"쳇!"

제닌은 마음에 들지 않는다는 표정으로 혀를 찼다.

엘프 여인이 빈틈을 보인 이유를 알았기 때문이다.

'이왕이면 실력으로 굴복시키고 싶었건만……'

전투가 벌어지고 얼마 지나지 않아 상대의 은신이 풀렸다. 그리고 제닌은 한눈에 상대의 정체를 파악할 수 있었다.

엘리시나와 똑 닮은 얼굴은 흙먼지를 뒤집어쓴 상태에서도 확연히 빛을 발했다.

물론 다른 점도 있었다. 생김새는 비슷해도, 사이즈는 확연히 차이가 났다.

엘리시나가 나뭇가지처럼 깡마른 몸매라면, 지금 나타난 여인의 몸매는 볼륨감이 살아 있었다. 굳이 취향을 따지자면 제닌은 후자 쪽이었다.

상대가 적이 아님을 알았으나, 전투를 그만두지는 않았다. 실로 오래간만에 제대로 몸을 풀 기회를 얻었는데, 이를 그냥 넘기기 아까웠기 때문이다.

"꺅! 언니! 안 돼!"

"헉! 엘리시나님의 언니님!"

파랗게 질린 엘리시나의 얼굴과 비슷하게 당황한 비트렌의 얼굴이 제닌의 눈에 들어왔다.

제닌은 엘리시나의 언니가 날아간 쪽으로 천천히 걸어갔다. 그리고 도중에 인벤토리에서 체력 회복 물약 하나를 꺼내 쓰러진 엘프 여인을 향해 던졌다.

쨍그랑!

날아들던 물약 병은 엘프 여인의 검에 맞아 산산이 조각났다. 엘프 여인은 황급히 몸을 피했지만, 사방으로 튀는 물약을 모조리 피할 수는 없었다.

시원한 느낌과 함께 물약이 묻은 부분의 상처가 아물었다.

"엇! 이건!"

살짝 당황한 엘프 여인의 말에 제닌은 피식 웃으며 답했다.

"포션 처음 봐? 왜 아까운 걸 깨뜨리고 그래?"

"왜, 왜 이것을……. 아니, 그보다 조금 전에 왜 검면으로 때린 거지? 나를 죽일 수도 있는 상황이었다."

제닌은 어깨를 으쓱하며 대답했다.

"같은 편이라잖아?"

그의 말에 엘프 여인은 엘리시나 쪽을 바라보았다. 엘리

135

시나가 천천히 고개를 끄덕이는 모습에 엘프 여인은 다리에 힘이 풀렸는지, 휘청하는 모습을 보였다.

아무리 검면으로 맞았다지만, 몸이 훨훨 뒤로 날아갈 정도의 충격이었다. 특히 내부는 내장이 흔들리고 핏물이 역류할 정도의 타격을 입었다.

"이번에는 제대로 받으라고."

휘익.

제닌이 포션 한 병을 다시 던져 주었다.

"고, 고맙다."

"훗. 당연한 것을. 내가 좀 냉정하기는 해도, 여자를 때려놓고 나 몰라라 하지는 않거든. 게다가."

제닌은 짙은 웃음을 띤 얼굴로 엘프 여인을 바라보았다.

어쩐지 음흉해 보이는 눈빛에 엘프 여인은 움찔 어깨를 떨었다.

"넌, 내 여자니까."

"무, 무, 무, 무, 무슨!"

극도로 당황한 표정은 어쩐지 재미있어 보일 정도였다.

"자세한 설명은 엘리시나에게 듣도록. 구차하게 설명하는 건 내 취향이 아니라서 말이야."

제닌은 몸을 돌리더니 마을 중앙으로 휘적휘적 걸어갔다.

세로로 쪼개진 거대한 세계수가 그의 관심을 끌고 있었

다. 정확히 말하자면 그곳에서 피어오르는 찬연한 빛무리
였다.

Ⅳ

"아니, 영주님. 대체 왜 보호막을 부수신 겁니까?"

제닌의 뒤를 따라온 비트렌이 물어왔다.

엘리시나는 그녀의 언니에게 다가가 기쁨의 재회를 나
누는 중이었다.

"안 들여 보내 주잖아."

"아, 아니…… 원래 세계수의 장막은 한번 펼쳐지면 외
부의 출입을 완전히 막는 것입니다. 설령 아군이라고 해도
그렇다고 합니다."

"그래서? 하고 싶은 말이 뭔데? 목숨 걸고 싸우러 나가
는 아군에게 그런 중요한 사실을 입도 뻥긋 안 한 것들을
편들고 싶어서 그래?"

"예? 아, 아니 그게……."

비트렌은 섣불리 대답할 수 없었다. 입장바꿔 자신이 제
닌이라도 당연히 불쾌할 터였기 때문이다. 비록 엘프들에
게 호감을 느끼고 있었지만, 그는 엄연한 제닌의 사람이었
다.

"죄송합니다. 영주님."

비트렌은 깊숙이 고개를 숙였다.

"눈치는 빨라서 좋은데 말이야. 생각을 좀 해보라고. 생각을."

"생각……."

잠시 제자리에 멈춰 머리를 굴려보던 비트렌은 얼마 지나지 않아 머리를 스친 생각에 퍼뜩 고개를 들었다.

"헛! 영주님, 설마!"

멀찌감치 걸어가던 제닌이 나직이 중얼거렸다.

"거기까지."

그리 크지 않은 목소리였으나, 비트렌의 귓가에는 천둥처럼 크게 들리는 소리였다.

'설마, 일부러 그런 건가? 엘프들을 상대로 주도권을 확실히 쥐기 위해서?'

묘한 미소를 띤 제닌의 얼굴을 바라보며 비트렌은 자신의 짐작이 옳았음을 깨달았다.

'생각보다 훨씬 더 무서운 인간이었어. 바짝 긴장하지 않으면…….'

"아무리 생각이지만, 반말은 좀 그렇지 않나? 이래 봬도 내가 너보다 상급자인데 말이야."

"힙! 아, 아닙니다. 제가 어찌 감히 그런 생각을 할 수 있겠습니까!"

비트렌은 화들짝 놀라며 부정했으나, 제닌의 입가에 어

린 비릿한 미소는 지워지지 않았다.

"그래. 그렇게 얼굴에 다 드러내 놓고 다니라고. 아주 재미있는 일이 기다리고 있을 테니까."

얼굴은 웃고 있었지만, 말투에는 서늘한 한기가 느껴졌다. 비트렌은 한동안 못 박힌 듯 선 채로 멀어져가는 제닌의 뒷모습을 바라보았다.

'진정 무서운…… 분.'

이제는 생각으로라도 제닌을 욕할 수 없었다.

물론 다른 사람의 생각을 읽는 사람은 없겠지만, 지금처럼 표정으로라도 들통 났다가는 뒷일을 감당할 수 없었다.

'그래. 까짓것 이왕이면 가늘고 길게, 오래오래 사는 게 좋은 것 아니겠어?'

V

"뭐라고?"

우드 엘프 일족의 하이 엘프이자 엘리시나의 언니인 크리시나 류아릴은 가슴이 답답했다.

'엘프의 약속을 하다니! 그것도 인간이 원하는 것을 뭐든지 들어준다는 말도 안 되는 약속을!'

더욱 기가 막힌 것은, 엘리시나가 그 약속에 자신 또한 포함했다는 점이었다.

"그, 그렇지 않으면, 마을 사람들이 모두……."

엘리시나는 변명했으나, 풀죽은 얼굴에는 한 줄의 자신감도 찾아볼 수 없었다. 언니 앞에만 서면 유독 작아지는 엘리시나였다.

그녀에게 있어 크리시나는 부모님이었고, 스승이었으며 또한, 가장 친한 친구이기도 했다. 평소에는 한없이 좋고 의지할 수 있는 존재였지만, 지금처럼 화가 났을 때에는 너무 무서운 존재였다.

어깨를 움찔거리며 부르르 떨다, 이내 울먹이기 시작하는 엘리시나의 모습에 크리시나는 마음이 약해졌다.

'엘리를 나무랄 게 아니지. 어쩔 수 없는 상황이었으니…….'

"후우……."

한숨을 폭 내쉰 크리시나가 손을 들어 올렸다.

"히익!"

엘리시나는 겁먹은 얼굴로 눈을 질끈 감았다.

하지만 돌아온 것은 부드럽게 머리를 쓰다듬는 크리시나의 손길이었다.

"엘리, 고생 많았어. 이런 상황은 처음이라 많이 힘들었을 거야. 너무 걱정하지 말렴. 언니가 다 해결할 테니까."

"흐, 히끅! 흐아아아아앙!"

결국, 대차게 울음을 터뜨린 엘리시나를 크리시나는 조

용히 품에 안고 토닥였다. 하지만 눈빛 한편에는 일말의
걱정이 담겨 있었다.

'그 인간……. 만만치 않은 것 같던데…….'

VI

"다 같이 이사 가는 건 어때? 내가 아주 좋은 숲을 구역
으로 정해줄 테니까."

"그럴 수 없습니다. 우리 나무 일족은 세계수가 없으
면……."

"그러니까. 그게 저렇게 됐으니 굳이 이곳에 있을 필요
가 없는 것 아닌가?"

제닌은 태연한 표정으로 두 쪽이 돼버린 세계수를 가리
켰다. 자신이 한 짓임에도 전혀 그것을 의식하지 않는 듯
한 표정과 행동이었다.

크리시나는 화가 치밀어 올랐으나, 입술을 꾹 깨물며 되
물었다.

"그건 당신이!"

"난, 아마 이 우드 엘프 마을을 구해준 은인일 것 같은
데. 안 그런가?"

태연하기 짝이 없는 제닌의 답변에 크리시나는 입술을
꾹 깨물었다.

그녀는 제닌의 물음에 담긴 은근한 협박을 느꼈다. 만약 여기서 그녀가 부정적으로 답한다면, 제닌은 은인이 아닌 행동을 할 수도 있다는 의미였다.

"하하! 뭘 그렇게 겁먹고 그래? 누가 죽인다고 협박하는 것도 아니고 말이야."

다시 웃으며 속을 긁어대는 제닌의 말투에 크리시나는 울컥하고 무언가가 올라왔으나, 간신히 내리눌렀다.

"뭐, 다른 사람은 남아도 그쪽 자매는 날 따라와야 할 텐데? 그럼, 세계수도 없고 하이 엘프도 없는 이곳 엘프들이 과연 얼마나 버틸 수 있을까? 아무리 생각해봐도 쉐도우 엘프 중에 남은 자들이나 또, 그들과 뜻을 같이하는 다른 종족들이 가만히 있지는 않을 것 같은데."

비록 말투는 마음에 들지 않았지만, 구구절절 옳은 말뿐이었다. 그럼에도 크리시나는 마음속 깊은 곳에서 반감이 끓어올랐다. 여기에는 상대의 말에 반박할 수 없다는 점이 크게 작용했다.

"그럼, 당신을 따라가면 당신이 우리의 안전을 책임질 수 있다는 말인가요?"

"뭐, 못할 것도 없지."

"약속할 수 있나요?"

크리시나는 눈을 반짝이며 되물었다.

엘프의 약속을 의미하는 말이었다.

비트렌이 엘프들과 이런저런 대화를 나누며 얻어온 정보에 따르면 엘프의 약속은 역사서에 기록된 대로 강한 효력을 가지고 있었다.

　게다가 엘프뿐만이 아닌, 다른 종족과의 약속도 효력이 있었다. 물론 엘프처럼 목숨까지 잃지는 않았지만, 약속을 어겼을 때 한동안 건강이 나빠지는 벌을 받게 된다.

　'설마, 약속을 통해 강제할 생각인가?

　제닌은 크리시나의 얼굴을 똑바로 바라보았다.

　'사실을 숨긴 채로?

　제닌은 두 쪽으로 갈라진 세계수에서 뿜어지는 빛에 이끌려 그곳을 살펴본 후, [세계수의 씨앗]이라는 물품을 얻을 수 있었다.

　적당한 땅에 심으면 세계수로 자라난다는 설명이었는데, 제닌은 라테스에 돌아가 연구해 보면 꽤 좋은 효과를 볼 수 있을 거라고 자신했다.

　어쩌면 원래 이곳에 있던 세계수보다 더 크고 강한 힘을 가진 세계수를 키워낼 수도 있었다. 그에게는 이미 하루만에 밀을 성장시키는 방법이 있었기 때문이다.

　게다가 더 중요한 점은 세계수가 없는 우드 엘프는 얼마지나지 않아 파멸한다는 사실이었다.

　짧으면 삼 개월, 길어도 육 개월. 그 시간이 지나기 전에 새로운 세계수를 찾지 못한다면 우드 엘프들은 차츰 힘을 잃어가다가 결국 목숨까지 잃게 된다.

'사실대로 말하고 도움을 청하는 거라면 넓은 아량으로 받아줄 수 있겠지만, 만약 사실을 감춘 채, 날 이용하겠다는 생각이라면.'

"왜, 제 얼굴을 그렇게 바라보는 거죠?"

크리시나의 얼굴에는 약간의 당황스러움과 뜨끔한 기색이 함께 묻어났다. 도둑이 제 발 저린 다는 상황이었다.

'이쪽도 그에 상응하는 대가를 받아내야겠지.'

제닌은 씩 웃으며 답했다.

"훗! 다시 보니 역시 엘프라는 생각이 드는군. 순간적으로 정신을 빼앗길 정도의 아름다움이야."

뜻밖의 말은 크리시나의 얼굴을 빨갛게 만들었다.

"예, 예쁘다니! 우, 우리 엘프는 인간과 달리 겉모습 따위에 현혹되지 않는……."

제닌은 당황스러운 말투로 말하는 크리시나를 향해 손바닥을 들었다.

"뭐, 네 말대로 어차피 쓸데없는 일일 테니 이쯤에서 그만두지. 그럼 본론으로 들어가서."

"이익! 당신은 정말 못된 인간이로군요!"

왠지 모를 패배감에 크리시나는 분한 표정으로 소리쳤다. 이에 제닌은 피식 웃으며 말을 이었다.

"너희 엘프는 어떤지 잘 모르겠지만, 우리 인간들은 일방적인 것을 별로 좋아하지 않거든?"

"흥! 그 정도는 나도 알고 있어요. 거래를 원한다는 말이겠죠?"

토라진 듯 보이는 크리시나의 말에 제닌은 고개를 끄덕였다.

"이야기가 통해서 다행이군."

"무엇을 원하죠?"

"무엇을 줄 수 있는데?"

제닌은 물음과 함께 크리시나를 바라보았다. 이번에는 얼굴이 아닌, 가슴부터 발끝까지를 훑어내리는 시선이었다.

"다, 당신, 설마! 내 몸을 원하는 건가요?"

"훗!"

제닌은 피식 웃으며 한 발짝 다가섰다.

"오, 오지 마세요!"

제닌이 다가감에 따라 한발, 한발 물러나던 크리시나의 등에 어느덧 딱딱한 나무줄기가 와 닿았다. 더는 물러설 곳이 없어 머뭇거리는 사이 제닌은 이미 바짝 다가선 상태였다.

"히익!"

눈을 질끈 감으며 고개를 돌려 버리는 크리시나의 모습에서는 궁지에 몰린 소녀의 느낌이 묻어났다.

'이렇게 보니 제법 귀여운 구석도 있는데? 톡톡 쏘듯이 행동하는 것은 이런 면을 감추기 위함인가?'

제닌은 그렇게 생각하며 크리시나의 턱을 잡아 자신이 바라보는 방향으로 틀었다.

"이게 무슨 짓이죠?"

뾰족한 물음에 제닌은 히죽 웃으며 대꾸했다.

"잘 생각해 보라고. 엘리시나와의 약속을 통해 난 '뭐든지' 할 수 있는 권리를 얻었어. 즉, 넌 이미 내 것이나 마찬가지라는 말이지."

"그, 그건……."

사실이었다. 고로, 크리시나와 엘리시나는 거래의 대상이 될 수 없었다.

"원한다면 지금 이 자리에서 바로 보여줄 수도 있는데, 어때? 생각 있나?"

"무, 뭐, 뭘 보여준다는 거죠?"

두려움에 질린 크리시나의 모습은 맹수 앞의 초식동물처럼 무력해 보였다.

'쯧! 그래도 내가 전력을 다해도 비등할 정도의 강자이건만…….'

조금 더 톡톡 튀는 재미를 보여줬다면 계속 장난을 이어나갔겠지만, 너무 무력한 모습을 보이자 흥미가 떨어지는 기분이 들었다.

"쯧! 재미없군."

혀를 찬 제닌은 표정을 차분하게 굳히며 말을 이었다.

"내가 원하는 것은 너희 우드 엘프들의 자발적이고 적극적인 복종이다. 이를 위해 내가 해줄 것은 너희가 외부의 침입으로부터 안전하게 거주할 수 있는 장소의 제공이지. 어떤가?"

"예?"

크리시나는 놀란 토끼 눈으로 되물었다. 조금 전까지 영락없는 악당의 얼굴을 했던 제닌이 갑자기 진지한 표정으로 물었기 때문이다.

"이만하면 괜찮은 제안이지 않느냐는 물음이다."

"아…… 예……"

크리시나는 잠깐 놀란 표정을 짓더니 천천히 고개를 끄덕였다.

"아! 우리 엘프들의 허락을 받지 못한 인간들의 접근도 막아 주었으면 해요."

"뭐, 그렇게 하지. 그럼 남은 것은, 실패했을 때의 대가인데……. 무엇을 원하지?"

"예?"

크리시나는 어리둥절한 얼굴로 되물을 수밖에 없었다.

'실패라니……. 그러면 마을 사람들이 모두 죽게 된다는 말인데.'

생각만 해도 가슴이 답답했다.

사실 객관적으로 따지자면 애초부터 성립할 수 없는 거래였다. 한쪽은 목숨이 달려 있었고, 다른 한쪽은 기껏 해봐야 한동안 건강이 나빠지는 정도의 상황이다.

게다가 모든 것이 상대에게 달려 있었다. 상대가 성공하면 마을의 엘프 모두가 한 인간에게 종속되어야 했고, 실패하면 마을의 엘프 모두가 죽음을 맞아야 했다.

'아아…… 난 대체 무슨 짓을 한 거지?'

크리시나의 입에서 절망적인 한숨이 흘러나왔다.

'차라리 모두 사실대로 말하고 도움을 청할 것을……'

몇 발짝 늦어버린 후회가 뒤따랐다.

세계수가 우드 엘프의 생명을 좌우할 수 있다는 것은 커다란 약점이었기에 사실대로 밝힐 수는 없었다. 그랬다가는 이 교활한 인간이 또 무슨 짓을 할지 알 수 없었기 때문이다.

인간은 절대로 믿을 수 없는 사악한 존재라는 고정관념 때문에 벌어진 일이었다.

하지만 이제 와 매달릴 수도 없는 노릇이었다. 눈앞의 인간은 자신을 속이려 한 것에 대한 대가를 톡톡히 받아내려 할 것이 분명했다.

크리시나에게 남은 것은 최대한 상대가 열심히 행동하도록 조건을 거는 것. 설령 그러한 대가가 엘프 마을 모두의 복종이라고 해도 몰살보다는 나았다.

"뭘 그리 고민하고 그래? 그냥 너희 자매의 자유 정도면 될 것 같은데."

순간 크리시나의 눈썹이 꿈틀거렸다. 마치 자신과 동생의 가치를 길가의 돌멩이처럼 낮춰진 듯한 느낌을 받아서였다.

'역시, 이 인간은… 마음에 안 들어!'

그래도 자기 기분에 따라 휘둘릴 수는 없었다. 그녀의 어깨에는 백여 명이 훌쩍 넘는 엘프들의 생사가 달려 있었다.

'이 조건을 받아들이면 이 자는 잃을 게 없어. 성공하든, 실패하든 상관없으니 세계수를 찾는 일에 힘을 쓸 필요가 없다는 의미야.'

크리시나의 처지에서는 그것만큼은 막을 수밖에 없었다.

"당신이 지배하는 모든 인간의 엘프에 대한 복종. 당신이 그렇게 자신 있다면 이 조건을 넣는 건 어떤가요?"

'훗! 이걸 지금 도발이라고 하는 건가?'

크리시나가 열심히 머리를 굴린 끝에 찾아낸 조건이었으나, 제닌의 눈에는 너무도 미숙한 도발일 따름이었다.

"내가 왜 그래야 하지?"

제닌은 싸늘하게 되물었다.

"그, 그건⋯⋯."

크리시나는 쉽사리 대답할 수 없었다.

"실실 웃으면서 농담 따먹기나 하니까, 내가 아주 바보로 보이나 봐? 이거, 너무 얕보인 것 같은데?"

차갑게 굳은 제닌의 눈을 보는 순간, 크리시나는 심장이 덜컥 내려앉는 기분이 들었다.

'서, 설마⋯ 모든 것을 알고 있는 건가?'

이러한 의심은 곧바로 이어진 제닌의 말에 확신으로 변화했다.

"삼 개월, 육 개월. 정말 내가 모를 것 같았나?"

제닌의 싸늘한 말투를 들은 순간, 크리시나는 그만 다리에 힘이 풀려 버렸다.

"아아⋯⋯."

크리시나는 절망적인 음성을 흘리며 자리에 주저앉았다.

'어쩌지? 어떻게 하지?'

머릿속이 하얗게 변해갔다. 상대가 이미 우드 엘프의 약점을 알고 있다면, 상황은 그야말로 최악이었다. 모든 것을 알고 있는 상대에게 정보를 감춘 채 거래를 제안한 것 자체가 크나큰 패착으로 다가왔다.

상대가 기분이 나빠 제안을 받아들이지 않는다면 엘프들에게 남은 것은 그야말로 파멸뿐.

'안 돼. 나 때문에 모두가 죽을 수는 없어!'

크리시나는 기듯이 다가가 제닌의 다리를 부여잡았다.

"이건 또 무슨 짓이지?"

"사, 살려… 주세요……."

더듬거리는 말에는 물기가 묻어 있었다.

"제발… 살려 주세요. 뭐든지 할게요! 당신이 시키는 것이라면. 그러니 제발! 다른 엘프들만큼은."

크리시나는 울면서 빌고 또, 빌었다.

'쯧! 결국, 이럴 거면서 뭐하러 도발을 해?'

제닌도 약간은 난감했다.

세계수를 복원할 방법이 있었기에, 어차피 적당한 대가를 받으면 들어줄 생각이었다.

엘프들은 하나같이 인재였다. 수준급의 마법을 사용하고, 신비로운 정령의 힘을 사용할 수 있었다. 게다가 재빠른 몸놀림은 웬만한 암살자들을 웃돌았고, 궁술은 인간으로서는 감히 따라올 수 없는 실력이었다.

다스려야 할 넓은 땅덩이에 비해 인재가 부족한 제닌으로서는 반드시 영입해야 할 존재가 바로 엘프였다.

제닌이 가만히 서 있자, 크리시나는 그것을 거절의 의미로 생각했다.

'방법, 방법이 없다면…….'

크리시나는 결연한 표정을 짓더니, 양손을 뻗어 제닌의 한 손을 붙잡았다.

"크리시나 류아릴은 엘 르암의 이름 앞에 맹세합니다. 앞으로 엘 르암께서 허락하신 생이 다할 때까지 당신을 섬기며, 당신의 뜻에 따라 모든 것을 바치겠습니다."

말을 마침과 동시에 크리시나는 붙잡은 제닌의 손등에 입을 맞췄다.

"헛! 엘프의 맹세!"

멀리서 지켜보던 비트렌이 놀랍다는 얼굴로 내지른 소리가 제닌의 귓가에 들려왔다.

'엘프의 맹세?'

잘은 모르겠지만, 결연한 크리시나의 표정으로 볼 때, 엘프의 약속보다 더 대단한 것으로 보였다.

이때, 비트렌의 옆에 서 있던 엘리시나도 굳은 얼굴로 다가 와 제닌의 앞에 무릎 꿇었다. 그녀 역시 크리시나와 같은 말을 읊더니 제닌의 손등에 입을 맞췄다.

'이건 대체… 뭐하자는 건지……'

엘프의 신인 엘 르암.

신의 이름을 빌린 엘프의 맹세는 엘프의 약속보다 수십 배는 더 강력한 효력을 발휘했다. 맹세의 대상자가 죽으라고 말하면 그대로 심장이 멈춰버릴 정도였다. 말 그대로 모든 것을 바친다는 말에 걸맞은 것이 바로 엘프의 맹세였다.

황급히 다가 와 귓속말로 속삭인 비트렌의 설명에 제닌

도 엘프의 맹세가 어떤 것인지 알 수 있었다.

'이거…… 좋은데?'

인재는 많을수록 좋았지만, 이를 위해서는 한 가지 불안을 떠안아야 했다. 인간의 마음은 때에 따라 언제든 바뀔 수 있었기 때문이다.

이미 배신으로 생명의 위기를 경험했던 제닌이었기에 그는 더더욱 배신에 대한 경계심이 강했다.

그런 상황에서 절대로 배신할 수 없는 엘프의 맹세는 제닌의 불안감을 해소할 수 있는 열쇠였다.

'엘프들에게는 미안하지만…….'

이로써 앞으로 제닌이 최측근으로 중용할 이들이 결정되었다.

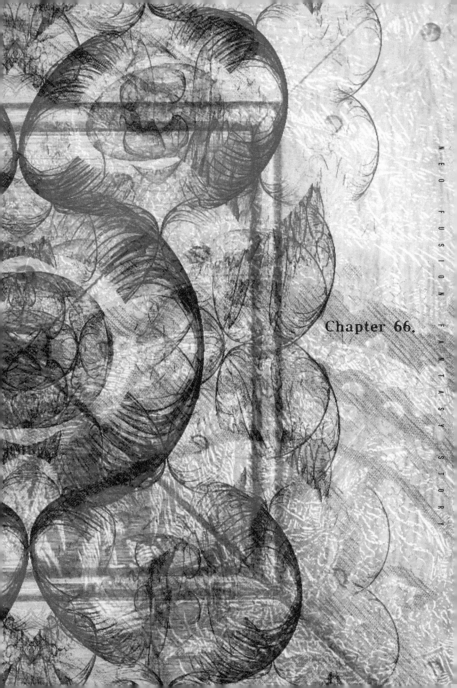

Chapter 66.

ROYAL ROADER

I

"헛! 무슨 사람이!"

"천사? 아니, 날개가 없으니 천사는 아닌 것 같은데. 그럼 요정인가?"

"에, 에, 에, 엘프다! 전설의 엘프가 나타났다!"

갑자기 나타난 백여 명의 엘프들 덕에 평온했던 프라덴 요새가 들썩이기 시작했다.

제닌이 엘프들을 라테스가 아닌 프라덴 요새로 이끈 것은 충격의 완화 때문이었다.

아무래도 이미 역사에서 사라진 종족이 갑자기 나타나면 사람들은 혼란스러워할 것이 분명했다. 물론 이것은 프라덴 요새 또한 마찬가지였으나, 이곳에는 사람이 적었다.

157

가뜩이나 일만 정도의 소수였는데, 그중 절반 이상이 라테스로 넘어가 있었기에 이곳 프라덴 요새의 인구는 이삼천 가량에 불과했다.

사람이 적으면 혼란을 잠재우는 일이 쉬웠다.

그리고 이곳을 통해 자연스럽게 퍼진 소문이 라테스의 사람들에게 대비할 시간을 줄 것이다. 여기까지가 제닌이 노린 바였다.

문제는 사람들의 놀라움보다 엘프들의 놀라움이 훨씬 컸다는 점에 있었다.

워낙 자연과 더불어 사는 엘프였기에 별로 챙길 짐도 없었다. 그저 풀잎을 엮어 만든 바구니에 하나 정도면 끝이었다.

그렇게 짐 정리를 마친 엘프들이 모이자 제닌은 귀환 스크롤을 나눠줬다.

그리고 그것을 찢은 엘프들은 눈앞에 피어오른 환한 빛줄기에 정신이 아찔해졌고, 이어 눈앞에 나타난 새로운 풍경에 어리둥절했다. 그리고 그런 어리둥절함은 얼마 지나지 않아 경악으로 바뀌었다.

"이, 이럴 수가!"

"공간이동이라니! 이런 고차원적인 마법을!"

"스크롤이라니! 공간이동마법이 어떻게 스크롤 따위에!"

인간들보다 마법 수준이 뛰어난 엘프였다. 그들은 공간 이동 마법이 얼마나 고차원적이고 난해한 마법인지를 제대로 알았다. 그랬기에 더욱 놀랄 수밖에 없었다.

또한, 그들이 받아들일 수 없는 더 큰 이유가 있었다. 바로 공간이동 마법이 스크롤에 담겨 있다는 점이었다.

차라리 마법에 특출한 능력을 지닌 존재가 공간이동 마법을 사용했다면 그나마 어느 정도 받아들일 수 있었다. 어느 시대든 천재는 있기 마련이었고, 그런 존재가 인간 중에도 있을 수 있었기 때문이다.

그런데 주로 하급 마법을 저장해 사용하는 스크롤 따위로 공간이동 마법을 발동했다는 것은 엘프들의 상식으로는 받아들일 수 없는 일이었다.

"바, 방법을 알려 주십시오!"

"대체 당신의 정체가 무엇이란 말입니까?"

"설마, 위대한······."

누군가의 말을 끝으로 엘프들은 황급히 입을 다물었다. 그리고는 두려움이 가득한 눈으로 제닌을 바라보기 시작했다.

'뭐야? 갑자기 왜들 그래?'

크리시나와 엘리시나 역시 마찬가지였다.

'위대한 이란 말 때문인가? 내가 좀 잘난 것은 사실이지만, 위대하다는 말을 들을 정도는 아닌데 말이야.'

제닌은 엘프들의 입을 다물게 한 마지막 말을 곰곰이 생각해 봤지만, 딱히 떠오르는 것은 없었다.

'뭐, 나중에 물어보면 되겠지.'

엘프들의 표정으로 보면, 그들이 자신을 어떤 강력하고 무서운 존재와 착각한 듯싶었다. 그러나 굳이 생각을 고쳐 주고 싶은 마음은 없었다. 지금과 같은 상황에서는 엘프들이 고분고분한 편이 좋았기 때문이다.

제닌은 엘프들을 잠시 지휘소에 놓아둔 채 회의실로 자리를 옮겼다. 그러자 베스란이 라테스에 있는 관계로 프라덴 요새를 총괄하고 있던 가트가 쪼르르 달려왔다.

"영주님, 대체 영주님의 능력은 어디까지입니까?"

"글쎄, 어디까지일까?"

가트의 물음에 제닌은 피식 웃으며 되물었다.

"쓸데없는 소리는 이쯤하고, 특이사항부터 보고하도록."

"아, 옙! 영주님께서 출타해 계신 동안 이곳 프라덴 요새는 평온했습니다."

제닌은 '이게 끝인가?' 하는 얼굴로 가트를 바라보았다. 그러자 가트가 씩 웃으며 말을 이었다.

"그리고 저희 공방에서 신기술을 개발했지요. 불순물이 전혀 없는 광물을 얻을 수 있는 기술입니다."

"그렇군."

별다른 감흥 없는 제닌의 대답에 가트는 눈을 동그랗게 뜨며 되물었다.

"놀랍지 않으십니까? 불순물이 전혀 없는 순수한 광물입니다! 이 기술을 응용하면 어마어마한 성능의 무기와 방어구를 개발할 수 있습니다!"

"내가 구해오는 것보다 더?"

"그, 그게⋯⋯."

열성적이던 가트의 설명은 제닌의 한 마디에 가로막혔다.

"엇!"

그러던 제닌이 갑자기 놀란 목소리를 내뱉었다.

[숙련병사의 합금검, 공격력 : 21-25, 무게 : 1.5kg, 내구도 : 40/40 착용제한 : 레벨 10]

- 순수한 금속에 특수한 물질을 더해 성능을 끌어 올리고, 무게를 대폭 낮추는 데 성공했다. 또한, 특수한 물질의 질긴 성질이 내구도를 대폭 끌어 올려 격전에서 병사의 생존율을 크게 끌어 올렸다.

제닌은 말을 꺼낸 김에 거점상점을 열어 살펴보았다.

그러자 전에 없던 녹색의 이름이 확 눈에 들어왔다. 물론 새로 나타난 항목에는 검뿐만이 아니라 방어구까지 제대로 갖춰져 있었다.

'요새를 떠나기 전까지는 없었는데 나타났다는 것은, 신물질 개발이 상점의 물품에도 적용된다는 건가?'

성능 또한 예전에 얻었던 녹색의 장비에 뒤지지 않았다.

[다크나이트 소드, 공격력 : 22-26, 무게 : 2.7kg, 내구
도 : 28/32 착용제한 : 레벨 13]

비슷한 공격력에 절반가량의 무게, 게다가 대폭 상승한
내구도에 착용제한은 오히려 낮았다.

'가격은 40골드. 싼데?'

사실 그리 싼 가격은 아니었다.

40골드면 한 자루에 4골드인 수습병사의 철검의 열 배
였고, 8골드인 숙련병사의 철검의 다섯 배에 해당하는 가
격이었다.

물론 이것은 어디까지나 제닌에 한해 적용되는 가격이
었고, 아마 실제로 다른 곳에 내다 판다면 수만 골드 이상
을 호가할 터였다.

게다가 제닌에게 가격은 이제 그리 큰 의미가 없었다.

현재 제닌이 보유한 자금은 천만 골드를 넘어가고 있었
고, 지금 이 순간에도 돈은 쌓이고 있었다.

드루아 상단을 통해 크라인 왕국 전역의 고철과 고물, 골
동품 등을 끌어모으고 있었고 이것을 각 지휘소의 특정한 장
소에 올려놓기만 해도 자동으로 판매, 골드로 변환되었다.

그뿐만이 아니었다. 산맥 너머 에이서스 제국에 자리한
드루아 상단의 각 분점에도 고철과 골동품들이 쌓여 있을
터. 이제 제국과의 통로만 완성되어 그것을 가져오면 수천

만 골드도 어려운 일이 아니었다.

돈이 넘쳐나기에 제닌이 고려할 것은 성능뿐.

'그래도 일단은 부하들을 비롯한 정예들에게만 나눠줘야겠지.'

평등은 물론 중요했지만, 어느 정도의 차별 역시 그만큼 중요했다. 더 열심히 노력하고 충성을 바친 것에는 그만한 포상이 있어야 했다. 과한 경쟁은 독이 될 수 있겠으나, 적당한 경쟁은 발전을 위한 필수요소였다.

"가트! 잘했어!"

"예?"

환한 웃음을 머금으며 소리치는 제닌의 목소리에 가트는 얼떨떨한 얼굴로 되물었다.

"필요한 것 있으면 언제든 말하라고. 내가 적극 지원해 줄 테니까."

"아, 예! 가, 감사합니다."

이전까지는 공방의 역할에 큰 비중을 두지 않았지만, 이제는 중요해졌다.

원래 하얀색 장비만 팔던 상점에 녹색의 장비가 나타났다는 것은 커다란 의미였다.

'바빠서 던전에 갈 생각은 엄두도 못 냈는데, 잘 됐어. 이대로만 가면 앞으로 파란색이나 보라색, 나아가 주황색 장비가 나오지 말라는 법은 없잖아?'

제닌은 고개를 끄덕이며 상점에서 숙련병사의 합금 장비를 한 세트 구매해 가트에게 내밀었다.

"영주님, 이것은?"

한눈에 보기에도 범상치 않아 보이는 무구의 모습에 가트가 눈을 반짝였다.

"가져가서 연구해 보라고. 부숴도 되고 녹여도 되니까."

뭔가를 알아내면 좋았고, 아니어도 좋았다.

장인들의 연구열을 끌어 올릴 수 있다면, 이런 장비쯤이야 수십 세트도 투자할 수 있었다.

"감사합니다! 열과 성의를 다해 영주님의 기대에 보답하겠습니다!"

가트는 황송하다는 표정으로 그것을 받아 들었다.

"영주님, 그럼 저는 이만……."

제닌이 건넨 무구를 받아든 후, 가트의 표정은 변했다. 어쩐지 안절부절못하는 얼굴이었다.

"아! 한 가지만 더 부탁하지."

"예! 무엇이든 말씀만 하십시오."

"엘프들에게 적당한 숙소를 정해주고 요새에 적응할 수 있도록 안내할 사람을 붙여 줘. 그리고 그중에 비트렌이란 자가 있을 거야. 비록 전에 지었던 죄가 있으나 앞으로 쓸모가 있을 테니, 일단은 훈련소를 이수시키도록."

"알겠습니다. 혹시, 더 하실 말씀이 없으시면……."

"풋!"

조심스레 묻는 가트의 모습에 제닌은 실소했다.

마음에 드는 장난감을 얻은 아이의 얼굴. 지금 가트의
표정이 딱 그러했다.

Ⅱ

드드드. 드드드드.

딱딱한 각질과 돌기로 이루어진 거대한 동체가 꿈틀거
리며 전진했다. 지름만 해도 거의 5미터에 가까운 기다란
원통형의 동체였다.

인간과는 달리 그레이트 웜은 레벨이 오를수록 몸체가
커지더니 지금에 이르렀다.

"흐아아암!

성인의 속보 정도의 빠르기로 전진하는 그레이트 웜의 뒤
에서 늘어진 하품 소리가 들려왔다. 작은 다리를 어기적거
리며 뒤따르는 마리의 얼굴에는 무료함이 가득 묻어났다.

"히잉. 심심해……."

동굴을 만들러 간다는 소리에 마리는 두 손 들고 방방
뛰며 자신이 하겠다고 자청했다. 제닌이 쉽사리 승낙하지
않자, 마리는 아기 고양이마냥 애절한 눈빛으로 그를 바라
보며 그를 졸라댔다.

잠시 생각해 보던 제닌은 결국 승낙했다.

어차피 깊은 땅속은 별 위험이 없을 듯 보였고, 설령 몬스터 따위가 나타난다 해도 마리는 강했다. 게다가 여차하면 빠른 발로 도망치면 그만이기 때문이다.

제닌은 문제가 발생하면 무조건 도망치라는 당부를 한 채, 마리와 그레이트 웜을 산맥으로 보냈다.

처음 하루 이틀은 신이 났다.

미지의 동굴을 탐험하며 모험을 기다리는 두근거림 때문이었다. 그러나 신이 났던 기분은 채 삼일을 넘기지 못했다.

"히잉! 이게 무슨 모험이야! 동굴 싫어! 마피 미워!"

동굴왕 마피.

얼마 전 마리가 읽은 소설로, 모험심 강한 소년이 보물을 찾아 동굴을 탐험하는 내용이었다. 마리의 통로 개척행에 지대한 영향을 끼친 이야기.

"아빠도 미워!"

사실 동굴왕 마피는 제닌이 권한 소설이었다.

"꼬물아! 빨리! 더 빨리! 더! 더!"

원하던 모험이 나타나지 않자, 마리는 괜한 심통을 부리기 시작했다. 어차피 모험이 없을 바에는 빨리 끝내고 집으로 돌아가는 편이 나았다.

하지만 그렇게 며칠이 지나도 통로 공사는 끝나지 않았

고, 마리는 하루하루 계속되는 지루함에 지쳐갔다.

여기까지는 제닌이 의도한 대로였다.

마리의 끊임없는 재촉 덕분에 통로 공사는 빠르게 진행되고 있었고, 이제 완공을 거의 눈앞에 둔 상태에 이르렀다.

드드득. 득.

오늘도 어김없이 이어지던 그레이트 웜의 전진이 덜컥 멈췄다.

"어? 꼬물아. 왜 그래? 지쳤어?"

마리는 걱정스러운 얼굴로 물었다. 자신이 너무 몰아붙인 탓에 꼬물이가 지친 것으로 생각했기 때문이다.

'힝…… 바보같이…….'

마리는 울상을 지었다. 빨리 끝내고 돌아가려는 생각이 되레 일만 더 늦어지는 결과를 빚은 것 같았다.

"미안해. 꼬물아……."

쿠르르르르.

마리의 목소리에 그레이트 웜의 거대한 동체가 요동쳤다. 동체의 크기에 딱 맞게 뚫린 통로가 무너질 듯 흔들렸다.

가뜩이나 지루해 죽겠는데, 여기서 통로가 무너져 버리면 아예 처음부터 다시 해야 한다. 어서 끝내고 돌아가고 싶은 마리에게는 절대로 안 될 일이었다.

"아, 안 돼! 꼬물아. 작아져!"

마리의 외침에 통로를 가득 채웠던 그레이트 웜의 동체가 서서히 줄어들기 시작했다. 크기를 줄인 그레이트 웜은 마리의 옆으로 다가와 몸을 일으켜 세웠다. 뒷부분에 달린 작은 발이 땅을 딛고 그 위의 상체를 꼿꼿이 세운 모양새였다.

"꼬물아. 왜 그래? 응? 뭐가 있다고?"

마리의 물음에 그레이트 웜이 상체를 끄덕였다.

"정말?"

마리가 깜짝 놀란 표정으로 되물었다. 그녀의 얼굴은 드디어 기다리던 모험이 나타났다는 기대감으로 가득 차올랐다.

"와아!"

마리는 만세를 부르며 앞으로 달려갔다. 그렇게 그레이트 웜의 입이 있던 자리에 다다르자 양옆으로 뚫린 통로가 나타났다. 기존에 개척한 통로를 합하면 커다란 'T' 자를 그리는 형태였다.

손에 든 마법 등불로 주변을 비춰보던 마리가 소리쳤다.

"색이 달라!"

말투에서부터 이미 흥분이 느껴지고 있었다.

그레이트 웜이 뚫어 놓은 통로는 대체로 어두운색을 띠었다. 흙이나 바위의 색깔이 그러했기 때문이다.

그런데 양옆으로 뚫린 통로는 밝은 회색이었다. 그뿐만

아니라 군데군데 알록달록 채색된 부분도 있었고, 때로는 글자 비슷한 것이 적혀 있기도 했다.

새로 나타난 통로의 벽을 이리저리 만져보고 툭툭 두드려 보던 마리가 재차 소리쳤다.

"단단해!"

마리는 초롱초롱한 눈으로 정신없이 주변을 살펴보더니 옆에 선 그레이트 웜을 바라보았다.

"꼬물아. 이거, 네가 한 거 아니지? 그렇지?"

부정하면 큰일 날 것 같은 마리의 기세에 그레이트 웜은 상체를 양옆으로 거세게 흔들었다.

물론 실제로도 그러했다.

"모험이다! 모험!"

방방 뛰던 마리가 통로 안으로 뛰어들었다.

갑작스레 나타난 통로. 이것은 제닌의 예상을 훌쩍 벗어난 일이었다.

Ⅲ

"그러니 당장 달려와 위기에 빠진 폐하의 병사를 구원해야 할 것이오!"

'대체 무슨 생각이지? 아직 버틸만하다는 건가? 아니면 나와는 아예 선을 긋겠다는 생각인가?'

눈앞에서 침을 튀겨가며 자신의 말만 하는 인물을 제닌은 도무지 이해할 수 없었다.

국왕의 특사로 파견된 이는 지라드 백작이란 자였는데, 베스란이 귀띔해 주기 전에는 알지 못하던 이였다. 한마디로 별 볼 일 없는 인물이라는 의미였다.

'코딱지만 한 나라에 무슨 귀족은 그리도 많은지. 그것도 쓸모없는 것들로만. 쯧! 하긴, 그랬기 때문에 내가 그렇게 활개를 칠 수 있었던 거겠지.'

제닌이 보기에 지라드 백작은 도움을 청하러 왔다기보다는 시비를 걸러 온 것처럼 보였다.

'나를 아는 국왕이 고작 이런 자를 이곳으로 보낼 이유가 없을 텐데 말이야. 대체 왜 그랬을까?'

다른 것보다 그 이유가 궁금했다.

국왕은 차치하고라도 옆에 붙어 있는 노신은 제법 생각할 줄 아는 인물이었기 때문이다.

그때, 조용히 다가온 베스란이 제닌의 귓가에 속삭였다.

– 계속되는 패전으로 국왕 측 귀족의 숫자가 대폭 줄어들었다는 정보입니다. 제대로 된 귀족들은 병력의 후퇴를 위해 시간을 벌다가 대부분 희생되었고, 그 결과 남은 것은 저런 자들뿐이라고 합니다.

'아하!'

이제 대충은 알겠다.

'오우거 없는 산에는 오크가 왕 노릇 한다더니. 쟁쟁한 실력자들이 사라지자 그 틈을 노리고 한 권력 잡아보려고 하는 놈이었어.'

그럼에도 한 가지 의문은 남아 있었다.

'왜 하필 저자를 보냈을까? 내 성격을 빤히 알 텐데. 거절은 당연한 일이고, 저렇게 계속 신경을 긁어대면 무사히 돌아갈 수도 없을…… 아!'

문득 하나의 생각이 떠올랐다. 그와 동시에 베스란의 귓속말도 이어졌다.

– 노신이 저에게 보낸 서신에는 아직은 버틸만하다는 말이 적혀 있었습니다.

'그러면 그렇지.'

제닌의 이름은 이미 크라인 왕국 전역에 알려졌지만, 실제로 그를 겪어본 귀족은 그리 많지 않았다.

그리고 그중에는 평민 출신인 제닌이 갑자기 튀어나와 귀족이 되고, 국왕의 총애를 받는다는 사실을 무척이나 눈에 거슬려 하는 자들도 있었다.

게다가 현재는 국왕이 제닌에게 영토 일부를 할양한다는 사실을 아직 공표하지 않은 상황이다.

그러니 국왕의 최측근이 아닌 이상에는 제닌이 그저 국왕의 총애를 받아 운 좋게 귀족이 된 정도로 생각하는 자들이 있었고, 지라드 백작도 그중 하나로 생각되었다.

'아무튼, 그런 기본적인 사실조차 말해주지 않고 이곳으로 보냈다는 것은, 신뢰할 수 없는 자라는 뜻.'

의미는 명백했다.

'기를 좀 죽여달라고 보낸 거로군.'

여러 정황으로 볼 때, 지라드 백작은 별다른 능력도 없으면서 하부 귀족들을 끌어들여 발언권을 높인 인물로 보였다. 국왕이 생각하기에 그는 요란한 빈 수레 정도일 것이다.

'아마, 이번 임무의 실패를 빌미로 이자의 발언권을 떨어뜨리거나, 세력을 꺾을 작정이겠지.'

"왜 대답을 안 하는 것이오?"

'하여간 그렇게 생각이 없나? 딱 보면 몰라? 자기가 이미 도살장에 끌려온 가축이라는 것을?'

제닌이 말없이 가만히 있자, 지라드 백작은 한층 더 목소리를 높였다.

"입이 없소? 아니면 내 말이 우습게 들리는 것이오?"

기세등등한 지라드 백작의 모습에 제닌은 정말 웃음이 나올 지경이었다.

'그나저나 이런 거였으면 괜히 아까운 시간만 낭비한 셈이잖아? 이런 사소한 일로 대가를 요구하기도 좀 그렇고 말이야.'

제닌의 웃는 얼굴이 살짝 일그러졌다.

크라인 어느 정도 도움을 줄 생각은 있었지만, 적당한 대가는 받아야 했다. 대가 없는 도움은 결국 도움을 주는 쪽과 받는 쪽 모두의 관계를 틀어지게 하기 때문이다.

'호의가 계속되면 그것이 권리인 줄 아는 게 인간이니까. 처음 몇 번은 고맙다고 하다가도 나중에는 당연한 것으로 생각해 버릴 테니까.'

제닌은 인간의 간사한 마음을 경계했다. 그래서인지 정에 이끌린 관계보다는 줄 것은 주고, 받을 것은 받는 관계를 더 선호했다. 물론 가족과 이미 그의 사람이 된 이들을 제외한 나머지 사람에게 그렇다는 의미였다.

국왕과의 관계 역시 마찬가지였다.

크라인 왕국은 제닌에게 영토의 할양이라는 커다란 고깃덩이를 주었고, 제닌 역시 그에 걸맞은 보상을 했다.

정확히 따지자면 제닌이 먼저 공을 세웠고, 그에 대한 대가로 영토를 할양받은 것이었지만, 어쨌든 제닌은 이것을 정당한 거래로 생각했다.

암세포 같은 귀족회의의 세력이 더 커지는 것을 막았고, 국왕 측의 전력을 끌어올리는 장비를 지원했다. 물론 가장 커다란 것은 전쟁을 멈추게 했다는 점이었다.

그런 제닌의 활약 덕분에 크라인 왕국은 패망의 위기에서 벗어날 기회를 잡게 되었다.

"이보시오, 라테스 남작, 그렇게 고민하는 것은 폐하에 대한 충성심에 문제가 있다고 보이오만. 내가 돌아가 그렇게 보고를 올려도 되겠소?"

숫제 협박까지 일삼는 지라드 백작의 태도에 제닌의 미간은 확 찌그러졌다.

'상대가 원하는 대로 해주는 것은 마음에 들지 않지만, 그보다 저 면상이 더 마음에 들지 않으니.'

제닌은 가늘게 좁힌 눈매로 지라드 백작을 쏘아 보았다.

"그렇다면?"

삐딱한 말투에 상대가 흠칫 놀란 모습을 보였다.

"그, 그대가, 가, 감히!"

"감히고 자시고, 내가 좀 바쁜 사람이거든? 그러니까 할 말 다했으면 좀 꺼져줬으면 좋겠는데?"

"그대는 폐하의 하해와 같은 은혜를 벌써 잊었단 말인가! 그토록 그대를 총애하셨건만!"

노성을 터뜨리는 지라드 백작의 얼굴 한편으로 회심의 미소가 엿보였다. 이것은 흡사 먹잇감을 포착한 맹수의 눈빛과 같았다.

물론 그 먹잇감이라는 게 맹수 따위는 손가락으로 찢어 발길 몬스터라는 점이 문제였지만, 지라드 백작은 그 사실을 전혀 몰랐다.

"엇!"

제닌이 갑자기 놀란 눈을 하며 몸을 일으켰다.

"주군, 무슨 일이……."

"라테스 남작, 엎드려 빌어도 이미 늦었네. 내가 크라티
아로 돌아가면 폐하께 오늘 그대가 했던 말을……."

"걸리적거리니까 좀 비키지?"

싸늘하게 굳은 제닌의 얼굴은 일견하기에도 무서울 정
도의 분위기를 풍겼다.

"그, 그게 무슨!"

"에이! 좀!"

제닌은 지라드 백작을 향해 손짓했다.

가벼운 손짓이었지만, 지라드 백작은 빗자루에 쓸린 먼
지처럼 구석으로 날아갔다.

와당탕탕!

"어이쿠!"

요란한 소리와 짧은 비명이 들려왔으나, 그는 이미 제닌
의 관심에서 제외된 존재였다.

창가로 다가간 제닌은 굳은 얼굴로 멀리 시선을 두었다.

'마지막에 나타났던 방향은 통로 안이겠군.'

"주군, 무슨 일이십니까?"

황급히 쫓아와 묻는 베스란에게 제닌이 나직이 말했다.

"마리가 사라졌다."

베스란의 표정 역시 굳어졌다.

비록 친딸은 아니어도, 그는 제닌이 마리를 얼마나 아끼는지를 잘 알았다.

"라테스 남작! 네 이놈! 지금 무슨 짓을!"

제닌은 구석에 처박힌 지라드 백작을 힐끗 바라본 후 말을 이었다.

"저것은 알아서 처리하도록."

"알겠습니다. 이곳은 걱정하지 마시고 가시지요."

살짝 고개를 끄덕인 제닌이 몸을 띄웠다. 그리고 창틀을 박차고 공중으로 날아올랐다.

씨이이잉!

공기를 가르는 속도는 그 어느 때보다 빨랐다.

Ⅳ

마수의 입처럼 시커먼 입을 벌린 동굴은 나무통을 든 인물들로 북적였다. 그들은 통 안에 든 걸쭉한 액체를 붓에 찍어 사방의 벽에 펴 바르는 중이었다.

신기한 것은 벽에 발린 액체가 순식간에 스며들면서 흙으로 이루어진 벽을 단단하게 변화시킨다는 점이었다.

휘이이잉!

북적이는 사람 사이로 거센 바람이 스쳐 지나갔다.

"웃! 웬 바람이지?"

"그런데 여긴 막혀 있는 곳 아닌가?"

붓질하던 사람들이 눈을 끔뻑였다. 하지만 누구도 그들의 사이를 지나간 존재를 발견할 수 없었다.

'여긴가?'

처음에는 그저 막다른 길이 나타난 것으로 알았다. 그런데 그 끝에 도착하자 양옆으로 뚫린 또 다른 통로가 눈에 들어왔다. 크기도, 재질도 현재 공사 중인 통로와는 확연히 다른 통로였다.

아무래도 새로운 통로를 발견한 마리가 그곳으로 들어간 것 같았다.

"썩을 놈의 마피! 내가 왜 그런 말도 안 되는 소설을 읽게 했을까!"

동굴왕 마피.

마리를 꼬드기기 위해 제닌이 읽힌 소설이었다.

할 일이 너무 많았다. 몸은 하나건만 한꺼번에 처리할 일은 너무 많았으며, 믿고 맡길만한 사람은 없었다.

그나마 믿을만한 베스란과 가트는 라테스와 프라덴 요새의 안정화를 위해 눈코 뜰새 없이 바빴고, 다른 부하들 역시 각 몬스터 요새의 방어를 위해 몸을 뺄 수 없었다.

그나마 가장 안전해 보이는 일을 마리에게라도 맡겨야 했고, 이를 위해서는 마리의 흥미를 유발하는 것이 중요했다.

그래서 선택한 것이 동굴왕 마피.

당시에는 적절한 선택이라 자부했으나, 그것이 독이 되어 돌아올 줄은 꿈에도 몰랐다.

'일이 잘 풀릴 때를 경계하라더니, 내가 너무 방심한 건가? 제기랄!'

후회가 밀려왔으나, 그럴 시간이 없었다.

자칫 마리가 사고라도 당해 위험한 상황이라면 찰나의 차이로 구하지 못할 수도 있었다.

문제는 좌우로 갈라진 통로의 방향이었다. 방향을 잘못 택한다면 왔던 길을 되돌아가야 한다.

'미니맵은 왜 또 먹통인데?'

아예 먹통인 것은 아니었다. 다른 사람을 나타내는 점은 잘 보였다. 오로지 마리를 상징하는 점만 사라졌을 따름이었다.

'미치겠군!'

애꿎은 땅을 차며 화를 내던 제닌이 문득 고개를 치켜들었다.

'쉐도우 마스터!'

50%의 확률을 100%로 끌어 올릴 방법이 있었다.

V

키이이이잉!

"크헉!"

갑자기 들려온 날카로운 소리에 제닌은 머리를 부여잡았다. 뇌수를 후벼 파는 듯한 통증이었다.

급작스러운 통증에 몸을 가눌 길이 없었다. 제닌은 달려가던 속도 그대로 바닥을 굴렀다.

쿠당탕탕!

일반인이라면 중상을 입어도 이상하지 않았으나, 제닌은 몸이 더러웠을지언정 상처는 없었다. 워낙 튼튼한 육체의 내구력 때문이었다.

"크윽!"

문제는 사그라지기는커녕 시간이 갈수록 오히려 강해지는 두통이었다. 제닌은 머리를 부여잡고 바닥을 굴렀다.

"크아아아아아악!"

목놓아 내질러도 점차 강도를 더해가는 두통에 제닌은 서서히 정신을 잃어갔다.

'뭐지?'

어디론가 걷고 있었다.

걷는다는 느낌은 없었으나, 흐릿한 시야 너머로 천천히 흘러가는 풍경이 그가 걷고 있음을 말해 주었다.

알록달록한 색깔들이 연이어 펼쳐졌고, 생소한 양식의 건물들이 시야를 스쳐 지나갔다.

'대체 여기는……'

다시 까무룩 의식이 멀어졌다.

[코드네임 더 라스트 원. 확인. 자격 미달. 임시 마스터 등록. 에너지 부족. 최소 동력 모드로 가동.]

흐려져 가는 시야 너머 무언가가 언뜻 스쳐 갔다.

VI

'어디지?'

마지막 생각이 이어지며 아득했던 의식이 점차 돌아왔다. 그와 더불어 온몸의 감각이 살아나기 시작했다.

그런 끝에 제닌은 자신이 어두컴컴한 공간에 서 있다는 것을 깨달았다.

"아아……."

천천히 목소리를 내보자 먹먹한 울림이 되돌아왔다.

제닌은 자신이 서 있는 공간이 제법 넓음을 알 수 있었다.

'인터페이스. 쉐도우 들리나?'

제닌은 섣불리 움직이기보다는 현재 상황을 파악하는 게 먼저라는 생각에 자신이 가진 것들을 하나씩 시도해 보았다.

하지만 인터페이스는 떠오르지 않았고, 쉐도우 마스터의 대답 또한 들려오지 않았다.

'대체, 되는 게 뭐야?'

울컥 짜증이 밀려왔다. 갑자기 두통이 밀려와 정신을 잃었더니, 어딘지 모를 곳에 서 있는 상황. 자신의 몸이 누군가에게 조종당한 것 같은 느낌에 기분이 아주 더러웠다.

'뭔가 보였던 것도 같은데……'

의식이 사라지기 전 어떤 글귀가 눈앞을 스쳐 간 것 같았다. 하지만 미간에 골이 패도록 생각해봐도 글귀의 내용은 전혀 떠오르지 않았다.

'그런데 마리는 어떻게 된 거지?'

팟!

갑자기 환한 빛이 나타났다.

사각형으로 이루어진 빛의 틀은 인터페이스 창과 비슷하면서도 달랐다. 안의 그림이 움직이고 있었기 때문이다.

사각형 창에 나타난 것은 마법 등을 손에 든 채 호기심 어린 눈으로 사방을 두리번거리는 어린 소녀의 모습이었다. 다소 어둡긴 해도 제닌은 그림의 주인공을 한눈에 알아볼 수 있었다.

"마리!"

힘차게 불러 보았으나, 마리는 그의 목소리에 반응하지 않았다.

"후우……"

제닌은 한숨을 크게 내쉬며 지그시 눈을 감았다.

'침착하자. 일단 마리가 무사한 것을 확인했으니, 하나씩 생각해 보면 되는 거야.'

어느 정도 마음에 여유가 돌아왔다. 무사해 보이는 마리의 모습 때문이었다.

제닌은 처음 힘을 얻었을 때를 떠올렸다.

그때 역시 지금과 비슷했다. 아무런 설명이 없었고, 그저 나타난 결과만 있을 따름이었다.

'그것과 비슷하다고 한다면.'

VII

[에너지가 부족합니다.]

눈앞에 떠오른 글귀에 제닌은 혀를 찼다.

'쯧! 결국, 보고 말하는 것 빼고는 실제로 할 수 있는 게 거의 없다는 말이잖아?'

제닌의 주변은 사물을 구분할 수 있을 정도로 밝았다. 천장 곳곳에서 반짝이는 작은 빛들 때문이었다.

또한, 제닌의 눈앞에는 사각형의 그림이 둥둥 떠 있었는데 그곳에는 어딘가를 열심히 걸어가는 마리의 모습이 그려지고 있었다.

"마리. 거기서 오른쪽으로 돌아. 불 켜진 길로만 쭉 따라오면 되는 거야. 알았지?"

"응!"

사각형의 화면은 마리가 고개를 끄덕이는 모습을 보여 주었고, 동시에 마리의 목소리 또한 또렷하게 들려주었다. 소리가 대체 어디에서 흘러나오는지 궁금했으나, 이해하기를 포기하니 편해졌다.

'놀랍기는 하단 말이지.'

여러 가지 시도를 통해 제닌은 이곳이 거점과 비슷한 기능을 한다는 것을 알아낼 수 있었다. 다만, 기능이 조금 더 세분되어 있었고, 각 기능의 효과 또한 우월했다.

다만, 기능 대부분이 에너지 부족이란 이유로 실행되지 않는다는 점이 아쉬웠다.

제닌은 이것저것 건드려보는 과정에서 먹통이었던 펜던트의 기능 또한 되살릴 수 있었다.

무언가를 건드려서인지, 아니면 저절로 그렇게 되었는지는 모르겠지만, 눈앞에 익숙한 글귀가 나타나자 제닌은 눈물이 날 정도로 반가웠다.

'확실히 그동안 많이 의지하긴 했었어.'

계속 사용할 때는 느끼지 못했건만, 막상 인터페이스가 사라져 버리자 이만저만 불편한 일이 아니었다. 영영 기능이 다시 돌아오지 않을까 불안하기도 했다.

다시 떠올린 인터페이스 창은 전과는 조금 달라져 있었지만, 기본적인 틀은 예전과 같았다. 그렇기에 다시 적응하는 것은 그리 어렵지 않았다.

'일단은 기능이 연동된다는 점은 좋은 일이야.'

어떤 원리인지는 모르겠으나, 지금 있는 곳과 펜던트의 기능이 상호작용한다는 점은 제닌에게 호재였다.

'다만 하나 걸리는 것은 내 몸이 멋대로 움직였다는 점인데…….'

뇌를 후벼 파는 듯한 통증과 함께 찾아온 기억의 단절. 드문드문 돌아온 의식 속의 자신이 어디론가 걸어가고 있었다는 것은 다시 생각해도 섬뜩했다. 마치 누군가가 자신의 영혼을 밀어내고 몸을 차지한 것 같은 기분이었다.

'일단 마리를 데리고 밖으로 나가면 이곳에 올 일은 없을 거야.'

아무리 이곳에 좋은 것이 있어도, 몸이 제멋대로 움직이는 부작용이 있다면 다시 오고 싶은 마음이 없었다. 하물며 에너지의 부족이라는 말로 제대로 기능도 하지 못하는 이곳은 제닌에게 그리 큰 이점이 없었다.

굳이 이곳이 아니더라도 그에게는 프라덴 요새가 있었고, 또한 라테스가 있었다.

'또 모르지. 40이나 50레벨이 되면 이곳에 대한 설명을 들을 수 있을지.'

어쨌든 제닌은 안전하다는 확신이 들기 전까지는 다시 이곳을 찾지 않을 생각이었다.

"아빠… 무서워……."

문득 들려온 마리의 목소리에 제닌은 다시 눈앞의 화면을 바라보았다. 마리는 바짝 어깨를 움츠린 채로 좁은 복도를 지나는 중이었다.

"괜찮아. 조금만 더 가면 넓은 길이 나오니까. 넓은 길에 들어서면 날 볼 수 있을 거야."

제닌은 마리를 안심시키며 미니맵을 살펴보았다.

미니맵은 전보다 더 복잡해졌고, 그만큼 자세하게 주변의 지형을 나타내고 있었다.

그가 있는 곳은 커다란 방이었다. 그리고 그곳을 중심으로 방사형을 그리며 넓은 복도가 뻗어 있었고, 그것과 교차하는 좁은 복도들이 동심원을 그리며 이어졌다.

'거미줄과 비슷하군.'

미니맵에 보이는 지형은 거대한 거미줄을 연상시켰다.

'각 복도 사이의 공간은 방이겠지?'

각각의 방들에 뭐가 있을지 궁금하기도 했지만, 제닌은 치솟는 호기심을 꾹 눌렀다.

'괜한 호기심 때문에 위험을 자초할 필요는 없지. 일단은 마리만 찾으면 이곳을 벗어난다.'

사실 아직 이곳에 남아 있는 것 자체만으로도 제닌은 상당한 위험을 감수한 셈이었다. 펜던트의 기능을 되살린 다음 곧바로 이곳을 나가 마리를 찾을 생각이었지만, 길이 너무 복잡하고 비슷비슷한 지형이 많아 엇갈릴 공산이 컸다. 그러면 오히려 시간만 낭비되기에 제닌은 이곳에서 마리를 기다렸다.

게다가 방을 나가면 인터페이스 기능이 다시 먹통이 됐다. 아무래도 처음 들어온 통로를 완전히 벗어날 때까지는 다시 인터페이스 기능을 사용할 수 없는 듯했다.

어느덧 마리가 좁은 복도를 빠져나와 넓은 복도로 들어서고 있었다. 중앙의 방과 직통으로 연결된 길이었다.

제닌은 마리가 있는 방향의 문을 향해 다가갔다.

"문 열어."

푸슉.

바람 빠지는 소리와 함께 활짝 열리는 문. 그 사이로 어스름한 복도의 모습이 보였고, 멀리서 다가오는 발소리가 들려왔다.

"아빠!"

자신을 발견했는지 마리의 또랑또랑한 목소리가 들려왔다.

도도도도도독.

급작스럽게 빨라지는 발소리, 그야말로 날듯한 속도였다.

[허가되지 않은 대상입니다. 공격하겠습니까?]

갑자기 글귀가 떠오르며 천장 쪽에서 기묘한 소리가 일

어났다.

기잉. 기이이잉.

천장 한 부분이 열리며 가운데에 구멍이 뚫린 길쭉한 막대가 모습을 드러냈다.

처음 보는 것이었으나, 용도는 분명했다. 눈앞에 떠오른 글귀에 '공격'이란 단어가 들어갔기 때문이다.

"이런 미친! 중지! 공격하지 마!"

[공격 중지.]

기잉. 기이이잉.

다시금 기묘한 소리와 함께 길쭉한 막대들이 천장 속으로 모습을 감췄다.

'후우……. 보는 것과 말하는 것 빼고 다른 것은 다 안되면서, 저런 건 또 움직이네.'

가슴을 쓸어내리던 제닌은 고개를 갸웃했다.

'그만큼 이곳이 중요하다는 뜻인가?'

지형으로 봐도 이곳은 이 거대한 장소의 정중앙이었고, 각종 기능을 사용할 수 있는 것으로 보아도 그러했다.

잠시 생각하는 사이 지척에 다다른 마리가 그대로 몸을 날려왔다.

"으아아앙! 아빠아아!"

품에 안기자마자 대차게 울어 젖히는 마리의 모습에 제닌은 마음 한 편이 저릿해 왔다. 전적으로 자신을 의지하

187

고 신뢰하는 누군가가 있다는 것은 책임감만큼이나 강한
뿌듯함을 느끼게 했다.

그럼에도 제닌은 표정을 딱딱하게 굳혔다.

"마리. 아빠가 뭐라고 했지?"

엄한 물음에 마리가 흐느끼며 대답했다.

"이상한 게 나오면… 히끽! 바로 도망치라고…….."

"그런데 왜 바로 도망치지 않았어?"

"동굴에 들어가는 것은… 흑! 그곳에 보물이 있어서가
아니라고 했어. 히끽! 새, 새로운 동굴이 늘 가슴을 두근거
리게 하니까 그냥 갈 뿐이라고…….."

마리는 어깨를 들썩이면서도 말을 이어나갔다. 물론 자
신의 말이 아닌 어디선가 들은 것 같은 문구였고, 제닌 역
시 그 문구를 잘 알고 있었다. 그 또한 비슷한 경험이 있었
기 때문이다.

'역시, 그놈의 마피가 문제였어.'

어릴 적 제닌은 동굴왕 마피를 읽고 동굴을 찾기 위해
무작정 뒷산에 올랐다가 길을 잃었던 적이 있었다. 다행히
몬스터가 없는 산이었고 약초꾼에게 발견되어 무사히 돌
아왔지만, 아버지 페트로에게 밤새도록 혼나야 했다.

대답하면서 제닌의 눈치를 살피던 마리는 여전히 그의
표정이 굳어 있자 이내 더 큰 울음을 터뜨렸다.

"으앙! 잘못했어요! 죄송해요!"

우는 모습에 살짝 마음이 약해졌지만, 잘못했을 때 따끔하게 혼을 내지 않으면 계속 똑같은 잘못을 반복할 터였다.

"앞으로 일주일 동안 외출 금지."

제닌 표정을 유지하며 엄하게 말했다.

"히끅! 네에⋯⋯."

마리는 울먹이면서도 고개를 끄덕였다. 이에 제닌이 한마디 덧붙였다.

"꼬물이도 없을 거야."

"아, 아빠! 꼬물이는⋯⋯."

마리는 무언가 항변하려 했으나 제닌의 엄한 얼굴을 바라보며 고개를 푹 숙였다.

"흐흑! 네에⋯⋯."

"그리고⋯⋯."

제닌은 슬쩍 말꼬리를 흐렸다. 그러자 마리는 '설마 또 있나?' 하는 얼굴로 그의 입을 바라보았다.

"일주일간 고기 금지."

"우아아아아아앙!"

마리의 입에서 어느 때보다 커다란 울음이 터져 나왔다.

Chapter 67.

Chapter 67.

ROYAL
ROADER

I

드르르르르륵.

거대한 바위가 서서히 옆으로 굴러갔다.

뻥 뚫린 어둠이 앞에선 이들을 맞이했다. 숫자는 수백에
달했고 한결같이 검은 로브와 후드로 몸을 감춘 이들이었
다.

"호오! 놀랍군! 놀라워! 마법이 아니면서도 이렇듯 저절
로 움직이는 장치를 만들어 내다니. 역시 드워프라는 생각
이 드는구려!"

선두에선 두 인물 중 하나가 뼈와 가죽밖에 없는 양팔을
들며 호들갑스럽게 외쳤다.

"큼! 별것도 아닌 걸로 호들갑은 무슨."

비쩍 마른 인물의 옆에 선 작고 뚱뚱한 체구의 드워프가 코웃음 치며 대꾸했다. 비록 투덜거리는 말투였으나, 얼굴 한 편에는 은근한 자부심이 어려 있었다.

"그럼 들어가 볼까요?"

비쩍 마른 인물이 안으로 들어서려 하자, 드워프가 손을 내밀어 그의 앞을 가로막았다.

"죽기 싫으면 뒤따라 오도록 하시오. 내가 밟은 곳만 밟도록 하고."

"설마, 함정이 설치되어 있다는 말입니까?"

"이것도 뭐 별것 아니지만, 제대로 발동하면 귀쟁이들도 피할 수 없으니까."

'호오……. 엘프도 피할 수 없다면 대단하다는 말인데…….'

비쩍 마른 인물의 얼굴에 호기심이 어렸다.

엘프는 기본적으로 몸이 가볍고 민첩했다. 그런 그들이 피해낼 수 없다면 웬만한 이들은 피할 엄두조차 내지 못한 채 함정에 당한다는 의미였다.

'역시 드워프라는 말이지.'

어느새 드워프의 땅딸한 몸이 저만치 앞서 나가고 있었고, 그 뒤를 따라 비슷한 체구를 가진 드워프들이 이동하고 있었다.

"다들 말을 들었으니 알 터. 쓸데없이 엄한 곳 밟는 놈에게는 지옥을 보여줄 것이야.

비쩍 마른 인물은 뒤따르는 무리에게 경고한 후, 드워프의 뒤를 따랐다.

그렇게 한참을 걷자 답답한 통로가 끝나며 거대한 공간이 입을 벌렸다.

다른 드워프들은 미리 정해진 역할이 있었는지, 각자 흩어져 분주하게 움직이고 있었고 선두에 섰던 드워프만 남아 뒤따르는 이들을 기다리고 있었다.

"호오! 놀랍구려! 몬스터 산맥의 지하에 이런 거대한 공간이 있을 것이라고는 상상도 못했을 일이야!"

비쩍 마른 인물은 또다시 호들갑을 떨며 놀라워했다.

"흥! 기간테스 산맥이오. 몬스터 따위의 하찮은 이름으로 불리는 것은 우리 드워프의 성지를 모욕하는 일이오."

"아아! 그렇지, 기간테스 산맥. 하여튼, 정말 놀랍소. 이런 지하에 웬만한 도시가 들어갈 만한 공간을 만들어내다니. 역시 건설에는 드워프가 최고인 듯싶소."

그들이 서 있는 입구를 중심으로 하나, 둘 횃불이 켜지고 있었다. 횃불 아래 드러난 공간은 마른 인물의 말 그대로 도시 하나가 통째로 들어갈 만큼 넓었다.

"흥! 건설뿐만이 아니라 우리 드워프는 손으로 만들 수 있는 모든 것을 최고로 만들 수 있소."

"아! 물론 제작에도 그대들은 최고지요!"

마른 인물은 그렇게 맞장구치다 문득 드워프의 얼굴을 살폈다.

"그나저나, 왜 그리 표정이 좋지 않은 거요?"

"이곳은 우리 드워프의 성지나 다름없는 곳이오. 아마 이곳에 다른 종족들을 데려왔다는 것을 선조께서 알면 무덤에서 뛰쳐나올 테지."

"하지만 대륙에서 인간을 몰아낸 대업을 세운다면, 선조 분들도 이해하지 않겠소? 아마 그분들도 인간이라면 아주 이를 갈고 있을 것 같은데."

"하긴, 그것도 그럴 거요. 이곳을 일궜던 선조께서는 인간과의 싸움에도 모두 흙으로 돌아가셨으니."

"그런데 이런 좋은 곳을 그동안 왜 비워두신 거요? 진즉 알았더라면 우리의 계획을 훨씬 앞당길 수 있었을 텐데."

"그것은 당신이 알 바가 아니잖소!"

버럭 화를 내는 드워프의 모습에 마른 인물은 몸을 움찔거렸다.

'뭔가 사연이 있는 것 같기는 한데. 여기서 계속 캐묻는 것은 오히려 좋지 않겠지.'

"그런데 전에 구해준 물건은 어떻소? 성과가 좀 있었소?"

마른 인물은 슬쩍 화제를 돌렸다.

물건은 이곳 산맥 아래에 있는 작은 왕국에서 만들어진

검이었다. 하수인 중 하나가 놀라운 성능이라며 보내온 것을 실제로 시험해 보니 놀라울 정도의 성능이라 드워프에게 건넸던 적이 있었다.

"아주 조잡한 물건이야. 쇠의 품질은 제법이지만, 쇠를 다루는 방법은 아주 엉터리였어. 어떻게 그런 좋은 쇠를 가지고 그따위 물건을 만들었는지. 쇠가 아깝더군. 쇠가."

"그래도 성능은……."

살짝 말끝을 흐리는 마른 인물의 목소리에 드워프의 표정은 와락 일그러졌다.

일전에 성능을 시험하느라 맞부딪친 드워프의 검이 그대로 깨져나갔기 때문이다.

"흥! 며칠만 기다리라고! 이곳에 있는 선조의 대화로에 불만 지피면 그따위 검은 단숨에 잘라버릴 명검을 만들어 줄 테니까!"

"하하하! 드워프들의 제작 실력이야 항상 신뢰하고 있지요. 기대 하겠습니다."

Ⅱ

삐빅! 삐비비빅!

갑작스러운 경고음이 울려 퍼졌다. 울던 마리를 적당히 달래고 돌아가려는 찰나였다.

"응? 갑자기 뭐야?"

의문을 떠올리는 제닌의 눈앞에 사각형의 창이 떠올랐다.

[침입자 발생. 침입자 발생.]

'침입자?'

제닌은 놀란 눈으로 영상에 나타난 이들을 살펴보았다.

영상에 나타난 이들은 하나같이 로브와 후드로 모습을 감춘 상태였는데, 그 중 한 무리는 그럼에도 확연히 달라 보였다.

작은 키에 옆으로 푹 퍼진 체구.

'저들이 드워프라는 거겠지. 그럼, 그들이 만든다는 거점이 이곳이란 말인가?'

아무래도 조금 더 지켜봐야 할 것 같았다.

'뭐, 덕분에 걱정 하나는 덜었네. 사실 이종족과의 전투는 어떻게 한다 해도, 정작 그들이 만든다는 거점을 찾아내는 게 더 큰 문제였으니까.'

이종족들이 만들 거점의 발견은 이곳에서 겪었던 안 좋은 일들을 한꺼번에 만회할 만한 일이었다.

– 삑! 삐빅! 삐비비빅!

경보음은 계속해서 울려댔고, 그때마다 눈앞에 글귀가 떠올랐다.

침입자들이 몇 명이나 들어왔고, 어느 쪽으로 이동하느

냐에 대한 설명 들이었다.

'다 보고 있거든? 그러니 쓸데없는 설명은 좀 없애 주는 게 좋지 않을까?'

속으로 투덜거렸으나, 그 덕분에 제닌은 한 가지 사실을 알 수 있었다.

화면이 비추는 곳과 메시지가 설명하는 범위는 그들이 처음 들어온 입구부터 대략 백여 미터 가량의 둥근 공간뿐이었다. 그 부분을 벗어난 지역은 볼 수 없었다.

즉, 화면이 비출 수 있는 곳까지는 이곳 시설의 일부이고, 나머지 영역은 드워프들이 확장해 만들어진 공간이라는 점이었다.

'그나저나 200미터 위라니. 대체 여기는 얼마나 깊다는 거야?'

지면에서부터 잰다면 그리 깊지 않을 수도 있었다. 하지만 이곳은 산맥의 지하였다. 산의 높이에서부터 재면 적어도 수 킬로미터는 되지 않을까 생각되었다.

또한, 제닌은 그들이 나누는 대화를 통해서도 정보를 얻을 수 있었다.

'드워프와 엘프는 사이가 별로 좋지는 않아 보이는군.'

드워프의 입에서는 절대로 엘프라는 단어가 나오지 않았다. 그저 귀쟁이라는 말로 엘프를 비하할 따름이었다.

'문제는 그런 그들이 힘을 합할 정도로 인간을 더 싫어한다는 말이겠지만.'

그래도 한 가지는 확실했다.

'사이가 나쁘다는 점은 이용할 방법이 있다는 의미지.'

적을 상대하는 전략에는 여러 가지가 있었다. 그리고 제닌은 그 여러 가지 방법 중 가장 효율적인 것으로 적의 내분을 유도하는 것을 꼽았다.

자신의 병력을 온전히 보존한 채 상대의 병력만 깎아 먹을 수 있었기 때문이다.

'삐빅! 삐빅!

[침입자들이 본 시설로 들어서고 있습니다.]

'본 시설이라면…….'

제닌이 그렇게 생각할 때, 눈앞에 지도가 떠오르며 침입자들이 있는 곳으로부터 이곳까지 이어진 길을 나타냈다.

그 도중에는 제닌과 마리가 들어왔던 통로도 포함되어 있었다.

'저건 막아야겠는데.'

제닌이 그렇게 생각할 때였다.

"멈추시오! 그곳은 안 되오!"

드워프가 팔을 들어 올려 마른 인물의 전진을 막았다.

"무슨 말입니까?"

"그곳은 예부터 내려오는 금역이오."

"금역?"

마른 인물의 얼굴에 호기심이 떠올랐다.

"여태껏 그곳에 들어갔다가 살아나온 이는 단 한 명도 없소. 그러니 들어가지 않는 편이 좋을 것이오."

"호오! 그렇소? 그럼 죽지 않는 것을 보내면 되겠구려."

비쩍 마른 인물은 잠시 알 수 없는 말을 읊조렸다. 그러자 땅속에서 뼈다귀가 솟아올랐다. 전체적으로 인간의 형상을 한 뼈다귀였는데, 크기는 훨씬 컸다. 또한, 뼈의 색깔이 검붉은 색을 띤다는 점이 특이했다.

"쳇! 그건 언제 봐도 기분 나쁘군."

드워프의 투덜거림에 비쩍 마른 인물이 웃음을 터뜨렸다.

"하하하! 너무 그렇게 보지는 마시지요. 이래 봬도 아주 귀여운 아이랍니다."

스켈레톤의 등장과 함께 비쩍 마른 인물이 후드를 걷어 올렸다. 핏기가 전혀 보이지 않는 회색 피부에 깡마른 체구. 어딘지 사악해 보이는 인상이 드러났다.

'스켈레톤이라……. 흑마법사인가? 같은 인간이면서 왜 인간을 멸망시키려는 자들의 편을 드는 거지? 아! 그것 때문인가?'

이종족과의 전쟁이 벌어졌을 때, 전 인류는 힘을 모아 그들과 싸웠다. 그중에는 물론 흑마법사도 포함되었다.

하지만 전쟁이 끝난 뒤, 그들을 축출하려는 움직임이 전 대륙적으로 벌어졌다. 그 결과 대부분의 흑마법사들이 죽임을 당했고, 운 좋게 몸을 숨긴 소수만이 간신히 살아남았다.

그 이후로도 흑마법은 철저히 배척받았고, 흑마법을 익힌 자들은 악마의 추종자라는 명분 아래 불태워졌다.

'하긴, 그토록 핍박받았으니 인간을 증오할 만도 하겠지. 아니면 흑마법사들이 소환한 마족이나, 리치일 수도 있겠지만…… 어쨌든 중요한 것은 어느 것이든 좋을 게 없다는 점이겠지.'

게다가 상대의 정체보다 더 중요한 것이 있었다.

'저 일단 저것을 막아야겠는데…….'

수단은 이미 그의 그림자 속에서 대기하고 있었다.

― 쉐도우. 저기로 가서 저것을 제거하도록. 단, 입구의 놈들에게 들키지 않도록 적당히 멀리 떨어진 곳에서.

제닌이 화면에 나타난 검붉은 스켈레톤을 가리키며 말하자, 대답과 함께 그의 그림자가 한차례 일렁였다.

― 예스. 마스터.

다른 것은 몰라도 통로의 위치만큼은 비밀에 묻어 둬야했다.

'숨겨진 카드는 많을수록 좋은 거야.'

저들이 얼마만큼의 세력을 이루었는지는 모르겠지만,

적어도 대륙을 도모하려고 마음먹을 정도라면 결코 작은 세력은 아닐 터였다.

'그리고 저들 중에는 이미 인간 세상에 깊숙이 침투해서 암약하는 자들이 있어.'

증거는 그들의 대화 속에서 드러났다.

드워프가 만든 장비를 뛰어넘을 정도의 성능을 갖춘 장비는 제닌이 보급한 것밖에 없었기 때문이다. 아무래도 저들의 동조자 중 하나가 그것을 입수해서 저들에게 넘긴 것이 분명해 보였다.

그 때문에 통로의 위치가 저들에게 알려지면 이 사실은 세상에 밝혀진다는 의미였고, 제닌은 숨겨진 카드 하나를 잃는 셈이었다.

'마음 같아서는 내가 직접 나서고 싶지만, 그렇게 되면 저들의 움직임을 놓쳐 버릴 테니.'

감시의 목적뿐만이 아니더라도 제닌은 섣불리 나설 수 없었다. 아직 저들의 실력이 어느 정도인지를 확인하지 못했기 때문이다.

'일단은 정보를 모아야 해. 그런데 그렇다고 여기에 계속 머물 수도 없고⋯⋯.'

남아 있을 필요성이 생겼으나, 여전히 이곳은 찝찝했다. 언제 다시 몸이 멋대로 움직일지 모르는 위험성이 있었으니, 이곳에 계속 머물 수는 없었다.

'흐음…… 내가 없어도 이곳의 기능이 제대로 기능을 유지할 수 있나?'

[거점과 마력을 공유할 시, 최소한의 기능은 사용할 수 있습니다.]

별 기대 없이 던진 질문이었건만 뜻밖에도 대답이 나타났다.

'이곳에서 지켜보는 것만이라면 가능하다는 말이로군.'

카앙!

제닌이 잠시 생각하는 사이, 그의 눈앞에 떠오른 화면에서는 어느덧 전투가 시작되고 있었다.

통로는 직선이 아닌 완만한 곡선을 그리고 있었다. 그리고 입구에 서 있는 무리의 시선에서 스켈레톤의 모습이 사라졌을 때, 스켈레톤의 그림자 속에서 검은 기류로 이루어진 쉐도우 마스터가 솟아올랐다. 그리고 소환되자마자 날카로운 검은 기류를 형성해 스켈레톤의 몸을 베었다.

까앙!

금속이 부딪치는 듯한 소리가 울려 퍼졌다.

'단단한데?'

제닌은 생각을 멈추고 화면을 바라보았다.

쉐도우 마스터의 공격을 고스란히 받아냈건만, 스켈레톤의 검붉은 뼈는 흠집 하나 나지 않았다. 대신 공격을 받았다는 사실에 스켈레톤의 눈동자에서 새빨간 안광이 뿜어지며 쉐도우 마스터의 일렁이는 몸체를 바라보았다.

– 큭! 저급한 스켈레톤 주제에.

쉐도우 마스터의 생각이 제닌의 머릿속에 전해졌다.

그 사이 스켈레톤이 검붉은 기류로 물든 검을 휘둘러 왔다.

– 흥! 그따위 저급한 공격 따위가 통할 몸이 아니시다!

쉐도우 마스터는 충분히 피할 수 있었음에도 자신을 향해 날아오는 스켈레톤의 공격을 그대로 받았다. 아무래도 상대가 자신의 공격을 그대로 맞아 주었음에도 멀쩡한 모습에 자존심이 상한 모양이었다.

콰직!

심상치 않은 소리와 함께 쉐도우 마스터는 벽으로 날아가 납작하게 퍼졌다.

– 크헉!

머릿속으로 들려오는 신음에도 제닌은 피식 웃었다.

'방심하는 것들의 말로는 늘 저렇지.'

제닌은 슬쩍 시선을 돌려 쉐도우 마스터의 그림이 그려진 곳을 바라보았다. 생명력이 10%가량 줄어들어 있었다.

'생각보다 공격력은 그리 높지 않군. 아니, 여기서는 쉐도우 마스터에게 공격이 통했다는 사실이 중요한가?'

쉐도우 마스터는 일반공격을 그대로 통과시키는 능력을 갖추고 있었다. 심지어 엑셀시어의 오러가 담긴 공격마저 무시할 수 있었다.

- 똑바로 해라. 똑바로.

- 헛! 보, 보고 계셨습니까?

- 아주 납작하게 잘 퍼지더군. 슬라임처럼 말이야.

- 마, 마스터! 아무리 그래도 그런 하급 몬스터랑 비교하심은……

- 저것을 제대로 처리하면 생각해 보지.

쉐도우 마스터가 기류가 한층 거세졌다. 주인이 지켜보는 앞에서 망신을 당했다는 사실이 그의 자존심에 깊은 상처를 낸 것이다.

- 이런 빌어먹을 뼈다귀 자식이!

사방에서 일어난 검은 기류들이 스켈레톤을 향해 날아들었다.

깡! 까앙! 깡! 카각!

대부분은 막혔지만, 일부는 스켈레톤의 검붉은 뼈다귀에 상처를 만들어 냈다.

- 오호! 그렇단 말이지!

쉐도우 마스터가 다시 기류로 이루어진 몸을 형성했다. 팔 부분이 검처럼 길게 늘어나 있었는데, 검날은 톱날처럼 울퉁불퉁한 표면을 가지고 있었다.

'썰어 내겠다는 건가?'

이어지는 광경은 제닌의 생각대로였다.

비록 강력한 뼈로 이루어져 있었지만, 스켈레톤은 쉐도

206 6

우 마스터의 움직임을 따라갈 수 없었다. 처음 공격을 허용한 것도 쉐도우 마스터가 맞아주려고 작정해서 통했던 것이지, 피하려 들면 얼마든지 피할 수 있었다.

카각! 가가가각!

섬뜩한 소리와 함께 검붉은 뼈가 갈려 나가기 시작했다. 같은 곳을 연속적으로 집요하게 노린 탓에 뼈의 두께는 점차 얇아졌고, 마침내 몸체에서 떨어져 나갔다.

– 크하하하하하! 그럼 그렇지! 네까짓 저급한 스켈레톤 따위는 이 몸의 한 손가락으로도 상대할 수 있단 말이다!

신이 나 보이는 쉐도우 마스터의 목소리가 제닌의 머릿속을 울렸다.

'하긴, 저놈. 원래 저런 성격이었지.'

지금이야 고분고분해졌지만 처음 소환했을 때에는 주인인 제닌마저 무시했던 쉐도우 마스터였다.

딱딱딱! 딱딱딱딱!

팔다리가 모두 잘려나간 스켈레톤은 부산스럽게 턱뼈를 마주쳐 댔다. 뭔가를 말하려는 듯했으나 쉐도우 마스터는 가뿐히 무시한 채, 스켈레톤의 두개골을 썰어대기 시작했다.

뽀각!

톱질하듯 한참을 썰어낸 끝에 마침내 두 쪽으로 갈라진 두개골. 그 사이에서 검붉은 빛을 띤 보석이 떨어졌다.

– 훗! 네놈이 이 몸의 위대함을 알아보고 공물을 바치는
구나. 네놈의 성의를 봐서 고맙게 받아…….

– 잠깐!

제닌의 목소리에 쉐도우 마스터의 움직임이 일순 멈췄
다.

– 그대로 주워서 가져오도록.

– 알겠습니다. 마스터.

어느새 고분고분해진 쉐도우 마스터였다.

– 그런데 말이야. 너 다른 사람한테도 이랬냐?

– 헛! 아, 아닙니다.

부정하려 했지만 이미 말을 더듬었던 것부터가 사실을
인정하는 꼴이었다.

– 적당히 해라. 적당히.

– 아, 알겠습니다. 마스터.

쉐도우 마스터는 바닥에 떨어진 검붉은 보석을 조심스
레 집어 들고 그림자로 스며들었다.

"헛!"

입구의 무리를 비춘 화면에서 놀란 음성이 들려왔다.

"왜 그러시오?"

드워프의 물음에 마른 인물이 얼굴을 굳히며 대답했
다.

"공격받았소."

"내가 뭐라고 했소. 저곳은 금지라니까."

"하지만 익숙한 기운이었소."

고개를 저으며 대꾸하는 마른 인물의 말에 드워프가 놀란 얼굴로 되물었다.

"익숙한 기운?"

"어쩌면, 이 안쪽에는 우리와 관련된 존재가 있을지도 모르오."

"그럼, 직접 들어가 보겠다는 말이오?"

"아무래도 그러는 편이 좋을 것 같소."

"하지만……."

"부탁하오. 어쩌면 우리의 대업을 이루기 위한 더 큰 힘을 얻을 수 있을지도 모르오."

고개까지 숙이며 부탁하는 마른 인물의 모습에 드워프도 더는 거절할 수 없었다.

드워프가 고개를 끄덕이자 마른 인물이 몸을 돌려 검은 로브의 무리를 바라보았다. 그리고 앙상한 손가락으로 몇 명을 가리키더니 통로 안으로 들어섰다.

'쯧! 역시 쉽게는 안 끝나는 건가?'

제닌은 혀를 차며 고개를 내저었다.

─당장 작업을 멈추고 입구로 물러난다. 그리고 베스란에게 연락해서 크리시나와 엘리시나를 이쪽으로 불러오도록.

제닌은 통로 강화 작업을 하고 있을 인부들에게 지시하며 미니맵을 살폈다. 점들의 움직임이 일순 멈췄다 싶더니 이내 다시 움직이기 시작했다.

썰물처럼 통로를 빠져나가는 점들의 모습에 제닌은 희미하게 웃었다.

'남은 마력 양은 대충 절반 이상인가?'

마리를 찾기 위해 쉐도우 마스터를 소환한 영향이었다. 스켈레톤 소환으로 절반의 마력을 사용한 후 따로 마력 운용술을 운용할 수 없었다. 마력은 시간이 지나면 저절로 회복되지만, 그 양은 정말 눈곱만큼이었다.

'남은 마력을 쪼개 소환해봤자 변변찮은 것밖에 안 나오겠지.'

남은 스켈레톤 킹의 반지 하나를 떠올려본 제닌은 고개를 가로저었다. 스켈레톤을 소환해서 보낸다면 어느 정도 시간을 벌 수는 있겠지만, 그보다는 소모한 마력을 채우느라 허비하는 시간이 더 길 것 같았다.

'역시 직접 움직이는 수밖에 없겠군.'

아직 상대의 실력을 모른다는 점이 마음에 걸렸지만, 그렇다고 그대로 두고 볼 수도 없는 노릇이었다.

'마리는……'

슬쩍 마리를 바라보자 불안한 듯 흔들리는 눈으로 자신을 바라보고 있었다.

"같이 갈래?"

제닌의 물음에 마리의 표정이 환하게 밝아졌다.

"응!"

마리의 손을 잡고 문 앞에 섰다.

"열어."

푸슉.

바람 빠지는 소리와 함께 문이 열렸고, 제닌이 막 방을 나가려는 찰나 눈앞에 메시지가 떠올랐다.

[최적화 완료. 사용자를 위한 어드바이스 기능이 활성화 되었습니다.]

'최적화? 어드바이스?'

어리둥절한 제닌의 눈앞에 다시 한 번 메시지가 떠올랐 다.

[이대로 나가시겠습니까? 다른 거점과 연결하면 여분의 마력을 이용해 제한적으로 방어시설을 가동할 수 있습니 다.]

'방어시설?'

제닌의 걸음이 덜컥 멈췄다. 지금 상황에서 가장 필요한 것이라는 느낌이 확 들었기 때문이다.

이어 제닌은 처음에 떠오른 메시지를 떠올렸다.

'최적화라는 말이 무언지는 모르겠지만, 조언 기능이 라……. 이건 기다리고 있던 것이기는 한데…….'

어쩌면 그동안의 궁금증을 풀어줄 열쇠일 수도 있었다.

"아빠?"

"마리, 아직 할 일이 남았으니까 잠깐만."

제닌은 의문스러운 눈으로 바라보는 마리의 머리를 천천히 쓰다듬으며 다시 몸을 돌렸다.

'방어시설에는 어떤 게 있지? 위력은? 저들을 막을 수 있나?'

[방어시설에는 침입자의 차단을 위한 격벽과 침입자의 격퇴를 위한 소형 레일건이 있습니다.]

'격벽? 레일건? 좀 더 자세히 설명해 봐.'

격벽이라는 말은 어느 정도 알아듣겠으나, 레일건이라는 말은 생소했다.

[격벽은 1미터 두께의 합금으로 이루어져 있으며 작동 시 천장에서 내려와 양측을 완전히 밀폐합니다. 레일건은 10g의 탄자를 초속 3km로 쏘아내는 무기입니다.]

확실히 전보다는 적극적인 답변이라는 것이 느껴졌다.

'과연 조언 기능이라는 건가?'

제닌의 입가에 미소가 스쳐 갔다. 그동안 정보를 꽁꽁 닫고 있던 상자가 갑자기 열린 듯한 느낌이었다.

'합금벽의 강도는 어떻지? 인텐시브 아우라로 뚫을 수 있나?'

[사용자의 수준으로 초당 1cm를 자를 수 있습니다.]

'두께가 1미터니 100초면 뚫린다는 건가?'

그렇게 생각하던 제닌은 머리를 가로저었다.

'아니지, 빠져나갈 구멍을 만들어야 하니 몇 배는 더 걸리겠군.'

이 정도면 거의 완벽한 방어력이라 할 수 있었다. 제닌이 제대로 인텐시브 아우라를 사용하면 신물질로 강화된 성벽조차 단번에 잘라낼 수 있었다.

'소드 룰러를 상대로도 시간을 벌 수 있다는 말이군.'

만족스러운 방어력에 제닌은 고개를 끄덕였다.

'그런데 초속 3km면 대체 얼마나 빠르다는 거지?'

[사용자의 가장 가까운 거점까지 57초에 도착할 수 있는 속도입니다.]

'라테스까지 1분 안쪽이라……'

아직도 얼마나 빠른지 짐작이 가지는 않았지만, 한 가지는 분명했다. 누군가가 그것에 맞는다면 절대로 무사할 수 없다는 사실이었다.

'갑자기 적극적으로 도와주는 이유가 궁금하긴 하지만, 지금은 받아들일 수밖에 없나?'

마음 한구석에 꺼림칙한 느낌이 조금은 남아 있었으나, 어쩔 수 없었다. 지금 상황에서 가장 좋은 방법은 상대에게 정체를 보이지 않으면서 적을 막아내는 것이었다.

"후우……. 거점과 연결한다."

제닌은 나직한 한숨과 함께 수락했고 그 순간, 커다란 화면이 나타나더니 수많은 글자가 빠르게 화면을 훑고 지나갔다. 마치 글자로 이루어진 급류가 흘러가는 듯한 모습이었다.

[거점 라테스와 연결 완료. 여분의 마력을 끌어오는 중입니다. 마력 확보 완료. 제한적인 방어시설을 가동할 수 있습니다. 침입자의 침투로로 범위를 지정하시겠습니까?]

'그래.'

수락과 동시에 지도창이 떠오르더니 침입자가 다가오는 통로 부분을 녹색으로 물들였다.

[자동방어방식과 수동조작방식이 있습니다. 사용자의 기능 숙지를 위해 자동방어방식을 추천합니다.]

'하하! 추천까지?'

너무 적극적인 조언에 제닌은 웃음이 나올 지경이었다. 또한, 적절한 조언이기도 했다. 아직은 방어시설에 대해 잘 모르는 제닌이었기에 일단 한 번 지켜본 다음 어떻게 운용할 것인지 결정하는 편이 좋았다.

'도도한 새침데기 아가씨에서 갑자기 현숙한 아내가 된 듯한 기분이군.'

제닌은 눈앞의 화면을 바라보며 고개를 끄덕였다.

'한 번 해봐.'

우우우우웅.

"엇!"

"이게 무슨 소리지?"

사방에서 들려오는 기묘한 울림에 통로를 걷던 검은 로브들의 걸음이 멈칫했다.

기잉. 기이이잉.

로브들의 시선이 일제히 천장으로 향했다.

십여 미터 앞의 천장이 열리며 길쭉한 막대 모양의 물체가 모습을 드러냈다. 가운데 부분에 길쭉한 틈새가 나 있는 물체는 그 부분을 로브들을 향했다.

"뭐, 뭐지?"

어쩐지 등줄기가 오싹한 느낌. 마치 숙련된 궁수가 자신을 향해 활을 겨눈 듯한 느낌에 검은 로브 중 하나가 어깨를 움츠렸다. 그 순간이었다.

길쭉한 틈새에서 뭔가가 번쩍하는 것이 보였다.

콰우우우우우!

귀청을 찢는 듯한 소리가 들려왔고, 거친 바람이 검은 로브들을 펄럭이게 했다.

"뭐, 뭐야?"

주변을 두리번거리던 검은 로브들은 그들 중 한 명이 사라진 것을 발견했다.

"테르마가 사라졌……."

말하던 검은 로브의 입이 닫혔다.

한 명은 완전히 사라진 것이 아니었다.

푸슉. 퓨슈슈슉.

하체만 남은 인간의 허리에서 핏물이 솟구쳤다.

모두의 등줄기에 서늘한 기운이 어릴 때, 테르마라 불렸던 이의 하체가 쓰러졌다.

풀썩.

검은 로브들은 정신이 번쩍 들었다.

"방어!"

선두에 섰던 수장의 목소리에 검은 로브들은 저마다 손을 앞으로 뻗으며 방어 마법을 펼쳤다. 불길한 검은 빛을 띠는 불투명한 반구가 곳곳에서 나타났다.

번쩍!

다시금 빛이 번쩍였다.

콰우우우!

공기를 찢어발기는 소리와 함께 무언가가 날아들었다.

쩡!

그것은 선두에 선 수장을 노렸으나, 그의 앞을 막은 방어막에 막혀 튕겨 나갔다.

'전격인가?'

다른 로브들과 달리 수장은 침착했다. 그는 차분한 눈빛으로 길쭉한 물건을 바라보다가 공격이 날아오기 직전 그곳에서 번뜩이는 전격을 확인할 수 있었다.

번쩍! 번쩍! 번쩍!

이후로도 전격이 몇 번 더 일어나며 날아든 공격이 수장을 노렸고, 그가 형성한 방어막에 번번이 막히자 길쭉한 물체가 살짝 방향을 틀었다.

번쩍!

다시금 전격이 번뜩였고, 눈에 보이지 않는 속도로 날아든 무언가가 수하 검은 로브의 방어막을 때렸다.

콰직! 퍼서서석!

방어막은 산산이 부서져 나갔고, 그 뒤에 있던 검은 로브의 상체가 사라졌다.

비명을 지를 새도 없이 하체만 남은 동료의 모습에 검은 로브들의 얼굴에 두려움이 떠올랐다.

"여럿이 뭉쳐 방어막의 강도를 높인다."

어리둥절하던 검은 로브들은 수장의 지시에 재빠르게 움직이기 시작했다.

터엉! 터엉! 터어엉!

여럿의 방어막이 겹쳐지자 날아드는 공격을 막아내기 시작했다. 다만, 그때의 충격 때문에 방어막을 형성한 검은 로브들의 몸이 부들부들 떨리기 시작했다.

"마스터! 몇 번 버티지 못할 것 같습니다!"

"저것들은 내가 처리할 것이니 방어막 유지에 전력을 다하라."

수장의 지시에 검은 로브들은 이를 악물며 방어막에 힘을 더했고, 다시 이어지는 몇 차례의 공격을 막아냈다.

그사이 수장은 알 수 없는 말을 중얼거리기 시작했다.

"데몰리션."

나직한 목소리와 함께 검붉은 기류를 머금은 둥그런 구체가 수장의 손바닥에서 빠져나왔다.

번쩍! 번쩍! 번쩍!

검붉은 구체가 지닌 심상치 않은 에너지에 레일건이 몇 차례 요격을 시도했으나, 검붉은 구체는 탄자를 그대로 통과시키며 레일건을 향해 날아들었다.

쿠콰콰쾅!

고막을 찢는 듯한 폭음이 일어났다. 검붉은 화염에 휩싸인 레일건은 그대로 녹아내렸고, 화염은 천장 일부까지 녹인 다음에야 사그라졌다.

"우와! 역시 마스터십니다!"

번쩍!

희색에 찬 목소리로 소리쳤던 인물의 상체가 사라졌다.

"뒤, 뒤다! 뒤!"

누군가의 목소리에 검은 로브들은 황급히 방어막을 뒤쪽으로 옮겼다.

번쩍!

다시 한 명이 사라졌다.

"아, 앞! 멀리서 날아왔습니다!"

앞뒤에서 번갈아가며 날아드는 공격에 검은 로브들이 우왕좌왕하기 시작했다. 하지만 얼마 지나지 않아 한데 뭉쳐 앞과 뒤를 동시에 방어하기 시작했다.

절반에 가까운 희생 끝에 이루어진 진형이었다.

쿠르르르르르.

"헛! 벼, 벽이! 벽이 내려옵니다!"

파괴된 레일건 뒤쪽 천장이 열리며 두꺼운 벽이 내려오기 시작했다.

"뒤쪽에도 벽이 내려오고 있습니다!"

슬쩍 뒤를 돌아본 수장의 얼굴이 굳어졌다. 두께가 족히 1미터는 돼 보이는 금속의 벽이 앞과 뒤를 틀어막으려 하고 있었다. 하지만 신속하게 내려오는 앞쪽과 달리 뒤쪽에서 내려오는 벽의 속도는 느렸다.

'물러나라는 건가?'

검은 로브의 수장이 주먹을 움켜쥐었다. 상대의 의도대로 따르는 것은 패배를 인정하는 일이나 다름없었다.

수장은 자신의 마나를 가늠해 보았다.

'몇 번은 뚫을 수는 있다. 하지만 과연 몇 개를 뚫어야 할까?'

공격이 시작되기 전까지 보았던 통로는 끝이 보이지 않았다. 그 안에 몇 개의 벽이 있을지 알 수 없다는 말이었다.

감성은 전진을 외쳤으나 이성은 후퇴를 종용했다.

"물러난다."

나직한 수장의 말에 검은 로브들의 얼굴에 화색이 돌았다.

섣부른 오기로 일을 그르칠 수는 없었다.

이미 희생된 수하들만 해도 적지 않은 피해였다.

수장은 전면을 틀어막은 벽을 바라보며 이를 악물었다.

저항이 강력하다는 것은 그만큼 중요한 것을 지킨다는 의미와 같았다. 수장은 안쪽에 들어있는 것이 무엇인지 무척이나 궁금했다.

'준비를 완벽히 마친 다음에……'

수장은 다음을 기약하며 통로를 거슬러가기 시작했다.

쿠르르. 쿠르르르르.

그들이 지나쳐온 통로마다 벽이 내려앉기 시작했고, 그때마다 수장의 얼굴은 일그러졌다.

'스무 개라니……. 우리를, 이 나를 봐줬다는 건가?'

적어도 수장이 느끼기에는 그러했다. 만약 모든 벽이 한꺼번에 내려왔다면 후퇴하는 도중에도 큰 피해를 봤을 것이다.

수장 자신은 어떻게 살아나올 수 있을지 몰라도, 수하들은 전멸을 각오해야 했다.

'오랜만에 느껴보는군. 이런 더러운 기분은.'

수장은 얼굴을 잔뜩 찌푸린 채 주먹을 움켜쥐었다.

어디선가 자신을 바라보며 비웃고 있을 적의 모습이 머릿속에 그려졌다. 기분이 한층 더 더러워졌다.

빠드득!

'다시 오지. 철저히 준비한 다음에!'

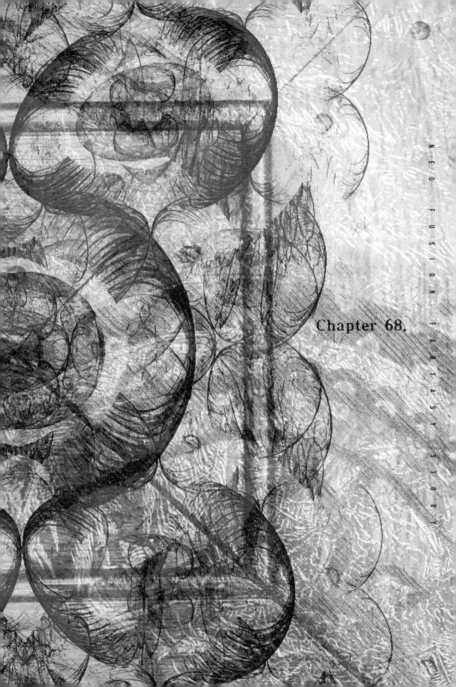

Chapter 68.

Chapter 68.

ROYAL ROADER

I

"왜 뒤부터 막지 않았지? 굳이 저들을 돌려보낼 필요가
있었나?"

제닌은 아쉬운 얼굴로 입구 밖으로 완전히 빠져나온 검
은 로브들을 바라보았다. 어차피 적이었으니 이왕이면 처
리할 수 있을 때 처리하는 편이 좋다는 생각이었다.

[침입자 중 가장 강력한 에너지를 가진 자가 레일건을
공격했을 때의 파괴력을 고려하면 격벽 또한 한 방에 뚫릴
확률이 높습니다.]

설명과 함께 화면 하나가 떠올라 검은 로브의 수장이 사
용한 마법으로 격벽이 뚫리는 모습을 보여 주었다.

'그거, 실제로 일어난 일인가?

[아닙니다. 레일건이 공격받을 때 측정한 에너지를 대입해 시뮬레이션한 영상입니다.]

'시뮬레이션?'

[가상의 실험으로 이해하면 됩니다.]

눈앞의 글귀를 바라보는 제닌의 표정은 그리 좋지 않았다. 다른 게 문제가 아니라, 마치 스승에게서 무언가를 배우는 어린아이가 된 듯한 기분이 들어서였다.

[생체 데이터로 분석한 결과 사용자의 기분이 상당히 침체 된 것으로 추정됩니다.]

'끄응……. 아니거든? 설명이나 계속하지?'

[알겠습니다.]

제닌의 말에 눈앞의 영상이 변화했다.

검은 로브 수장의 모습을 확대한 영상이었는데, 그의 몸 주위에 피어오른 검붉은 오러가 마법을 사용하며 조금 줄어든 것을 표시하고 있었다. 그리고 비슷한 양으로 줄어들어가는 동심원을 그리며 각각의 원마다 숫자를 표시했다.

[보시는 바와 같이 적이 보유한 에너지는 같은 공격을 15회 이상 사용 가능한 걸로 추정됩니다. 게다가 또 다른 침입자들의 협조까지 고려해 본바, 퇴로를 차단했을 때 적을 제거할 확률은 50%를 넘지 않습니다. 시설의 파괴를 감수하기에는 너무 낮은 확률입니다.]

설명과 함께 이런저런 그림과 도형들이 영상에 떠올랐는데, 제닌으로서는 제대로 이해할 수 없는 것들이었다. 다만, 중요한 것 한 마디는 알아들을 수 있었다.

'50%밖에 안 된다고?'

제닌은 살짝 놀란 눈으로 되물었다. 그가 보기에 레일건이라는 무기의 위력은 어마어마했다.

일반적으로 흑마법사가 사용하는 마법의 위력은 일반 마법사와 비교해 50% 이상 더 위력적인 것으로 알려졌다. 그런데 레일건은 그런 흑마법사의 방어 마법을 뚫고도 여력이 남아 뒤에 있는 인간의 상체를 날려버릴 정도였다.

'만약 내가 저기 서 있었다면 어떨까? 그럼 살아 돌아갈 확률이 몇 퍼센트나 되지?'

[40% 이하입니다.]

'보호막으로 막으면서 벽을 뚫어도?'

[사용자의 모든 스킬을 고려한 확률입니다.]

설명과 동시에 눈앞의 영상에는 제닌의 모습이 나타났는데, 갖가지 스킬을 사용하며 난동을 부리다가 결국 힘이 빠져 레일건에 맞아 온몸이 찢기는 영상이었다.

"썩을! 굳이 이런 것까지 보여줄 필요는 없잖아!"

"아빠? 왜 그래요?"

저도 모르게 밖으로 나온 소리에 마리가 깜짝 놀란 눈으로 제닌을 바라보았다.

"아, 아니야. 잠깐 생각할 일이 있어서 그래."

제닌은 마리의 머리를 쓰다듬으며 다시금 눈앞의 메시지를 바라보았다.

'그럼 저놈이 나보다 강하다는 말인가?'

[적이 보유한 에너지로 추정한 레벨은 56입니다.]

'56이라고?'

제닌의 눈동자가 화들짝 커졌다.

그의 레벨은 35였다. 그리고 지금 이 순간에도 꾸준히 경험치를 쌓고 있었다. 건설해 둔 몬스터 요새에서 이루어지는 몬스터 사냥이 그에게도 경험치를 나눠 주었기 때문이다.

솔직히 말해 제닌이 이곳저곳 뛰어다니면서 몬스터를 사냥하는 것보다 저절로 차오르는 경험치의 양이 더 많았기에, 최근에는 경험치보다 다른 일에 더 신경을 기울였었다.

'40이 멀지 않았다고 자신만만했건만, 내가 겨우 그 정도였단 말인가?'

쓸쓸한 표정을 짓던 제닌이 문득 눈을 치켜떴다.

'아니야! 저건 에너지만 가지고 추정한 레벨이잖아. 에너지가 마력이라면 나도 엄청 많다고!'

비록 경험치 획득은 게을리했어도 상급 마력운용술만큼은 틈이 날 때마다 사용했다.

그렇게 이룩한 그의 마력 양은 무려 3만. 인텐시브 아우라를 거의 시간 단위로 사용할 수 있는 양이었다. 그랬기에 제닌은 다른 것은 몰라도 마력 양 하나만큼은 자신 있었다.

[마력을 고려한 사용자의 추정레벨은 42입니다.]

자신감 회복을 위해 스스로에게 소리친 것이었으나, 눈앞에 떠오른 글귀가 그것을 짓눌러 버렸다.

'그럼, 내가 나가서 싸웠으면?'

[90% 이상의 확률로 사용자가 사망할 것으로 추정됩니다.]

'쩝! 편 좀 들어주면 안 되나?'

제닌은 불만 어린 소리에도 돌아오는 메시지는 흔들림 없이 냉정했다.

[사용자의 만용과 무모한 행동을 막기 위해서는 정확한 사실을 전달해 주는 것이 중요합니다.]

기분이 상했지만, 맞는 말이기도 했다. 어쨌든 덕분에 섣불리 나서지 않았고 인정하기는 싫었지만, 위험한 상황도 피할 수 있었다.

'하긴, 무엇보다 안전이 우선이기는 하지. 그런데 저들을 공격한 무기, 여기 방 앞에 있던 것하고 모양이 좀 다른 것 같던데. 맞나?'

[그렇습니다. 조금 전 침입자를 막아낸 것은 외곽 방어

에 사용되는 것은 소형 레일건입니다. 또한, 내부 방어에는 중형 레일건이, 마지막으로 상층부 방어는 레이저를 사용한 능동 방어 시스템을 사용하고 있습니다.]

'뭔 말이야?'

분명 글자는 읽을 수 있건만, 각 단어의 뜻은 전혀 알아들을 수 없었다.

그러자 영상이 변화하며 각각의 무기의 외관과 사용했을 때의 위력을 보여 주었다.

먼저 소형 레일건은 수십 센티미터 두께의 철판을 꿰뚫는 위력을 보였고, 중형 레일건은 1미터 두께의 합금 격벽마저 산산이 부서뜨리는 위력을 보여 주었다.

'허어……. 저 중형 레일건이면 신형 익스플로전 스톤도 쓸모가 없겠는데?'

마지막 영상은 조금 전의 영상이 하찮아 보일 정도로 압권이었다.

레이저라는 무기가 쉴 새 없이 번쩍이며 사방에서 날아드는 레일건의 탄자들을 모조리 격추하는 영상이었다.

벌린 입을 다물지 못한 채 지켜보던 제닌의 옷자락을 작은 손이 움켜쥐었다. 아래를 살펴본 제닌의 눈에 들어온 것은 잔뜩 겁에 질린 마리의 얼굴이었다.

순간 제닌의 얼굴이 와락 일그러졌다.

"이런 쌍! 지금 저런 무시무시한 무기로 우리 마리를 겨

녔다는 거야?"

제닌의 마음을 가득 채운 것은 격렬한 분노였다.

가슴이 철렁 내려앉기도 했다. 만약 조금만 제지가 늦었더라면, 제닌으로서는 생각하고 싶지도 않은 끔찍한 일이 벌어졌을 터였다.

[죄송합니다. 심층부의 안위는 무엇보다 중요한 것으로 허가되지 않은 존재의 접근은 철저히 차단하고 있습니다.]

"아무리 그래도 그렇지!"

[또한, 호기심 많은 아동을 위한 안전장치 역시 갖추고 있습니다. 사용자의 제지가 없었어도 단순한 위협에 그쳤을 것입니다.]

눈앞의 영상에 달려오는 마리의 발 앞으로 쏘아지며 깜짝 놀란 마리가 뒤로 물러서는 모습이 그려졌다.

"사실인가?"

[사용자에게는 언제나 진실만을 전달합니다.]

'흐음……'

제닌은 게슴츠레 뜬 눈으로 눈앞의 화면을 주시했다.

전보다 적극적으로 대답해주는 것은 좋은데, 왠지 사람과 대화하는 듯한 기분이 들었다. 그것도 어쩐지 속내를 감추려 드는 사람과의 대화처럼 뒷맛이 찝찝했다.

'이상하단 말이지……'

잠시 화면을 노려보던 제닌은 더 해봐야 얻을 게 없다는 것을 깨닫고 생각을 접었다.

'그런데 방어시설은 그것뿐인가?'

[현재로서는 그렇습니다. 하지만 에너지의 공급이 원활해지면 각종 병기를 제작, 투입할 수 있습니다.]

'에너지란 말이지……. 그런데 놈들이 밖에서부터 하나씩 차근차근 공략해 들어오면 결국은 뚫리는 것 아닌가?'

[그런 이유로 내부 방어에 사용되는 중형 레일건 일부를 침입 루트로 옮겨 화력을 보강할 것을 긴급히 요청합니다.]

'가트를 불러야겠군.'

[그럴 필요는 없습니다. 또한, 현재 인간의 지성으로 절대로 불가능한 일임을 밝힙니다.]

'하긴. 아무리 가트라 하더라도 생전 처음 보는 물건이고 어떤 원리로 작동하는지도 모르는 것에 섣불리 손댈 수는 없겠지. 그럼 어쩌겠다는 거야?'

[수리 로봇의 사용허가를 요청합니다.]

'로봇?'

[인간의 일을 돕기 위해 만든 생명이 없는 존재로 이해하면 됩니다.]

설명과 함께 금속으로 만들어진 인형의 모습이 떠올랐다. 그중에는 다리로 걷는 것도 있었고, 바퀴 같은 것으로 굴러다니는 것도 있었다. 또한, 집게와 같은 손으로 물건을 들어 올리는 것도 있었을뿐더러 여러 가지 도구를 장착한 손으로 무언가를 만드는 것도 있었다.

'무슨 골렘… 같은 건가?'

[비슷합니다.]

생각이 얼추 들어맞자 제닌은 고개를 끄덕였다.

'그럼, 그렇게 하면 적을 막아낼 수 있다는 건가?'

[중형 레일건으로 화력을 보강했을 때의 저지 확률은 80% 정도로 추정됩니다. 하지만 미봉책에 불과합니다. 침입자가 레일건을 무력화할 장비로 무장하면 확률이 급격히 낮아질 수 있기 때문입니다.]

메시지의 내용에 제닌의 얼굴이 살짝 굳어졌다.

'그래. 저쪽에는 드워프가 있지. 놈들의 손재주로 엄청나게 두꺼운 방패에 보호막을 씌워 밀고 들어오면 결국에는 뚫릴 수밖에 없을 거야. 그런데 미봉책이란 말은, 그보다 근원적인 해결책이 있다는 말로 들리는데?'

제닌의 말에 눈앞의 영상이 변화했다.

통로의 그림이 그려져 있었는데, 녹색으로 그려진 원래의 통로의 모습에서 살짝 빗나간 붉은 점선이 그려져 있었다.

'오호! 이것은!'

제닌의 눈이 반짝였다.

'이거, 재미있겠는데? 아주 마음에 들어!'

덜컥!

내려앉은 바닥이 사람을 집어삼켰다.

덜컥!

천장이 갑자기 망치처럼 바닥을 때려 그 안의 인간을 짓뭉개버렸다.

희생자가 발생하자 검은 로브들의 움직임은 극도로 조심스러워졌다. 이제는 '덜컥' 하는 소리만 나도 심장이 덜컥 내려앉을 것만 같았다.

그들은 온 신경을 바닥에 집중했다. 그리고 다른 곳보다 살짝 튀어나온 것을 발견하고 소리쳤다.

"함정이다!"

번쩍!

콰우우우우우!

소리쳤던 인물의 상체가 사라졌다.

"이런 빌어먹을!"

검은 로브의 수장은 마침내 욕설을 내뱉을 수밖에 없었다.

첫 시도 후 이어진 2차 시도에서는 갑자기 증가한 화력에 밀려 물러나야 했다. 그리고 3차 시도에서는 드워프의 역량을 모두 끌어모아 만든 방어구를 갖춘 채 도전했으나 생각지도 않은 함정에 벌써 다수의 희생자가 발생했다.

이 정도의 희생이면 물러날 법도 하건만, 검은 로브의 수장은 오히려 오기가 생겼다.

'두고 보자! 얼마나 대단한 것을 감췄기에 이토록 악랄한 함정을 도배해 두었는지!'

그는 여전히 저항이 강력할수록 통로 안쪽에 더 큰 보상이 숨어 있을 거라 믿었다.

함정을 갈수록 교묘해졌고 악랄해졌다.

두 가지 함정이 동시에 발동하는 때도 있었고, 아무것도 건드리지 않았음에도 발동하는 때도 있었다. 게다가 이미 지나친 등 뒤에서 갑자기 공격이 날아들기도 했다.

수장을 제외한 검은 로브들은 한 걸음 한 걸음이 지옥으로 향하는 길인 것 같았다.

함정 자체도 무서웠지만, 그보다 인간의 심리를 잘 이용한다는 점이 더욱 무서웠다.

동료의 무수한 희생을 밟은 끝에 검은 로브들은 마침내 통로의 끝에 도달했다. 그곳에는 찬란한 황금빛으로 빛나는 보물 상자가 놓여 있었다.

"크하하하! 크하하하하! 드디어!"

검은 로브 수장은 광소를 터뜨리며 앞으로 나섰다.

바닥이 꺼지고, 옆에서 창이 튀어나오고, 레일건의 탄자가 날아들었으나 수장의 몸을 감싼 강력한 보호막 앞에서는 무용지물이었다.

차라리 처음부터 그가 앞장섰더라면 검은 로브들의 희생을 대부분 줄일 수 있었겠지만, 수장은 자신의 힘을 아꼈다. 통로에는 어떤 변수가 기다리고 있을지 몰랐고, 그랬기에 최후의 순간이 오더라도 자신의 한 몸을 뺄 여력은 충분히 남겨 두었다.

수장은 보물 상자 주변을 빙빙 돌며 모든 함정을 발동시켰다. 그리고 주변을 아무리 건드려도 반응이 일어나지 않자 조심스럽게 상자의 뚜껑을 열었다.

화악!

상자의 겉면만큼이나 찬란한 황금빛이 수장의 얼굴을 물들였다. 그 빛만큼이나 수장의 얼굴도 환하게 밝아졌다.

그런데 얼마 지나지 않아 수장의 얼굴에 의문이 떠올랐다. 처음에는 황금빛 때문에 제대로 안쪽을 살펴볼 수 없었지만, 빛에 어느 정도 익숙해지자 상자 안이 텅 빈 것을 발견했기 때문이다.

"으잉?"

수장은 조심스럽게 상자 안으로 손을 집어넣었다. 그리고 상자 바닥에 놓인 작은 물체를 집어 들었다.

"이건……."

'10'이란 숫자가 적힌 구리 동전이었다.

"이, 이, 이, 이!"

수장의 얼굴이 터질 듯 붉게 달아올랐다.

지금까지 통로를 지나오면서 겪었던 일들과 희생된 수하들의 모습이 눈앞을 스쳐 지나갔다. 비록 소모품 취급을 했지만 나름대로 공들여 키운 이들이었다.

그런 수하들의 희생에 비례해 점차 커졌던 기대감이 와르르 무너져 내렸다.

"이런 개쌍!"

수장은 손에 든 10 브론즈 동전을 있는 힘껏 바닥에 내팽개쳤다.

팅!

맑고 고운 소리.

소리뿐만이 아니었다.

바닥과 부딪친 10 브론즈 동전은 미약한, 너무도 미약한 불꽃을 만들어냈다. 하지만 그것은 삽시간에 주변으로 번지며 사방을 작은 불꽃으로 뒤덮었다.

수장은 물론 뒤쪽에 있던 검은 로브들의 얼굴이 하얗게 질려갔다.

"다, 다크니스 베리어!"

검은 구체가 수장의 몸을 감싼 순간.

쿠콰콰콰콰콰콰쾅!

거대한 폭발이 통로를 삼켰다.

드드드드드드.

느닷없이 땅이 흔들렸다.

'지진? 아니야. 이건 자연적인 지진이 아니야.'

드워프 수장의 눈은 금지로 이어진 통로 쪽으로 향했다. 노련한 드워프의 눈은 진원지를 정확하게 찾아냈다.

'대체 무슨 일이 일어난 건가?'

적어도 좋은 일은 아닐 거라는 생각이 들었다. 지진을 일으킬 정도의 폭발이 그곳으로 향한 동지들에게 좋은 영향을 미칠 리 없었다.

얼마 후, 금지의 입구를 통해 비틀거리는 인물이 나타났다. 등에 커다란 황금빛 상자를 짊어진 인물은 다름 아닌 검은 로브의 수장이었다.

"아니, 대체 어떻게 된 것이오!"

황급히 달려간 드워프 수장이 검은 로브의 수장을 부축했다.

"빌어먹을! 10 브론즈!"

검은 로브 수장은 씹어 먹듯 말하며 짊어진 상자를 바닥에 내려놓았다. 그래도 이것이라도 건졌으니 다행이라는 생각이었다.

그러나 날카로운 드워프 수장의 눈은 상자의 재질을 한눈에 알아차렸다.

"아니, 도금된 상자는 무엇하러 들고 나오셨소? 무게로 보면 안쪽은 쓸모없는 잡철로 보이는데."

"도, 도, 도금! 자, 잡철!"

시뻘겋게 달아올랐던 검은 로브 수장은 어느 순간 뒷골이 당기는 느낌과 함께 정신이 아득해졌다. 수장의 얼굴에서는 핏기가 사라졌고, 그와 동시에 그의 고개가 풀썩 꺾였다.

"이보시오! 정신 차리시오!"

Ⅲ

"푸핫! 푸하하하하하!"

화를 이기지 못하고 정신을 놓아 버린 수장의 모습을 바라보며 제닌은 폭소했다. 어찌나 웃었는지 배가 당기고 눈물이 찔끔 나올 정도였다.

"부, 불쌍해……."

크리시나가 눈물을 글썽이며 중얼거렸다. 비록 적이었으나 저렇게 일방적으로 당하는 모습은 연민을 느낄 정도였다.

'이 인간은… 악마인지도…….'

제닌의 옆모습을 흘깃거리는 엘리시나의 생각이었다.

"뭐야? 왜 그런 눈으로 보는데?"

제닌의 물음에 엘프 자매는 황급히 그의 시선을 피했다.

"설마 날 나쁜 놈으로 보는 건 아니겠지?"

엘프 자매의 어깨가 동시에 흠칫 떨렸다.

"악은 저놈들이라고. 멀쩡히 잘 살아가는 세상을 멸망시키려는 절대 악! 나는 그런 악을 물리친 정의의 용사라고!"

엘프 자매가 몸을 부르르 떨었다.

가당치도 않다는 말을 몸으로 표현한 듯했다.

'이것들이 지금 사람을 뭐로 보고?'

제닌이 고리 눈을 뜨고 엘프 자매를 바라보자, 두 자매가 겁에 질린 얼굴로 주춤주춤 물러났다. 모르는 사람이 보면 겁에 질린 미소녀를 겁박하는 악당의 모습으로 비쳐도 이상하지 않을 상황이었다.

'와! 멀쩡한 사람을 악당으로 만들어 버리네.'

슬그머니 열기가 솟았으나, 제닌은 꾹 눌렀다. 여기서 더 말을 해봤자 상황만 더 나빠질 게 뻔했다.

"쯧! 잘 지켜보고 있으라고. 놈들이 이상한 행동을 하면 즉각 달려와서 보고하고. 알았지?"

혀를 차며 이어진 제닌의 말에 두 엘프 자매는 마지못해 고개를 끄덕였다.

쫘악!

제닌은 마음에 들지 않는다는 표정으로 두 자매를 쏘아본 후, 귀환 스크롤을 찢었다.

"후우……."

"휴우……."

제닌이 빛과 함께 사라지고 나서야 두 자매는 참았던 한숨을 터뜨렸다.

"언니, 우리 이제 어떻게 하지? 아무리 봐도 저 인간이 더 나쁜 것 같아. 저기 있는 다른 종족들이 불쌍해."

"엘리. 그래도 어쩌겠니. 이미 엘프의 맹세까지 해 버린 것을⋯⋯."

크리시나의 말에 두 엘프의 긴 귀가 축 처졌다.

'그리고 그는 어쩌면 인간이 아닐지도 몰라.'

더욱 암담한 생각에 크리시나는 황급히 고개를 저으며 생각을 털어냈다. 그 생각이 사실일 때를 생각하면 차라리 지금이 나았다.

'부디, 아니길 빌어야겠지⋯⋯.'

지금의 모습도 그다지 마음에 들지는 않았지만 그래도 대화는 통하는 수준이었다. 하지만 크리시나의 염려가 사실로 드러나면 그때부터는 대화조차 시도할 수 없게 된다. 이미 엘프의 맹세까지 해 버린 엘프들에게 남은 것은 철저한 노예 생활밖에 없었다.

"언니, 약속은⋯ 세계수를 찾아준다는 약속은 지킬까?"

엘리시나의 물음은 두 엘프 자매의 입가에 또다시 깊은 한숨을 불러왔다.

"하아⋯⋯."

"휴우⋯⋯."

조금 전의 가정이 엘프의 미래에 대한 것이라면, 지금은 엘프의 생존에 대한 문제. 어쩐지 갈수록 상황이 암울해지는 것 같은 기분에 크리시나의 얼굴에는 우려와 걱정이 가득했다.

Ⅳ

'이로써 내부 정리는 끝난 건가?'

제닌은 눈앞에서 반짝이는 지도창을 바라보며 뿌듯함에 찬 표정을 지었다.

'바싹 마른 육포에서도 육즙을 짜낼 수 있는 게 인간이라더니, 실제로 가능할 줄이야!'

귀족, 그중에서도 악덕 영주 사이에서 회자하는 말로 아무리 심한 기근이 닥쳐와도 주민들을 쥐어짜면 나오는 것이 있다는 뜻이었다.

물론 제닌이 생각한 의미는 그것과는 달랐다.

처음에는 불가능할 것으로 생각했었다.

영지 내에 남아 있는 귀족회의 측 병력을 모두 흡수하는 일과 영지 내에 발생한 몬스터를 소탕하고 몬스터 방어용 요새를 구축하는 일. 그리고 새로 발견한 시설을 피해서 제국과의 통로를 개척하는 일과 마지막으로 이종족의 침입을 대비한 시설의 개조까지.

말로 설명하기도 복잡한 일들을 제닌은 모조리 현실로
이루어냈다. 그것도 한 달 남짓이라는 짧은 기간 동안 이
룬 쾌거였다.

물론 제닌 자신의 힘은 물론 수하들의 헌신적인 노고가
뒷받침되어 이룬 일이었건만, 가장 많은 일을 한 것은 다
름 아닌 제닌 자신이었다.

'대단하군.'

자신이 한 일이지만, 그저 자화자찬으로 볼 수만은 없었
다. 지난 한 달간 제닌은 그야말로 몸이 열 개였으면 좋겠
다고 생각할 만큼 고생했기 때문이다.

처참하게 농락당하는 검은 로브 수장의 모습에서 제닌
은 과할 정도로 큰 기쁨과 쾌감을 느낀 것도 그런 함정과
시설을 마련하기 위한 고생이 컸기 때문이었다.

'몬스터 방어 요새 72개, 거점 15개라……'

제닌이 이룬 업적은 그의 눈앞에 떠오른 지도창이 고스
란히 내보이고 있었다.

'하지만……. 쩝!'

제닌은 아쉬운 듯 입맛을 다셨다.

거주민 [25/25000], [48/50000], [22/10000]……

각 거점의 옆에 붙은 숫자들이 아쉬움의 이유였다.

'사람이 부족해. 너무 부족해.'

15개나 되는 거점 중 그나마 제대로 기능하는 것은 라테

스와 프라덴 요새 둘 뿐이었다. 나머지는 그저 방어를 위한 소수 병력과 시설의 보수를 위한 인부들로 이루어져 있었다.

그런 소수의 사람만 남아 있음에도 각종 설비와 시설은 완벽하게 구축되어 있었다. 지금 당장에라도 사람만 오면 언제든 불편 없이 살아갈 수 있었다.

'마음에 들지 않아.'

제닌은 그런 시설들이 주인을 찾지 못하고 을씨년스럽게 버려진 것에 입맛이 씁쓸했다.

'이럴 줄 알았으면, 그냥 대충 성벽 정도만 지어 놓을 것을……'

모든 것을 미리 갖춰 두는 것과 대충 윤곽만 잡아 놓고, 나중에 제대로 개발하는 것.

두 가지 모두 장단점이 있었기에, 제닌은 많은 고민을 했었다. 그런 끝에 조금 더 많은 시간과 자금을 투입하더라도 한꺼번에 시설까지 완비하는 것으로 마음을 정했다.

가장 크게 생각한 것은 미래에 대한 대비였다.

앞으로 언제 어떤 일이 벌어질지 몰랐다. 앞으로 시간이 갈수록 해야 할 일은 더 많아질 터였고, 여러 가지 쟁점들이 난립할 확률이 높았다.

그때에 갑자기 사람들이 쏟아져 들어온다면 곤란한 상황이 발생할 수도 있었기에, 이왕이면 제대로 갖춰 짓는 것으로 정한 것이었다.

'뭐, 언젠가는 필요할 날이 오겠지.'

제닌이 천천히 고개를 끄덕일 때, 멀리서부터 다급한 발소리가 들려왔다.

저렇게 급하게 영주성을 뛰어다닐 이는 제닌이 알기로 단 한 명밖에 없었다. 그리고 어쩐지 희소식을 전할 것 같은 발소리에 제닌은 기다림을 참지 못하고 메시지를 보냈다.

— 베스란. 무슨 일이야?

— 헉! 주, 주군! 허억!

— 뛰지 않아도 되니까 숨 좀 돌리고 말해봐.

— 그게……. 그러니까, 큰일입니다.

다짜고짜 큰일이라는 단어를 꺼내는 태도로 보아 정말 큰일이 일어난 듯싶었다.

— 그러니까, 무슨 큰일인데?

— 아무래도… 크라인 왕국이 무너진 것 같습니다.

— 무너져? 한 달 전에는 버틸만하다고 하지 않았나?

— 저 역시 그렇게 알고 있었고, 그 후로 별다른 소식이 들려오지 않았기에 잠시 신경을 꺼둔 상태였습니다. 아시다시피 최근 처리해야 할 일이 너무 많아서…….

죄송스러움이 느껴지는 베스란의 말투에 제닌은 고개를 끄덕이며 다시 메시지를 보냈다.

– 베스란 잘못이 아니니까 그렇게 자세를 낮출 필요는 없어. 베스란의 고생이야 나도 잘 아니까.

– 가, 감사합니다.

제닌의 관대한 처사가 뜻밖인 듯 베스란은 눈을 둥그렇게 뜨며 고개를 숙였다. 비록 아무것도 없는 허공이지만 그가 생각하기에 전지전능한 제닌이라면 이런 자신의 모습을 모두 지켜보고 있을 것만 같았다.

– 사람들 이상하게 쳐다본다. 인사는 됐으니까 계속 해봐.

'역시…….'

베스란은 자기 생각이 옳았음을 느끼며 다시금 설명을 이어 나갔다.

– 조금 전 대규모 유민이 국경 요새 쪽으로 들어왔다는 소식이 전해졌습니다. 그리고 유민들이 가지고 온 소식 중에는 크라티아가 함락되었다는 정보가 포함되어 있습니다. 그들의 말을 들은 즉시 인력을 투입해 사실 여부를 파악하는 중입니다.

– 그쪽에는 이미 적잖은 인력이 투입된 것으로 아는데?

제닌에게 크라인 왕국의 정세는 중요했다. 적아를 떠나 넓은 면적의 국경을 마주하고 있었기 때문이다.

산맥 위쪽으로 훨씬 더 강력한 제국이 있었지만, 지금은 협곡을 장악한 몬스터로 인해 가로막힌 상태. 그 때문에 상대적으로 크라인 왕국의 정세가 훨씬 더 중요해진 상황이었다. 그래서 많은 숫자의 정보원을 파견해 크라인 왕국 전역을 살펴보는 중이었다.

– 그것이… 사흘 전 정보원들이 정기연락일에 소식이 없었습니다. 때때로 사나흘 정도 연락이 늦는 경우도 있었던 터라 조금만 더 기다려보자는 생각이 화를 부른 것 같습니다. 죄송합니다.

베스란은 다시 한 번 깊숙이 고개를 숙였다.

– 흐음……. 지금으로서는 모종의 이유로 연락할 수 없는 상황이거나……. 적에게 제거됐다고 봐야겠군.

– 그저 송구할 따름입니다.

고개를 들지 못하는 베스란의 모습에 제닌은 혀를 찼다. 잘못도 잘못이지만 그래도 이곳의 이인자 격인 베스란이 너무 저자세로 나오는 것은 다른 이들이 보기에도 별로 좋은 모습이 아니었다.

– 일단은 새로 파견한 인력들이 정보를 보낼 때까지 기다리는 수밖에 없겠군. 물론 남는 병력을 국경 요새 쪽으로 모아 두도록.

– 주군의 명대로 하겠습니다.

이미 고개 숙인 자세에서 조금 더 고개를 숙이는 베스란의 모습에 제닌은 미간을 찌푸렸다.

– 그리고 베스란. 앞으로 단둘이 있을 때를 제외하고는 함부로 고개를 숙이지 말도록. 네가 그러면 다른 부하들이 어떻게 생각하겠어? 난 숨도 못 쉴 정도로 부하를 압박하는 꽉 막힌 사람이 아니라고.

– 아, 알겠습니다.

베스란은 순간 '이 인간이 왜 이러지?' 하는 생각이 들었으나, 그것을 겉으로 표할 만큼 어리석지는 않았다.

'일단은 좋게 넘어간 것을 다행으로 생각해야겠지.'

일단 위기를 넘겼으니 앞으로의 관건은 얼마나 빨리 다음의 대처를 할 수 있느냐 하는 점이었다.

베스란은 크라인 왕국에 투입한 인력이 최대한 빨리 정보를 보내오는 것을 기대하며 마른 입술을 적셨다.

Chapter 69.

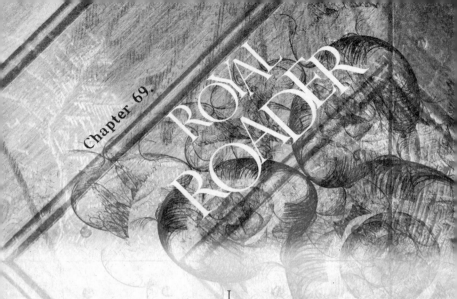

ROYAL
ROADER

I

유민의 숫자는 하루가 다르게 늘어갔다.

수천 명이 수만 명이 되고, 그것이 다시 십만을 넘기까지 걸린 시간은 단 사흘뿐이었다.

'국왕 측에는 미안한 말이지만…….'

사람이 모자라 기껏 지어 놓은 시설을 놀리고 있는 제닌에게는 희소식일 수밖에 없었다.

제닌은 국경을 넘어온 유민들을 적당히 나눈 뒤, 건설해 둔 거점에 차곡차곡 채워 넣고 있었다. 유령도시 같던 거점들에 사람의 소리가 들리기 시작하면서부터 거점들에는 점차 생기가 나타나기 시작했다.

사람들은 열광했다.

사실 병사들의 인도 아래 어디론가 이동하는 내내 불안하던 유민들이었다.

유민들의 취급은 보통 불청객이었다.

대부분 성 안으로 받아들여지지 않고 외부에 천막촌을 형성하거나 운 좋게 성 안으로 들어간다 해도 노예와 다름없는 삶을 살아가야 할 운명이었다.

때에 따라서는 분위기를 망친다는 이유로 떠밀리듯 추방하거나, 악독한 영주 같은 경우 병사를 풀어 유민을 몰살시키는 일도 더러 있었다.

그 때문에 유민들은 이동하는 내내 병사들의 눈치를 살폈다. 분위기가 조금만 이상하다 싶으면 그대로 도망칠 기색이 역력했다.

하지만 그럴 일은 일어나지 않았다.

병사들이 유민을 이끌고 도착한 곳은 번듯한 성이었다.

높고 튼튼한 성벽. 게다가 지어진 지 얼마 되지 않는 듯 성벽을 구성하는 석재에는 윤기마저 흐르고 있었다.

유민들은 자신들을 보호해 줄 성벽 안으로 들어서자 일제히 환호를 터뜨렸다. 설사 노예와 다름없는 생활을 한다 해도 몬스터가 창궐한 크라인 왕국보다는 훨씬 낫다는 생각이었다.

유민들은 이미 지옥을 경험하고 왔다.

그들은 가혹한 수탈 속에서 하루하루를 겨우 연명하고

있었으며, 멀쩡하던 이웃이 갑자기 몬스터로 변해 습격당하는 것을 목격한 경험도 있었다.

살기 위해 부랴부랴 짐을 꾸려 밖으로 나왔다. 성내가 몬스터로 혼란스러움을 틈타 성벽을 넘었고, 이후로도 사방에 들끓는 몬스터를 피해 도망쳤다.

정말이지 하루하루 피가 마르는 상황이었다. 그러는 도중 자신들과 같은 처지의 유민들을 만났고 북쪽에 살만한 곳이 있다는 소식에 무작정 북으로 향했다.

도중에 많은 이들이 죽었다.

때로는 몬스터의 한 끼 식사가 되기도 했고, 추위와 굶주림 역시 만만치 않은 사람을 집어삼켰다.

지옥.

죄지은 자가 죽으면 가는 곳으로 알려졌으나, 유민들에게는 현실이 바로 그러했다. 차라리 먼저 죽은 자가 부러울 정도로 절망적인 상황에서도 그들은 곱은 손발을 호호 불어가며 북으로, 북으로 향했다.

그렇게 국경에 가까워지자 일단의 병력이 나타났다.

유민들은 두려움에 떨었지만, 그들은 습격을 준비하던 몬스터를 물리치고 유민들을 구해냈다.

요새 안으로 들이지는 않았으나, 그들은 유민들에게 바람이 새지 않는 천막과 따뜻한 음식을 제공했다. 유민들은 그것만 해도 감지덕지했다.

하지만 유민들이 안도할 무렵, 그런 그들을 다독이며 시작된 이동은 또 다른 불안으로 다가올 수밖에 없었다.

그렇게 불안해 떨며 이동한 끝에 도착한 튼튼한 성벽은 그런 유민들의 불안감을 한순간 날려버리기에 충분했다. 이런 성벽 안에만 있다면 그 어떤 몬스터도 그들을 위협할 수 없었기에 유민들은 절로 환호를 내질렀다.

병사들은 갑자기 환호하는 유민들의 모습에 당황했으나 잘 다독이며 유민들을 공동주택으로 데려갔다.

일단 깔끔한 외관이 유민들의 눈을 사로잡았다.

으리으리한 귀족의 저택과 비교해도 밀리지 않을 정도의 외관이었다. 물론 여러 가족이 구역을 나눠 사용해야 한다는 설명이 있었지만, 그들은 눈보라와 칼바람을 피할 지붕만으로도 감지덕지한 상황. 그런 그들에게 공동주택은 천국이나 다름없는 호사였다.

실내에 들어서자 따스한 공기가 그들의 몸을 감싸 안았다.

지친 몸과 마음이 안락해지는 기분이었다. 불을 피우지 않았음에도 실내는 따뜻했고, 심신을 안정시키는 기묘한 향기가 코끝을 간질였다.

여기서 끝이 아니었다.

안내를 맡은 이는 금속으로 만든 둥근 물체를 돌렸고, 물이 쏟아졌다. 놀랍게도 김을 피워 올리는 온수였다. 이런 온수를 사시사철 마음껏 쓸 수 있다는 안내인의 설명에 유민들은 눈이 뒤집힐 정도로 놀랐다.

계속되는 전쟁으로 물자는 말랐고, 산은 헐벗었다. 장작을 구하기 어려워 날 곡물을 씹어 삼켜야 했고, 그런 그들이 한겨울에 온기를 찾을 수 있는 유일한 것은 가족의 온기밖에 없었다.

온수에 너무 놀라서인지 이어지는 안내인의 설명은 그리 호응을 얻지 못했다. 유민들은 그저 턱까지 벌어진 입으로 대충 고개를 끄덕일 따름이었다.

천국.

객관적으로도 공동주택의 시설은 웬만한 귀족의 저택보다 좋았다. 하지만 유민들의 눈에는 천국보다 더 안락한 보금자리였다.

유민들은 환호를 넘어 열광적으로 찬양하기 시작했다. 유민들의 눈에 그들을 안전한 곳으로 이끌어주고 따뜻한 집과 풍족한 먹을거리를 제공해준 제닌은 신보다 더 위대한 존재였다. 그리고 이러한 유민들의 찬양은 고스란히 제닌에게 전해졌다.

– 유민 '막스'가 사용자를 찬양하며 맹목적인 신뢰를 보냅니다. 유민 막스의 광신적인 믿음으로 25의 경험치를 획득했습니다.

쏟아지다시피 이어지는 메시지에 제닌의 입에는 미소가 끊이지 않았다.

'무슨 경험치가 이렇게 많아? 사냥으로 찔끔찔끔 들어오는 경험치하고는 아예 상대가 안 되잖아?'

제닌은 숨만 쉬어도 경험치가 올라가는 상황이었다.

수많은 몬스터 요새가 건설되었고, 부하들과 병사들이 그곳에서 몬스터를 사냥하면 일정 비율의 경험치가 제닌에게로 들어왔다.

그러나 사냥을 통해 벌어들이는 경험치는 고작 1에서 2 정도였다. 물론 숫자가 워낙 많았으니 그것만 해도 어마어마했지만, 새로 획득한 경험치는 그것과 덩치 자체가 달랐다.

게다가 일일이 살펴보지는 못했으나 메시지의 숫자는 적어도 수천에 달했다.

'그런데 왜 갑자기 이런 경험치가 들어오지?'

라테스를 얻었을 때에도 그곳 주민의 열렬한 환영을 받았다. 그런데 지금처럼 경험치를 얻지는 못했다.

제닌이 의문을 품자 곧 그의 눈앞에 메시지가 떠올랐다.

[유민들은 지옥에서 천국으로 끌어 올려준 것만큼의 감정 변화를 일으키고 있습니다. 강렬한 기쁨은 절망보다 훨씬 더 커다란 에너지를 가집니다. 타인에게 기쁨과 행복을 느끼게 하는 일은 어렵지만 그만큼 커다란 과실을 맺습니다.]

'혼란과 공포가 다는 아니라는 말인가?'

그동안 흑막으로서 사람들의 혼란을 유도하기 위해 애쓰던 제닌에게 또 다른 방식으로 경험치를 얻을 수 있다는 사실은 새로운 발견이었다.

– 띠링!

경쾌한 알림음과 함께 또 하나의 메시지가 떠올랐다.

[10만 명 이상의 사람을 절망에서 끌어 올렸습니다. 업적 : 대규모 구원을 달성하였습니다.]

[칭호 : 희망의 빛(모든 능력치 +20)을 획득하였습니다.]

'희망의 빛! 모든 능력치 20!'

펄쩍 뛸 만큼의 효과에 제닌의 입이 쩍 벌어졌다.

'하긴, 무려 10만 명에게 지대한 영향을 미쳤으니, 이정도 보상은 당연할 수도 있겠군.'

고개를 끄덕여 수긍하면서도 제닌의 입가에는 웃음이 떠나지 않았다. 지금 사용하고 있는 왕국의 영웅(모든 능력치 +5)보다 무려 4배의 효과가 있는 칭호를 얻었기 때문이다.

이 정도면 웬만한 아이템이나 레벨 업보다 훨씬 효과가 좋았다.

'칭호 교체, 희망의 빛.'

제닌은 곧바로 칭호를 교체했다. 그리고 그것을 완료했을 때, 또다시 메시지가 떠올랐다.

[레벨 업에 필요한 경험치를 초과했습니다. 현재 경험치 124359, 레벨 업 가능 40(124359/127687)]

'헛! 벌써?'

제닌은 화들짝 놀란 얼굴로 메시지를 바라보았다.

얼마 전까지 그의 레벨은 35(57011/59787)였다. 그랬던 경험치가 갑자기 두 배 이상 껑충 뛰어오른 셈이었다.

'하긴, 20가량의 경험치를 수천 개나 받았으니 어떻게 보면 이것도 당연한 일일 수도 있겠군.'

제닌은 고개를 끄덕이면서도 한 가지 의문이 들었다.

'그런데 이걸 왜 보여주는 거지?'

– 띠링!

제닌의 물음에 답이라도 하듯 곧바로 메시지가 떠올랐다.

[지금 레벨을 올리면 2차 직업을 얻을 수 있습니다.]

[전직조건 구원자(2차 직업), 절망에 빠진 사람들에 대한 구원 103045/100000]

'구원자?'

제닌은 의문을 담은 눈으로 메시지를 바라보았다. 너무 뜬금없다는 생각이 들었다.

'우습군. 수많은 사람을 죽인 내가 구원자라니. 대체 뭐 하자는 거지?'

메시지를 바라보는 제닌의 눈빛에 의심이 어렸다.

'착하게 살라는 건가? 아니면 무언가 내게 원하는 게 있다는 건가?'

[부정적인 감정 즉, 두려움과 공포, 혼란 등으로 획득하는 경험치에는 한계가 있습니다. 하지만 긍정적인 감정으

로 획득할 수 있는 경험치에는 한계가 없습니다. 사용자에게 또 다른 길이 있다는 것을 알리기 위함입니다.]

'나는 지금도 충분하다고 생각하는데. 굳이 내가 절실하게 레벨 업을 해야 하는 이유가 있나?'

[해당 사항은 사용자의 레벨이 50에 도달했을 때 공개할 수 있는 정보입니다.]

'그래? 굳이 말해주기 싫다면 어쩔 수 없지.'

고개를 끄덕이는 제닌의 입가에 미소가 걸렸다. 왠지 모르게 차가운 빛을 띤 미소였다.

'레벨 업은 예스. 전직은 거절한다.'

[다시 한 번 생각해 주십시오. 구원자가 되면 치유와 축복, 기원 등을 사용자의 전 영역에 사용할 수 있습니다. 이는 앞으로 사용자가 다스릴 나라를 위해…….]

메시지는 구원자의 장점을 내세우며 설득하려 했으나, 그럴수록 제닌의 입가에 걸린 미소는 더 차갑게 굳어졌다.

'아무리 봐도 수상한 냄새가 풀풀 난단 말이지. 됐으니까, 그냥 시키는 일이나 해.'

[후회할지도 모릅니다.]

'후회?'

제닌의 미간이 순간 확 일그러졌다.

'지랄 말고 그냥 하지? 이게 어디서 자기 맘대로 사람을 주물럭거리려고 들어?'

얼마 전 메시지가 갑자기 친절해진 뒤부터 줄곧 느끼던 바가 있었다. 자세한 설명은 좋았지만, 돌이켜 생각해보니 제닌은 자신이 메시지가 원하는 방향으로 움직였다는 느낌이 강하게 들었다.

특히, 레벨 미달이라는 말로 궁금함을 풀어주지 않으면서 제한적인 정보만을 전해주는 메시지의 태도. 그러면서 자기 뜻대로 움직이지 않자 경고까지 하는 모양새가 퍽 눈에 거슬렸다.

'사람도 아닌 것이, 어디서 사람 행세를 하고 지랄이야? 그것도 뱃속에 시커먼 뱀 한 마리를 키우는 음흉한 놈들처럼.'

[……]

메시지는 한동안 반응이 없었다.

'뭐해? 말 안 듣냐?'

[레벨 업을 진행합니다.]

같은 글자였지만 어쩐지 딱딱한 기분이 드는 메시지와 함께 환한 빛무리가 제닌의 몸을 감싸 안았다.

번쩍! 번쩍! 번쩍!

번쩍거리는 빛이 다섯 번이나 연거푸 터져 나오며 제닌에게 극도의 쾌감을 선사했다. 온몸을 간질이는 느낌에 이어 강렬한 힘이 솟구쳐 올랐다.

'스테이터스.'

제닌은 상태 창을 열어 보너스 포인트를 분배했다.

[희 망 의 빛 제 닌 , 인 간 (남 , 22) 레 벨 :
40(124359/127687), 생명력 : 12118, 마력 : 32543, 기본
공격력 : 135, 기본방어력 : 127, 근력 90(58+32), 순발력
90(70+20), 지능 35(15+20), 지혜 45(25+20), 활력
82(51+31), 감각 51(31+30) 보너스포인트 10]

'내가 원하지 않는 것을 마음대로 할 수는 없군. 무작정
끌려다니지는 않을 수 있다는 말이야. 그리고 내가 원하는
것을 거부할 수도 없어.'

메시지와의 신경전을 통해 얻어낸 것이 몇 가지 있었다.

'그중 가장 중요한 것은, 내가 주도권을 쥐고 이어 나갈
수 있다는 점이겠지.'

물론 레벨 업을 하고 힘을 얻은 것은 좋았다. 그 덕분에
얻은 것도 많았고, 이미 얻은 것만 누리며 살아도 충분히
제닌이 원하던 삶을 살아갈 수 있었다.

그런데 그에게 힘을 허락한 누군가는 여기에서 만족하
지 않는 듯 보였다.

'하긴, 이런 힘을 준 데에는 다 그럴만한 이유가 있어서
겠지.'

메시지와의 대화를 통해 느낀 바로는 계속해서 강해져
야 할 이유가 있는 것도 같았다.

'하지만 정보를 꽁꽁 틀어막고 '무조건 따라라!' 하는 것은 전혀 내 취향이 아니거든? 그러니까 바라는 게 있으면 차근차근 설명해 주면서 부탁하라고.'

제닌의 입가에 다시금 희미한 미소가 피어올랐다.

'예의를 갖춰서 말이야.'

Ⅱ

몬스터 산맥 아래로 통로가 개설되자 제닌은 가장 먼저 제국 각지에 마련해 둔 드루아 상단 지부로 사람을 보냈다.

정보 수집은 무엇보다 중요했다. 정보 없이 어떤 행동을 결정하는 것은 길잡이 없이 오지를 탐험하는 것과 같은 무모한 짓이었다.

며칠이 지나지 않아 파견했던 사람들이 정보를 물어오기 시작했고, 그것은 베스란의 취합과 정리를 거쳐 제닌에게 보고되었다.

"훗! 그 미친년이 드디어 칼춤을 추기 시작했나 보군."

보고를 들은 제닌의 평가는 한 줄로 요약되었다.

에이서스 제국은 극도로 혼란스러운 상태였다.

혼란의 원인은 다름 아닌 몬스터 홀. 주기적으로 몬스터를 쏟아내는 통로를 제국에서는 몬스터 홀이라 불렀다.

처음에는 남부와 동부에서 발생해 큰 피해를 줬으나 가

르타스 백작과 프라덴 후작의 수완으로 겨우 잠재울 수 있었다. 그들의 대처 역시 제닌과 비슷했는데, 몬스터 홀이 발생한 곳에 요새를 건설한 것이었다.

물론 요새를 완성하기까지 들인 노력과 희생은 적지 않았다. 하지만 굳건한 요새를 건설하고 강력한 기사들이 투입되어 몬스터를 상대하기 시작하자 몬스터로 인한 남부와 동부의 피해는 미미한 수준까지 줄어들었다.

문제는 남부와 동부가 점차 안정되기 시작하는 시기에 제국 전역에 몬스터 홀이 발생했다는 점이었다.

기회를 노리고 있던 프라덴 후작에게 이것은 하늘이 내려 준 기회나 다름없었다.

프라덴 후작은 주변 영지에서 발생한 몬스터 홀을 막아 준다는 명분으로 군사를 일으켰고 제국 황실이 미처 손쓸 틈도 없이 북부의 절반에 달하는 영역을 장악해버렸다.

그리고 황실이 겨우 방법을 찾아내어 몬스터 홀 때문에 벌어진 혼란을 잠재웠을 때, 프라덴 후작은 이미 제국의 동부과 북부를 아우르는 강대한 세력으로 성장해 있었다.

황실은 부랴부랴 서부와 중앙의 힘을 모아 중앙으로 뻗어 가려는 프라덴 후작의 군세를 막아갔다. 그와 동시에 남부의 가르타스 백작에게도 파병을 지시했지만, 뜻밖에도 가르타스 백작은 남부로 통하는 길을 꽁꽁 걸어 잠그며 병력의 파병을 거부했다.

물론 이유는 있었다. 바로 몬스터 산맥에서 내려오기 시작한 몬스터를 막아야 한다는 이유였다. 실제로도 몬스터가 산맥 근처의 요새를 습격해 왔기에 가르타스 백작의 명분은 힘을 얻었다.

물론 황실에서는 기가 막힐 노릇이었다.

공교롭게도 반란의 시기와 몬스터의 습격 시기가 정확히 맞아떨어진 것도 이상했지만, 고작 몬스터의 습격으로 가르타스 백작의 모든 병력이 움직일 수 없다는 것도 말이 안 됐다. 마음만 있었다면 일부 병력이라도 파병했을 터였다.

제국 황실은 이를 갈며 서부 세력의 일부를 떼어 내 남부를 경계하고 나머지 서부 세력과 중앙의 힘을 끌어모아 일전을 준비했다.

내전은 빨리 끝낼수록 좋았다. 길어지면 힘으로 억눌러 두었던 주변국들이 언제 들고 일어날지 몰랐다.

그래서 황실은 제국 유일한 소드 룰러인 뮤테르 공작까지 동원하는 강수를 두었다.

뮤테르 공작을 위시한 소수 정예로 단숨에 프라덴 후작 진영의 수뇌부를 타격할 전략이었다. 일단 수뇌부만 무너뜨리면 나머지는 어렵지 않게 정리할 수 있다는 판단이었다.

그러나 이것은 아쉽게도 실패로 돌아갔다.

프라덴 후작의 진영에도 뮤테르 공작을 상대할 만한 실력자가 있었기 때문이다. 게다가 그의 검을 막아선 것은 놀랍게도 여자였다.

주변 지형을 바꿀 정도로 격렬했던 두 소드 룰러의 싸움은 에르네스 드 프라덴이라는 이름을 제국 전역에 널리 알리는 계기가 되었다.

결과는 무승부.

최고 실력자 간의 싸움이 무승부로 돌아가자 남은 병력의 싸움 역시 비등하게 이어졌다.

양측의 힘이 비등하자 내전은 점차 장기전 양상을 띠기 시작했고, 이것은 남부에 웅크리고 있는 가르타스 백작의 손에 캐스팅 보트를 쥐여줬다. 그가 가진 병력은 절대 적지 않았기에 그가 어느 편을 드느냐에 따라 내전의 양상이 달라질 터였다.

"베스란. 이거 정말 재미있지 않아? 마치 누군가가 나를 위해 판을 벌여 주는 것 같은 기분인데. 안 그래?"

제국을 흔들기에는 그야말로 적절한 시기였다.

이런 시기에서 갑자기 25만이란 막대한 병력이 나타난다면 제국은 그야말로 대혼란에 빠질 것이 분명해 보였다.

"맞습니다. 이건 신이 주신 기회나 다름없습니다. 그런데 주군……."

슬쩍 말끝을 흐리는 베스란의 얼굴에는 두려움이 어려 있었다.

"왜?"

천연덕스럽게 되묻는 제닌의 물음에 베스란은 최대한 조심스러운 어투로 말을 꺼냈다.

"제가 무슨 큰 잘못이라도……."

베스란의 시선은 제닌의 손끝을 흘깃거리고 있었다.

"아! 이거?"

제닌은 베스란을 향해 슬쩍 손을 들이밀었다.

"으헛!"

화들짝 놀라며 뒷걸음질치는 베스란.

"주, 주군……. 마, 말로 하시지요. 제가 무조건 잘못했으니……."

"뭘 잘못했는데?"

"그러니까 그것이……."

베스란은 식은땀을 삐질삐질 흘리며 말을 더듬었다. 아무리 생각해 봐도 딱히 자신이 잘못한 점이 없었기 때문이다.

"죄송합니다. 말씀해 주신다면 제가 반드시 고치겠습니다. 그러니까 그건 제발 좀 거둬 주십시오. 아주 살 떨려 죽겠습니다."

"안 돼. 익숙해져야 할 필요가 있거든."

제닌은 말과 함께 손을 휘휘 내저었다. 그때마다 손끝에 어려 있던 보석 같은 광채가 허공에 빛 가루를 뿌려댔다.

언뜻 보기에는 아름다운 광경일 수도 있겠지만, 저 보석 같은 것이 닿는 것을 모두 잘라낸다는 사실을 알면서도 마

냥 감탄할 사람은 아마 없을 것이다. 파괴의 상징, 인텐시
브 오러였기 때문이다.

"아주 괘씸한 물건 때문에 말이야."

제닌은 히죽 웃으며 허공을 바라보았다. 그의 눈앞에는
스킬 창이 떠올라 있었고, 그곳에는 인텐시브 아우라에 관
련된 내용이 떠올라 있었다.

[인텐시브 아우라(Lv.3) 숙련도 214/300 마력 ???/초]

– 마력을 고도로 집중하여 인텐시브 아우라를 형성합니
다.

– 소모한 마력에 따라 공격력과 절삭력이 상승합니다.

또한, 그 아래에는 물음표에 가려진 다른 스킬의 모습도
보였다.

[?? ???(Lv.1)]

– 자격 미달로 정보를 표시할 수 없습니다.

– 스킬 해제 조건 : 인텐시브 아우라 6레벨 이상]

제닌은 40레벨을 달성했음에도 별다른 메시지가 떠오
르지 않은 것에 의문을 품었다. 20레벨 때에도 뭔가 얻은
것이 있었고, 30레벨 때에도 그랬다. 그렇기에 40레벨에
도 당연히 무언가를 얻어야 정상이었다.

하지만 아무것도 떠오르지 않자 제닌은 인터페이스를
샅샅이 살폈고, 그 중 스킬 창에 물음표로 가려진 스킬이
생겼음을 알 수 있었다.

'보복이라 이거지······.'

유치하다 못해 치졸한 보복에 제닌은 헛웃음을 지을 수밖에 없었다.

"이봐 베스란. 어떻게 하는 것이 가장 효과가 좋을까?"

"효과라 하심은······. 어느 세력을 도울까를 말씀하시는 겁니까? 아니면, 제국의 혼란이 더 커지는 것을 말씀하시는 겁니까?"

'아! 그러고 보니 프라덴 후작과의 일은 말을 안 해줬군.'

굳이 말해줄 필요도 없어 보였다.

어차피 프라덴 후작이 기세로 누르며 강제로 지시한 사항이었기에, 딱히 그대로 움직일 필요가 없었다.

'게다가 아무리 상대가 소드 룰러라 해도 내가 찍소리도 못한 채 고개 숙였다고 하면 모양 빠지잖아?'

제닌은 생각을 접으며 입을 열었다.

"얻는 게 가장 큰 걸로 말해 봐."

"솔직히 가장 큰 이득을 얻는 방법은, 내전이 끝나기를 기다렸다가 일거에 들이쳐 제국을 점령하는 것입니다."

베스란의 의견에 제닌은 단호하게 고개를 내저었다.

"귀찮아. 다음."

"주, 주군······. 충분히 가능성이 있는 일입니다. 어쩌면 황제가 되실 수도 있는 길을 단지 그런 이유로······."

베스란의 목소리는 갈수록 줄어들었다.

자신을 바라보는 제닌의 싸늘한 눈빛과 여전히 그의 손끝에 맺힌 채 공중을 너울거리는 인텐시브 오러 때문이었다.

"주먹만 한 위장으로 소를 삼키려 들면 어떻게 되겠어?"

"배가… 찢어지겠지요……. 하오나 주군은 그럴 능력이 충분히……."

"아, 귀찮다니까!"

제닌의 일갈에 베스란은 억울한 표정으로 입을 다물었다.

적잖은 나이의 베스란이 입술을 비죽 내민 모습에 제닌은 피식 웃음을 터뜨렸다.

"풋! 무슨 애들도 아니고 말이야. 차근차근, 천천히 하자고. 설마 혼란을 틈타지 않으면 내가 고작 에이서스 제국 하나 먹지 못할 걸로 보여서 그래?"

"아, 아닙니다. 주군께서는 에이서스 제국쯤은 한 손으로 휘두를 수있는 힘을 가지고 계십니다."

베스란은 황급히 부정했다. 여기서 긍정하면 자신은 주군의 능력을 믿지 못하는 불충한 수하가 된다.

"일단은 크라인 왕국의 혼란을 잠재우고 안정시킬 시간을 버시겠다는 의미로 알아들으면 되겠습니까?"

"훗! 역시 베스란이야. 말이 잘 통해."

제국을 공략하지 않겠다는 게 아니었다. 다만, 일단은 아껴두었다가 가장 급한 것부터 소화한 다음에 포크를 들이밀 생각이었다.

'그럼, 처음부터 그렇게 말씀하셨으면 좋았지 않습니까?'

베스란은 다시금 억울하다는 표정을 지어 보였으나, 제닌은 무관심한 표정으로 무시했다.

베스란은 잠시 머리를 굴려본 후 입술을 뗐다.

"제 생각에 시간을 벌 가장 좋은 방법은, 이곳의 병력을 가르타스 백작 쪽으로 넘기는 방법 같습니다. 그렇게 되면 내전이 3파전 양상으로 흘러가 남은 두 세력도 섣불리 전투를 벌이지 못하고 눈치를 보게 될 것입니다. 운이 좋다면 제국이 3개로 갈라지는 일이 벌어질 수도 있습니다."

"변수가 좀 큰데? 가르타스 백작에게 야망이 없으면 헛일이 될 수가 있어. 게다가 가르타스 백작의 마음이 이미 두 세력 중 한 군데로 기운 상태라면?"

"그렇군요. 미처 생각지 못했던 일입니다."

베스란은 고개를 끄덕이며 수긍했다.

"그 미친년이 너무 일찍 칼춤을 춘 게 문제란 말이야. 원래대로라면 조용히 올려보낸 뒤 군부에 흡수시켜 아군에 호의적인 세력을 만드는 거였는데. 쯧!"

만약 내전이 없었다면 일은 훨씬 간단해질 수 있었다.

통로를 통해 병력을 이동시킨 후, 제국 황실에 정보가 흘러들어 가게 하면 되는 일이었다.

시나리오는 적당히 짜 두었다.

보급이 끊어지자 점령지에 남아 있던 병력이 힘을 합쳐 갖은 고생 끝에 몬스터 산맥을 넘었다는 내용이었다.

또한, 이것은 귀족과 기사들이 사라진 이유로 삼을 수도 있었다. 그들은 병사들을 지키기 위해 강력한 몬스터와 맞서다 장렬하게 산화한 영웅이 될 터였다.

그렇다면 갑자기 나타난 병력을 두고 제국 황실은 어떻게 생각할까?

무려 25만의 병력이었다.

게다가 그 25만이 어디 보통 병력이던가?

병력 모두가 훈련소를 이수한 5레벨 병사였고, 그 중 5만가량은 훈련던전까지 이수한 10레벨 병사였다. 5레벨만 되어도 기사와 비등했고, 10레벨은 고위 기사와도 접전이 가능할 정도였다.

'아마 처음에는 반쯤 포기했던 병력이 다시 나타난 것에 환호할 테지. 그러나 막상 병사들의 수준을 확인하면 제국의 수뇌부는 불안감을 느낄 터.'

비록 25만이지만 50만, 100만과 맞붙어도 섣불리 승부를 장담할 수 없는 병력이었다. 게다가 이들을 이끄는 것은 수뇌부와 같은 귀족이 아니었다.

평민, 그것도 십인장이나 백인장이었던 이들을 중심으로 똘똘 뭉쳐 있었다.

'바보가 아니라면 선택할 길은 하나뿐.'

먹음직스럽지만 너무 커다란 고깃덩이. 버리기에는 아깝고 통째로 삼키기에는 부담스러웠다. 따라서 최대한 잘게 쪼갠 뒤 씹어 먹는 게 최선일 것이다.

제닌은 이 뒤를 위한 행동까지 미리 지휘관들에게 교육해두었다. 제국의 군부 내에서 자신에게 호의적인 세력을 서서히 키워갈 수 있는 계책이었다.

'쯧! 하지만 프라덴 후작, 그 미친년이 너무 일찍 날뛰는 바람에 다 망쳐 버렸지.'

비록 야심 차게 계획한 일은 물거품이 되었으나, 그렇다고 상황이 나쁜 것도 아니었다. 어쨌든 제닌의 목표는 제국이 자신에게 눈을 돌리지 못하도록 하는 것이었고, 이미 그런 상황이었기 때문이다.

"저, 주군. 이런 방법은 어떨까요?"

"뭔데?"

베스란은 조곤조곤 말을 이어 나갔고, 설명이 계속될수록 제닌의 눈은 점차 선명하게 반짝였다.

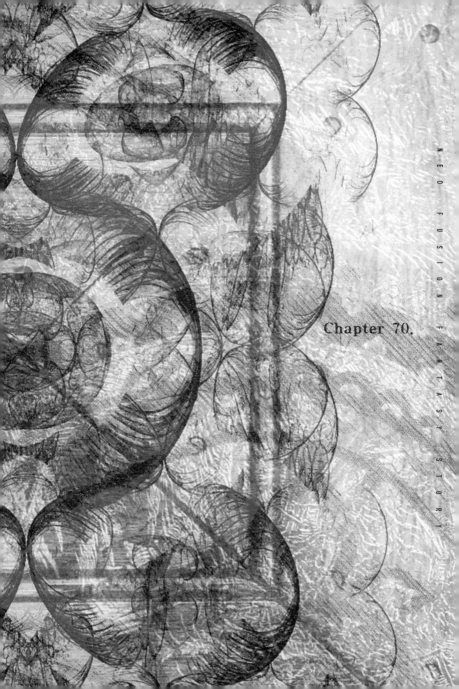

Chapter 70.

I

"일단 병력을 보내 적당한 곳에 자리 잡은 후, 각 세력에게 전령을 보내는 겁니다. 물론 내용은……."

"무엇을 줄 수 있는지를 제시하라는 거겠지?"

제닌은 눈을 빛내며 되물었다.

"역시 현명하십니다. 여기서 중요한 것은, 가르타스 백작에게도 전령을 보내고, 이 사실이 은밀한 경로로 다른 세력에게 전해진다는 점입니다."

"등을 떠미는 셈이로군!"

제닌은 손가락을 튕기며 흥미를 보였다.

"맞습니다. 가르타스 백작은 억지로 달리는 오우거의 등 위에 태워진 셈이지요."

"설령 야망이 없더라도 제국을 도모하는 세력으로 비칠 테고, 이미 다른 세력과 물밑 협상을 벌이는 도중이었어도 물거품이 되겠지. 다른 건 몰라도 신용만큼은 확실히 떨어질 테니까."

"그렇습니다. 아무리 발버둥쳐도 일단 의심하기 시작한 이상 쉽사리 믿어주지 않을 겁니다."

베스란의 말에 제닌은 은근한 시선으로 그를 바라보았다.

"그렇게 안 봤는데. 베스란도 제법 악랄한데?"

사실이 그러했다.

제닌의 시선에서는 좋은 계책이었으나, 당하는 가르타스 백작의 처지에서는 그야말로 복장이 터질 일이었다.

'좀 미안하긴 하지만, 전쟁이란 게 이런 것 아니겠어? 상황이 반대였다면 당신도 그렇게 할 거잖아? 뭐, 다시 볼 일이 있다면 사과는 해 주지.'

제닌은 어딘가에 있을 가르타스 백작을 생각하며 살짝 고개를 숙였다. 전해지지는 않겠지만 한 때나마 좋은 관계를 유지했던 가르타스 백작에 대한 최소한의 예의였다.

"이게 다, 주군께 잘 배운 덕이지요."

끌어 올린 베스란의 입꼬리가 오늘따라 무척 친근해 보였다. 물론 다른 사람이 본다면 음흉함으로 가득 찬 미소일 터였다.

"여기에 한 가지만 더하면 완벽해지겠군."

"설마, 더 악랄한 방법이 남아 있단 말씀이십니까?"

제닌의 말에 베스란은 놀랍다는 얼굴로 그를 바라보았다.

말투가 좀 거슬렸으나, 제닌은 쿨하게 넘어갔다. 어쨌거나 베스란 덕분에 좋은 계책을 마련했기 때문이다.

"각 세력에게 슬며시 힘을 보여주는 거지. 물론, 각기 다른 이름으로 말이야."

"오호! 그러니까 황실 측 영지를 치면서 프라덴 후작의 이름으로, 프라덴 후작 쪽에는 황실의 이름으로 피해를 준다는 말씀이십니까? 그런데……."

베스란은 말끝을 흐렸다.

제닌의 생각에는 한 가지 커다란 문제점이 있었다. 바로 일이 잘못 흘러가면 모든 세력에게 공동의 적으로 찍혀 토벌당할 수도 있다는 점이었다.

"아아! 물론 역효과가 날 수도 있겠지. 하지만 말이야."

제닌은 장난꾸러기 같은 미소를 지으며 되물었다.

"과연 믿을까?"

인간이란 본디 의심이 많은 종족이었다.

하물며 어제까지만 해도 칼끝을 맞대고 죽이려 들던 적의 말을 의심 없이 받아들일 확률은 얼마나 될까?

받아들이기보다는 차라리 상대가 공격해놓고 그것을 무마하는 것으로 받아들일 확률이 훨씬 높을 것이다.

"나라면 '안 믿는다.' 에 걸겠어."

II

길게 늘어선 행렬은 마치 개미떼의 그것을 보는 듯했다. 하지만 크기는 개미에 비할 바가 아니었다.

모두가 건장한 병사들로 이루어진 기나긴 행렬.

어깨와 어깨가 거의 닿을 정도로 붙어선 5명이 행을 이뤘고, 각 행의 간격을 1미터로 잡자 50킬로미터에 이르는 장대한 행렬이 만들어졌다.

"우와!"

"사람이 대체 얼마나 많은 거야?"

라테스의 주민들은 성벽 밖으로 몰려나와 장대한 행렬을 구경했다.

통일된 모양의 갑옷과 투구가 햇빛을 받아 빛나는 모습은 빛의 물결을 보는 듯한 장관을 이뤘다.

"우와! 멋지다!"

입을 쩍 벌린 채 감탄하는 소년의 머릿속에는 성장한 자신이 저들처럼 차려입고 적을 향해 돌격하는 모습이 그려졌고.

"어쩜……. 저리 늠름할까!"

꿈많은 소녀의 머릿속에는 미래에 남편이 될 사람의 모

습이 그려지고 있었다.

하지만 그런 구경꾼 중에는 다른 이들과는 조금 다른 생각을 하는 이들도 포함되어 있었다.

'드디어 때가 온 건가?'

바겟은 길게 늘어선 행렬을 바라보며 마른 입술을 핥았다. 그러자 옆에 서 있던 스테라 역시 심상치 않다는 얼굴로 눈을 마주쳤다.

'슬슬 움직일 때야.'

눈을 마주친 두 사람이 동시에 고개를 끄덕였다. 그들은 굳이 말하지 않아도 뜻이 통할 만큼 오랜 동료였다.

정보작전대.

이름은 제법 그럴싸했으나 이들이 하는 일은 적지, 또는 적이 될 가능성이 있는 지역에 스며들어 정보를 수집하고 이를 취합해 본국으로 전송하는 일이었다.

한마디로 정리하자면 그들은 첩자였다.

소속은 에이서스 제국.

본국이 있는 방향으로 향하는 대규모 병력이 있다는 사실은 그들이 꼭 전해야 할 중요한 정보였다.

'어떻게 산맥을 넘을지는 모르겠지만, 일단 따라가 보면 알 터.'

눈을 마주친 그들은 조용히 인파를 헤치며 빠져나왔다. 그리고 조용히 자신들이 머무는 공동주택으로 이동했다.

조심스럽게 걸쇠를 걸고 침상을 밀었다. 바닥을 촘촘하게 뒤덮은 나무판자를 조심스럽게 들어내자 사람 한 명이 간신히 통과할 만한 시커먼 굴이 모습을 드러냈다.

'가자!'

바켓의 눈짓에 스테라가 크게 고개를 끄덕였다.

그렇게 두 사람이 통로 안으로 모습을 감췄다. 물론 완전히 사라지기 전 침상을 원래 위치로 끌어오고 판자를 다시 덮어 그들이 빠져나간 흔적을 지우는 일도 빼놓지 않았다.

좁은 통로를 따라 한참을 기어가던 때였다.

"흐업!"

느낌상으로 성벽을 벗어났다는 생각이 들었을 때, 바켓의 입에서 김빠진 소리가 새어 나왔다. 넘쳐나던 힘이 갑자기 쑥 빠져나가는 느낌 때문이다.

"쉿!"

등 뒤에서 조용히 하라는 소리가 들려왔으나, 바켓은 그것에 신경 쓸 만한 정신이 없었다.

'사실이었단 말인가!'

영주를 배신하면 힘이 빠져나간다는 말을 듣기는 했다. 하지만 믿지 않았다.

물론, 설령 사실이라 해도 바켓에게는 대가 없이 얻은 힘보다는 임무가 더 중요했다. 자신뿐만이 아닌 가족의 생사가 달린 일이었기 때문이다.

제국에서는 첩자를 선정할 때, 가족이나 부양할 사람이 있는 자들을 뽑았다. 본국에 남아 있는 가족은 배신할 마음을 품을 수 없도록 하는 일종의 안전장치였다.

'하지만 탈출구를 팔 때에는 이러지 않았는데……'

바겟이 영주의 말을 믿지 않았던 데에는 이런 이유도 있었다.

'그때와 달라진 게 뭘까? 왜 갑자기 이러는 걸까?'

달라진 점은 하나, 그의 마음가짐뿐이었다.

처음 탈출로를 팔 때에는 별생각이 없었다. 첩자라는 임무의 특성상 탈출로의 확보는 지극히 당연한 일이었기 때문이다. 그들에게 탈출로를 파는 것은 밥을 먹는 것이나 옷을 입는 것과 다를 바 없는 행위였다.

'무엇 때문인지는 모르겠지만 일단은.'

바겟은 머리를 휘휘 저으며 다시 기어가기 시작했다.

이미 결과가 난 일을 고민하는 것은 심력의 낭비일 뿐이었다. 그에게 남은 것은 이곳을 빠져나가 자신이 얻어낸 정보를 본국에 전하는 일뿐이었다.

"흐어어어……"

조금 뒤, 뒤에서 기어오던 스테라의 입에서도 김빠지는 소리가 흘러나왔다. 하지만 그 역시 몸을 부들부들 떨면서도 악착같이 바닥을 기어 바겟의 뒤를 따랐다.

그렇게 한참을 나아간 끝에, 단단한 흙벽이 바겟의 앞을 가로막았다. 출구였다.

푸스스스.

흙가루 떨어지는 소리와 함께 사람 몸통만 한 돌판의 한 귀퉁이가 조용히 위로 올라왔다. 작게 열린 틈으로 눈을 내밀어 주변을 살핀 바겟은 아무도 없음을 확인하고 돌판을 마저 밀어 올렸다.

먼저 올라온 바겟은 끈을 달아 다리 뒤에 매 두었던 자루에서 검은색 로브를 꺼내 입었다. 그리고 조심스럽게 몸을 일으켜 주위를 살핀 후, 구덩이 안으로 손을 내밀어 스테라를 끌어 올렸다.

스테라가 검은색 로브를 입는 사이, 바겟은 바짝 긴장한 얼굴로 사방을 경계했다.

모든 준비를 마친 두 사람이 마주 보며 눈짓을 보내는 순간이었다.

"히야! 대단한데? 이런 걸 언제 다 팠대?"

갑자기 등 뒤에서 들려온 목소리에 두 사람은 온몸의 솜털이 곤두서는 기분이 들었다.

슬그머니 고개를 돌려 뒤를 돌아보니 두 사람이 나온 구덩이를 들여다보는 누군가의 뒷모습이 눈에 들어왔다.

'목격자는.'

'제거한다.'

두 사람은 눈빛을 교환하며 품 안에서 단검을 꺼내 들었다. 막 달려드는 찰나 등을 돌리고 섰던 인물이 휙 돌아섰다.

"헛!"

"여, 영주!"

기겁하는 두 사람에게 제닌은 싱긋 웃으며 말을 건넸다.

"그래도 조금 전까지 먹여주고 재워준 사람인데, '님' 자 정도는 붙여주는 게 좋지 않을까?"

제닌의 물음에 스테라의 얼굴이 파랗게 질려갔다.

"어쨌든 니들, 삽질 하나는 기차게 한다는 말이지?"

바겟과 스테라는 부들부들 떨며 서로 눈을 마주쳤다. 그리고 동시에 납작 엎드리며 소리쳤다.

"살려 주십시오!"

"살려만 주십시오!"

"그래도 눈치는 있네. 어떤 놈들은 냅다 도망치던데 말이야."

도망은 애초부터 두 사람의 선택지에 없었다.

상대는 소드 룰러였다. 게다가 새처럼 하늘을 날아다니는 능력까지 있었다. 도망쳐봤다 성공할 확률은 없는 것과 다름없었고, 수고를 끼친 대가로 괜스레 고통만 늘어날 터였다.

"아! 그놈들 어떻게 됐냐고?"

상대가 묻지도 않았건만, 제닌은 짓궂은 웃음을 지으며 친절하게 설명했다.

"술래잡기를 아주 좋아하는 것 같아 원대로 해줬지."

제닌의 말에 두 사람은 서로의 얼굴을 마주 보며 어리둥절한 표정을 지었다. 그러다가 얼마 지나지 않아 두 사람은 하얗게 질려가기 시작했다.

쫓아오는 술래가 몬스터임을 눈치챘기 때문이다.

제닌의 영지에 사는 사람이라면 몬스터 요새라 불리는 곳으로부터 하루에 한두 번씩은 꼭 들려오는 처절한 고함과 비명을 모를 리 없었다.

"저, 저희는 어, 어떻게 되는 겁니까?"

바겟은 바짝 얼은 표정으로 물었다.

"방금 말했잖아. 좋아하는 것 하게 해줬다고. 왜? 니들도 술래잡기하고 싶어서 그래?"

제닌의 물음에 두 사람은 휙휙 소리가 날 만큼 고개를 내저었다.

"삽질하겠습니다!"

"시켜만 주십시오! 산맥이라도 뚫어 버리겠습니다!"

제닌은 뒤에 소리친 스테라를 유심히 쳐다보았다.

'이놈, 어수룩하게 생긴 것치고는 의외로 예리한데?'

Ⅲ

"주군. 지시하신 일은 모두 처리했습니다."

"숫자는?"

"첩자로 잡아들인 자는 모두 아흔세 명입니다."

제닌은 슬쩍 미니맵을 훑어본 후 말했다. 주황색이나 붉은색 점은 하나도 찾아볼 수 없었다.

"고생 많았어. 베스란. 역시 믿고 맡길만하다니까."

"그저 해야 할 일을 했을 따름입니다."

겸양하는 베스란의 말에 제닌은 피식 웃으며 자리를 권했다.

"잠깐 앉아봐."

"무슨 하실 말씀이라도……".

자리에 앉은 베스란은 제닌의 눈치를 살피며 조심스럽게 물었다.

"식사시간에 문득 나온 이야긴데 말이야."

"헛! 설마, 혼처가 정해지신 겁니까? 경하드립니다. 주군!"

'이건 또 뭐야?'

제닌은 황당함이 가득한 얼굴로 베스란을 쳐다보았다.

"어여쁜 레이디나 좀 소개해주고 그런 소릴 하지?"

"아……. 아닙니까?"

베스란은 아쉬운 표정으로 입맛을 다셨다.

"하지만 주군의 혼인은 시급한 일입니다. 말 나온 김에 한 번 알아보도록 하겠습니다."

"베스란. 내가 웬만하면 나이 차가 크게 나는 사람한테는 주먹질 안 하려고 결심했는데 말이야. 그냥 오늘 깰까?"

"주군! 모름지기 사내의 결심은 다이아몬드처럼 굳건해야 하는 겁니다! 암요!"

베스란은 식겁한 얼굴로 대꾸했다.

"시답잖은 소리는 이쯤하고, 어머니께서 문득 이렇게 말씀하시더라고. 내가 예전의 내가 아닌 것 같다고."

"예전에는 어떠셨는데 아리안님께서 그런 말씀을……."

"착한 아들이었거든."

베스란은 잠시 말이 없었다. 그러다 어느 순간 얼굴이 빨갛게 달아오르더니 양손으로 입을 틀어막았다.

풋! 푸훗! 풋!

연거푸 들려오는 바람 새는 소리에 제닌의 미간이 확 일그러졌다.

"푸훗! 큭! 주군, 몇 년 사이 들어본 것 중 가장 재미있는 농담이었습니다. 그러니 이제 사실을……."

쩌적.

제닌의 결심에 금이 가는 소리였다.

"후우……."

주먹은 금방이라도 날아가고 싶은 듯 부들부들 떨렸지만, 제닌은 한숨을 내쉬며 참아냈다. 아무리 부하라지만 베스란은 아버지 페트로와 비슷한 연배였다. 그런 그에게 주먹을 휘두르는 것은 아무리 제닌이라도 못할 짓이었다.

'다행인 줄 알라고. 벡스였으면 이미 반은 죽었을 테니까.'

하지만 꼭 때리는 것만이 체벌의 전부는 아니었다.

'사람에 따라 어울리는 체벌이 있는 법.'

제닌은 고개를 저으며 창가로 걸어갔다.

"주군, 어디 가십니까?"

창틀을 밟고 올라서자 베스란이 물어왔다.

"어머니께서 말씀하셨거든. 적이라고 꼭 죽여야 할 필요가 있겠느냐고. 비록 적이라 해도 그중에 어쩔 수 없이 동참할 수밖에 없는 사람들도 있을 것이라고."

"옳은 말씀이십니다. 그런데 어디로……."

"확인해 봐야지 않겠어? 갱생의 여지가 있는지, 없는지."

"서, 설마……."

베스란의 얼굴에 우려의 빛이 가득 떠오르자 제닌은 피식 웃으며 대꾸했다.

"크라인 왕국."

"주군! 안 됩니다! 여긴 어떻게 하고!"

베스란을 황급히 달려와 제닌의 옷자락을 잡았다.

제닌은 이곳의 중추였다.

그저 상징적인 의미가 아닌, 실제로 그러하다는 의미였다. 커다란 성곽부터 생필품에 이르기까지 모든 것이 제닌을 통해 이루어졌기 때문이다.

제닌이 당장 며칠만 자리를 비운다 해도 영지 곳곳에서 삐걱대는 일이 일어날 것이고, 이는 베스란으로서는 수습하기 어려운 종류였다.

"물자는 넉넉하게 풀어두고 갈게. 상점 이용권한도 위임하고. 그럼 우리 바른 마음씨를 가진 현명한 베스란이 알아서 잘할 것 아니야?"

"주, 주군 안 됩니다!"

필사적으로 막아서는 베스란의 모습에 제닌은 피식 웃었다.

'그냥 당해보라는 게 아니야. 어차피 한 번쯤은 필요한 일이기도 했어.'

비록 욱하는 마음으로 꺼낸 말이기는 했으나, 조금 생각해보니 제닌은 그럴만한 필요성도 있다는 생각이 들었다. 자신이 언제까지 이곳에만 붙어 있을 수만도 없는 노릇이었기 때문이다.

이미 나라를 세우려고 마음먹었을 때부터 결심한 일이 있었다. 나라가 안정되고 가족의 안전에 확신만 선다면 대륙 곳곳을 여행하며 자유롭게 살아가기로. 아버지 페트로에게 국왕의 자리를 권한 것도 그러한 맥락에서였다.

"정 결정하기 어려운 일이 있으면 아버지랑 상의하고."

"하지만……."

"괜찮아. 설마 내가 아버지가 결정한 일을 가지고 뭐라고 하겠어? 아버지 얼굴에 침 뱉는 일인데?"

그 말에 베스란의 얼굴에 비로소 안도의 빛이 떠올랐다. 제닌의 말처럼 페트로와 상의하라는 말은 베스란에게 일종의 보험이었기 때문이다.

"물론, 아버지의 잘못된 결정은 보좌하는 사람의 무능을 나타내기는 하겠지만 말이야."

웃음 띤 제닌의 말에 베스란의 얼굴은 다시금 굳어졌다.

여러모로 사람을 들었다 놓았다 하는 재주가 있는 제닌이었다.

"잘 해보라고. 잘!"

제닌은 베스란의 어깨를 두드리며 그의 얼굴이 더욱 굳어지는 것을 확인한 후, 그대로 창 밖으로 몸을 던졌다.

휘이이잉.

얼굴에 와 닿는 바람이 어쩐지 상쾌했다.

Ⅳ

셀 수 없을 정도로 많은 은색의 투구와 갑옷, 세워 든 창
날과 칼날이 햇빛을 받아 찬란하게 빛났다.

10만.

얼마 전 산맥으로 떠난 제국군에는 미치지 못하는 숫자
였지만 통일된 복장의 병력이 밀집한 것을 내려다보는 느
낌은 그때보다 오히려 좋았다.

이들은 오로지 제닌 자신의 사람이었기 때문이다.

'이게 내 힘이란 말이지……'

불과 몇 달 전만 해도 십인장, 그것도 적에게 던져진 미
끼에 불과했던 자신이 어느새 10만이 넘는 대병력을 발아
래 둔 군주가 되어 있었다.

감회가 남다를 수밖에 없었다.

게다가 이 병력은 농사나 짓던 평민들을 아무렇게나 징
집해서 만든 것이 아니었다. 출신이야 그럴 수도 있겠으
나, 이들은 모두 훈련소와 훈련던전을 거쳐 10레벨에 오른
이들이었다.

지난 4년간의 전쟁으로 실전 경험은 충분했다. 또한, 그
중에는 몬스터 요새에서의 전투로 10레벨을 초과한 이들
도 있었다.

제닌은 이들이라면 제국으로 넘어간 25만 대군과 맞붙

어도 능히 이길 수 있다고 확신했다.

'이들에겐 내가 있으니까.'

그냥 하는 말이 아니었다. 제닌에게는 이들의 전투력을 향상할 방법이 실제로도 있었다.

'내가 지휘하는 군대는 능력이 10% 상승한다.'

10%라고 무시할 사람도 있겠지만, 이는 단순히 병력이 10% 늘어난 것과는 확연히 달랐다.

개개인의 능력이 향상된다는 것은 더 강한 화력을 더 작은 면적에 집중시킬 수 있음을 의미했다. 하물며 개개인이 고위기사급에 해당하는 실력이었으니 이러한 이점을 극대화할 수 있었다.

'그런데 이건 뭐지?'

제닌이 병력을 지휘한다는 생각을 했을 때부터 시야 하단에는 작은 메뉴 하나가 떠올라 있었다.

[지휘관 모드]

이름만으로도 용도를 짐작할 수 있는 메뉴였다.

'물론 도움이 되겠지?'

제닌은 이런 생각과 함께 손가락으로 메뉴를 건드렸다.

화아아악!

시야가 급격히 늘어나며 집결해 있는 병력의 모습을 한눈에 보여주었다.

'그런데 이거, 어떻게 하는 거지?'

대답은 없었다.

'췌! 하여간 마음에 안 든다니까.'

제닌이 '구원자' 라는 직업을 거부한 이후부터 메시지는 다시 예전의 불친절한 상태로 돌아가 있었다. 제닌이 원하는 일을 거부하지는 않았으나 태도는 오히려 예전보다 더 불친절했다.

'그래도 깜빡이면서 지휘관 모드라는 게 있음을 알려주기라도 한 것을 고마워해야 하는 건가?'

제닌은 고개를 흔들며 한숨을 내쉬었다.

'어쨌든 일단은 할 수 있는 것들부터 익혀 봐야겠지.'

병사 중 하나를 주시하자 설명이 떠올랐다.

[Lv.10 창병]

 – 생명력 (300/300), 공격 60, 방어 40]

 – 각 수치는 같은 병종의 평균치를 나타냅니다.

 – 소속 부대가 없습니다. 부대를 지정하겠습니까?

"흐음······. 평균치라······."

제닌은 숨을 가늘게 내쉬며 다른 병사에게로 시선을 옮겼다.

[Lv.11 검병]

 – 생명력 (420/420), 공격 42, 방어 63]

[Lv.10 석궁병]

 – 생명력 (240/240), 공격 50, 방어 30]

[Lv.12 기병]

- 생명력 (660/660), 공격 66, 방어 88]

살펴보던 제닌은 살짝 미간을 찌푸렸다.

'레벨이 오를 때마다 각 능력치가 10% 정도 증가하는 것 같군. 그런데 이거 편리하기는 한데……. 이렇게 해버리면 사람이 사람 같아 보이지가 않잖아?'

사람이 마치 체스판 위의 말이 된 듯한 느낌이었다. 어쩌면 예전의 자신 역시 저들 중 일부였다는 생각이 들어서인지 기분이 별로 좋지 않았다.

'어쨌든 일단, 소속 부대를 지정해야 하나? 병종별로 백 명씩 나눠서 부대를 지정한다.'

시야가 반짝이며 병사들 사이에 반투명한 선이 나타났다. 총 병력이 10만이었으니 무려 천여 개의 칸으로 나뉘었다.

'이거 너무 복잡한데? 천 명을 한 부대로.'

제닌이 생각을 변경하자 복잡하던 선이 사라지고 병사들 사이에 조금 더 단순해진 형태의 선이 그어졌다.

'흐음……. 이제 뭘 해야 하지?'

[부대별 지휘관을 지정하십시오.]

'응?'

뜻밖의 메시지에 제닌은 눈을 둥그렇게 떴다. 왜 갑자기 다시 말을 거는지는 모르겠으나, 일단 알려 주는 것은 받아들이는 게 좋았다.

'병종별, 레벨 기준으로.'

[병종별 최상위 레벨을 지휘관으로 지정합니다.]

'그래. 혹시 더 할 일이 남았나?'

[훈련된 진형이 없습니다. 진형을 훈련하겠습니까? 각 진형에 따라 부대에 추가적인 능력을 부여할 수 있습니다.]

'시간은 얼마나 필요하지?'

[기본 진형 훈련에는 24시간이 필요합니다. 하지만 효과적인 명령 하달을 위해 기초 전술 훈련을 병행할 것을 추천합니다. 두 가지 훈련에는 모두 48시간이 필요합니다.]

'그럼 그렇게 하는 걸로 하지.'

마음 같아서는 복잡한 과정은 깔끔하게 생략하고 그냥 출병하고 싶었으나, 제닌은 그럴 수 없었다. 다름 아닌 병사들의 생명이 달린 일이었기 때문이다.

조금이라도 병사들의 생존력을 높일 방법이 있음에도 무시한다는 것은 제닌이 그토록 싫어하는 귀족들의 행태와 다를 게 없었다.

제닌의 허락이 떨어지자 아래에 밀집해 있던 병력에서 부산스러운 움직임이 일어났다. 각기 작은 무리로 나뉘어 흩어지더니 훈련을 시작한 것이다.

"그런데… 뭐라고 부르면 되지?"

병사들의 움직임을 가만히 바라보던 제닌은 문득 허공

294

을 향해 물었다.

"도와준 것, 화해의 의미 아니었나?"

그로부터 한참이 지나서야 눈앞에 메시지가 떠올랐다.

[저는 어디까지나 사용자를 돕기 위해 존재합니다. 사용자에게 해가 되는 일은 할 수 없습니다.]

"네가 말한 '해'라는 것의 기준이 어느 정도인지 모호하긴 하지만, 뭐 다시 싸우자는 말은 아니니까."

제닌은 어깨를 으쓱하며 다시 물었다.

"그래서, 이름은?"

[코드네임 라스트 원으로 불렸습니다만, 사용자가 편한 대로 불러도 좋습니다.]

'마지막 한 명이라······. 무지하게 궁금하긴 하지만, 역시 안 가르쳐줄 거지?'

[저 또한 커다란 규칙에 얽매어 있음을 유념해 주시기 바랍니다. 레벨은 얽매인 규칙을 해제하는 유일한 열쇠입니다.]

'무슨 자격의 증명 같은 건가? 아무튼, 레벨 업에도 신경 쓸 테니까, 필요한 정보나 제때 알려 달라고.'

[사용자의 제안, 받아들이겠습니다.]

'그건 그렇고 이름이라······. 뭐가 좋을까?'

잠시 생각하는 표정을 짓던 제닌의 입가에 미소가 맺혔다.

'벡스 쓰리. 어때?'

순간 시야가 까맣게 물들었다.

보이지 않는다는 의미가 아니라 보이는 모든 것이 까맣다는 표현이 옳았다. 마치 세상 모든 것이 새카만 숯으로 뒤덮인 것 같은 느낌이었다.

그 가운데 글자가 떠올랐다.

[Deny]

마치 피처럼 섬뜩한 붉은 글자가 시야를 가득 메웠다.

'싫다고? 알았으니까, 장난은 좀 멈춰줄래?'

[벡스라는 이름은 덜떨어지고 단순무식한 근육 바보에게나 어울리는 이름입니다.]

딱 보기에도 싫은 티가 팍팍 묻어나는 말투.

'싫다? 이건 감정이잖아. 설마, 정말 인격이 있는 거야?'

[저를 설계한 인격은 여성을 베이스로 하고 있습니다. 작명에 참고 하시길 권하는 바입니다.]

'허, 성별까지……. 알았으니까 일단 시야 좀 원래대로 해 줄래?'

메시지는 반응하지 않았다. 아무래도 제대로 된 이름을 지어주기 전까지는 반응하지 않을 듯 보였다.

'좋았어. 아리. 어때?'

[사용자의 주변에 비슷한 이름이 있습니다. 혼동의 우려

가 있습니다.]

혼동의 우려라는 핑계였지만, 결국 아리라는 이름 역시
마음에 들지 않는다는 의미였다.

'쯧! 뭐 가리는 게 그리 많아?'

제닌은 툴툴거리면서도 다른 이름을 찾아보았다.

'그럼, 애니 어때?'

메시지는 떠오르지 않았다. 대신 까맣게 물들었던 시야
가 원래대로 돌아왔다.

[40레벨의 가장 큰 보상은 사용자를 적극 보좌하는 서
포터를 얻은 것이라 할 수 있습니다.]

'어쭈, 자랑까지? 지금 그게 너라는 거지?'

애니는 부정하는 대신 다른 메시지를 보여 주었다.

[갑작스러운 감정의 발아로 혼란을 느꼈습니다. 한동안
사용자에게 소홀히 했던 점, 사과드립니다.]

'뭐, 그 정도는 이해하겠어.'

제닌은 고개를 끄덕였다. 그러다가 표정을 굳히며 다시
생각을 전달했다.

'그런데 애니, 딱 한 가지는 기억해 두는 게 좋을 거야.
뭐가 됐든, 네가 날 마음대로 움직이려 한다는 생각이 드
는 순간, 그 후로 네 말에 귀 기울일 일은 절대로 없다는
것을.'

[명심하겠습니다.]

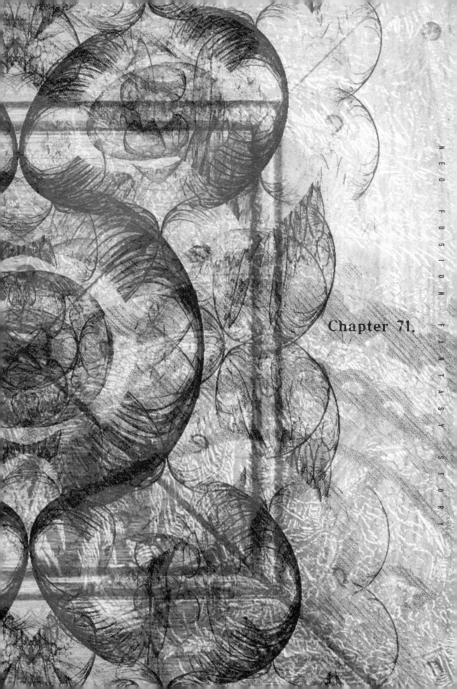

Chapter 71.

I

"흐아아아암……."

발아래 펼쳐진 병사들의 훈련 장면을 바라보던 제닌의 입에서 하품이 흘러나왔다. 48시간은 마냥 구경하면서 기다리기에는 너무 긴 시간이었다.

'애니, 이걸 꼭 지켜보고 있어야 하나?'

[이미 부대지정과 지침이 내려졌으니 사용자가 없어도 훈련은 계속 진행될 것입니다. 정 심심하시다면 정찰을 다녀오셔도 좋습니다.]

'그래. 정찰이라는 말이지?'

제닌은 씩 웃었다.

지금의 애니는 예전과는 확실히 달랐다. 예전 같았으면

지금처럼 가려운 곳을 긁어주는 일 따위는 절대로 하지 않았을 것이다.

제닌은 망설임 없이 이동을 시작했다.

목적지는 크라티아.

크라인 왕국의 수도였으니 귀족회의의 수뇌부가 있을 확률이 높기도 했고, 사람이 많으니 크라인 왕국의 정확한 상황을 파악하기도 쉬울 거라는 생각이었다.

거리는 200킬로미터 가량.

병력을 이끌고 가면 일주일 이상 걸리겠지만, 하늘을 날아가는 제닌에게는 두어 시간 남짓이면 도착할 수 있는 거리에 불과했다.

Ⅱ

"허어……."

크라티아에 도착한 제닌의 입에서는 김빠진 소리가 흘러나왔다.

'크라티아가 어째서 이렇게…….'

공중에 떠오른 상태로 발아래를 내려다보는 제닌의 얼굴에는 씁쓸한 표정이 감돌았다.

성벽은 반쯤 무너져 있었고, 터만 남은 집터 주위로는 지저분한 잔해들이 잔뜩 널려 있었다. 웅장함을 자랑했던 왕궁 역시 처참하게 무너져 화려했던 옛 모습을 잃었다.

"하아……. 부질없구나."

제닌은 신음 같은 한숨을 내쉬었다.

'힘이 기초가 되지 않은 권력은 모래로 지은 성과 다름 없다더니…….'

제닌은 폐허라고 불려도 이상하지 않을 정도로 망가진 크라티아의 모습에서 힘을 잃은 군주의 비참한 말로를 보았다.

'그런데…….'

제닌의 얼굴에 한줄기 의문이 떠올랐다.

'사람들은 다 어디로 간 거지?'

한때는 인구가 백만을 넘어섰던 크라티아였다. 게다가 일국의 수도답게 전략적인 요충지에 건설되어 있었다.

제닌의 의문은 그 많던 사람들이 다 어디로 사라졌는가 하는 것과 적들이 왜 전략적인 요충지를 포기했느냐 하는 것이었다.

'설마!'

순간 제닌의 표정은 악귀처럼 일그러졌다.

"모두 끌고 간 건 아니겠지?"

저도 모르게 소리가 입 밖으로 새어 나왔다.

비록 의문문이었으나, 속으로는 이미 그것을 사실로 받아들이고 있었다.

이종족은 인간의 힘을 일시적으로 끌어올리는 비약을
제조할 수 있었다. 몬스터를 죽였을 때 떨어지는 마력핵을
이용해 만든 비약이었다. 하지만 이 비약에는 치명적인 부
작용이 있었으니, 바로 힘을 발휘한 인간이 서서히 이성을
잃고 몬스터로 변한다는 점이었다.

그랬기에 끌고 간 주민들의 용도는 하나로 좁혀졌다. 바
로 전투에 사용할 일회용 병사. 그와 더불어 몬스터로 만
들기 위한 재료였다.

'개 같은 이종족 놈들! 개만도 못한 귀족회의 새끼들!'

제닌은 움켜쥔 주먹을 부들부들 떨었다.

이종족도 문제였지만, 그보다 더 용서가 안 되는 것은
귀족회의 측 귀족들이었다. 인간으로서 어떻게 같은 인간
을 몬스터로 만드는 짓을 태연하게 할 수 있단 말인가!

'응?'

활화산 같은 분노를 표출하던 제닌의 얼굴에 의문이 떠
올랐다. 그의 시선이 미니맵으로 향했다. 그곳에는 보일
듯 말 듯 희미한 점 하나가 찍혀 있었다.

'이건!'

점은 생명체를 의미했다. 그리고 희미하다는 것은 생명
력이 미약함을 나타냈다.

'생존자일지도 모른다.'

몬스터일 수도 있겠지만, 일단 생존자를 찾으면 쓸만한

정보를 얻을 확률이 높았다.

[13시 방향, 거리 120미터, 지하에서 미약한 생명 반응이 느껴집니다.]

메시지가 가리킨 곳을 바라보며 제닌은 눈을 반짝였다.

'왕궁!'

몬스터고 뭐고, 일단은 찾아봐야 할 이유가 생겼다.

'왕궁의 생존자라면 고급 정보를 가지고 있을 확률이 높겠지.'

제닌은 고도를 낮춰 메시지가 가리킨 지점에 내려섰다. 다행히 그곳은 잔해가 쌓인 곳을 벗어난 맨땅이었다.

'혹시, 정확한 깊이를 알 수는 없나?'

[죄송합니다. 다만, 3에서 5미터 정도로 추정됩니다.]

"어쨌든 힘을 쓸 수밖에 없다는 말이군."

제닌은 숨을 내쉬며 대검을 뽑아들었다. 그리고 깊숙이 찔러넣은 후 둥그런 원을 그렸다.

서걱. 서걱.

땅바닥은 푹신한 케이크처럼 잘려나갔다. 제닌의 힘과 대검의 공격력을 감당하기에는 땅바닥이 너무 물렀다.

둥그렇게 오려낸 후, 다시 대검을 사선으로 찔러 넣어 들쑤셨다. 지면이 들썩이자 제닌은 염력을 발휘해 흙을 치웠다. 그렇게 몇 번을 반복하자 바닥을 찌르던 대검의 끝에 허무함이 느껴졌다.

'공간!'

제닌은 바닥을 염력으로 고정해 무너지는 것을 막은 뒤, 조심스럽게 바닥을 도려냈다. 바닥을 둥글게 도려낸 후 염력으로 뽑아내자 시커먼 공간이 모습을 드러냈다.

"으으음…… 누구요……."

시커먼 공간에서 신음과 함께 쥐어짜는 듯한 목소리가 들려왔다. 제닌은 눈을 질끈 감은 채 어둠 속으로 몸을 던졌다. 물론 그의 몸 주변에는 만약을 대비해 보호가 둘러쳐진 상태였다.

탓.

약한 소음과 함께 제닌이 바닥에 내려섰다. 미리 눈을 감고 뛰어내렸기에 어둠에 적응하는 것은 순식간에 이루어졌다. 제닌은 머리 위 구멍으로 들이치는 빛에 의지해 공간 내부를 살펴보았다.

'썩을……'

내부는 처참했다. 신체 일부가 사라졌거나 몸통에 커다란 구멍이 뚫린 시신들이 사방에 널려 있는 모습은 지옥도를 방불케 했다.

그와 동시에 코를 찌르는 역한 냄새에 제닌의 미간에는 깊은 골이 팼다.

"다, 당신은……"

다시 목소리가 들려왔다. 공간의 구석이었다.

그곳을 살펴본 제닌은 초췌한 몰골의 노인이 쓰러져 있
는 것을 발견했다.

"어쩐지 목소리가 익숙하다 했더니, 당신이었군."

제닌 역시 상대를 알아보았다. 다름 아닌 국왕의 옆에서
그를 보좌하던 노신이었다.

'생각지도 못한 수확이군.'

다른 것은 몰라도 정보 하나만큼은 제대로 얻을 수 있을
듯했다.

"라테스 남작? 정말 당신이란 말이오?"

재차 묻는 상대의 말에 제닌은 고개를 끄덕이며 노신을
향해 다가갔다. 노신은 손으로 복부를 막고 있었고 그 주
변의 옷이 검붉게 물들어 있었다.

"일단은 치료부터."

붉은 물약 한 병을 꺼내 들고 다가서는 제닌을 향해 노
신은 힘없이 고개를 저었다.

"이미 늦었소. 소용없을 것이오."

"그건 당신 생각이고."

다른 장비와 마찬가지로 제닌이 가진 체력회복 물약 역
시 믿기지 않는 효과를 발휘했다. 소모된 생명력 자체를
회복시키는 것으로 레벨이 높지 않은 사람은 숨만 붙어 있
으면 되살릴 수 있었다. 그들의 전체 생명력보다 체력회복
물약의 회복량이 더 크기 때문이다.

"내 몸은 내가 더 잘 아오. 그 물약이 전설의 엘릭서라 해도 난 살아날 수 없을 것이오."

"왜 그렇게 생각하시오?"

"저주를… 받았기 때문이오. 그것이 포션이라면 상태를 더 악화시킬 것이오."

"저주?"

"귀족회의 놈들이 이종족과 손을 잡았소. 또한, 그중에는 사악한 흑마법사도 있었소."

노신은 말과 함께 복부를 막고 있던 손을 슬쩍 들어 보였다. 주먹만 한 구멍이 뚫린 채 검게 썩어들어가기 시작한 상처의 모습에 제닌은 눈살을 찌푸렸다.

"당장 죽어도 이상하지 않을 상처요. 하지만 나는 이 상태로 몇 날 며칠을 살아남았소. 하루하루가 지옥 같았지. 잘은 모르겠지만, 오랫동안 고통을 받으며 죽어가도록 하는 저주인 것 같소. 하지만 이 늙은이는 만족한다오."

노신은 고통에 젖은 얼굴로 애써 웃음을 만들었다. 이에 제닌의 얼굴에 '왜?' 라는 물음이 떠올랐다.

"폐하를 무사히 피신시킨 대가였기 때문이오."

노신의 말에 제닌의 눈은 살짝 커졌다.

'국왕이 아직 살아 있단 말인가?'

"크라티아의 주민은, 그들이 주민을 어디로 끌고 갔는지는 아십니까?"

"허어……. 폐하를 구할 생각은 없으시오? 하긴, 당신에게는 오히려 기회가 될 수 있겠구려."

노신의 얼굴에 씁쓸함이 감돌았다.

제닌은 이미 크라인 왕국의 신하가 아니었다. 처음부터 충성심을 기대할 수 없었고, 단지 거래를 통해 관계를 이어나갔을 뿐이다.

그런 그에게 이미 망한 나라의 국왕을 구원하는 것은 의미 없는 일이었다. 아니, 지금 그가 다스리는 사람들이 크라인 왕국 출신인 것을 생각하면 오히려 내부에 커다란 불씨를 가져오는 일일 터였다.

노신은 말을 아꼈다.

여기서 국왕을 도와달라는 말은 득은 없고 실만 있는 일이다. 굳이 옛정을 핑계로 도움을 청해봤자 오히려 역효과만 나타날 게 빤했다.

"당신이 좋아하는 거래라면 어떻겠소?"

제닌의 눈치를 살피던 노신이 어렵사리 말을 꺼냈다.

'주민의 행방을 알려줄 테니, 국왕을 도와달라는 뜻인가?'

제닌은 노신의 눈을 바라보았다.

고통으로 일그러져 있었지만, 그 안에는 누군가를 향한 마음이 절절히 묻어났다.

'마음에 들지는 않지만, 부럽기도 하군.'

노신이 국왕을 생각하듯, 자신을 그렇게 생각하는 누군 가가 있는 것도 나쁘지는 않을 것 같았다.

"상황이 상황인지라 많은 것을 약속하지는 못하겠지만, 살려는 드리지. 어떻소?"

"충분하오."

노신은 힘차게 고개를 끄덕이며 말을 이었다.

"그들의 본거지가 코린트라는 말을 얼핏 들은 적이 있소. 그러니 이곳 주민이 사라졌다면 그곳으로 끌려갔을 확률이 높을 것이오. 그리고 폐하께서는 근위대와 함께 브란덴 산에 피신해 계시오."

"브란덴 산?"

"처음 목적지는 브란덴 산이겠지만, 적의 추격을 피하시느라 지금은 아마 다른 곳으로 이동해 계실 것이오."

"훗! 나더러 찾아서 보호하라는 말인가?"

제닌은 당했다는 생각이 들었다. 많고 많은 산 중 어느 곳에 국왕이 숨어 있는 줄 알겠는가! 약속을 지키기 위해서는 산이란 산은 모두 뒤지며 찾아야 했다.

"처음부터 이걸 노렸군."

제닌은 가늘게 좁힌 눈으로 노신을 쏘아보았다.

"그저, 충심의 발로라 생각해 주시면 좋겠구려."

노신은 희미하게 웃으며 대꾸했다.

상대의 수작에 당한 것은 기분이 나빴지만, 그렇다고 화가 날 정도는 아니었다. 죽음이 시시각각 다가오는 상황에서도 오로지 한 사람을 위해 온 힘을 다하는 헌신적인 모습 때문이었다.

"내가 당신의 뜻대로 움직일 걸로 생각하나?"

제닌은 은근한 기세를 담아 물었다.

"내가 아는 당신은 적어도 자신이 한 약속은 지키는 인물이었소. 그것도 아닌 소인배라면 사람을 잘못 본 나 자신을 탓해야겠지."

"끄응……."

상대를 흔들어 보려 한 말이 오히려 자신에게 돌아왔다. 소인배가 되기 싫어서라도 약속을 지킬 수밖에 없었다. 물론 그것을 떠나 제닌은 지키지 못할 약속을 남발하는 성격이 아니었다. 차라리 하지 않았으면 모를까.

'굳건하군. 존경하고 싶을 정도로.'

죽음을 각오해서일까?

아니면 이미 죽음을 기정사실로 받아들여서일까?

굳건함이 담긴 노신의 눈빛에 제닌은 어쩐지 부끄러운 마음이 들었다. 죽어가면서도 굳건히 의지를 지킨 사람에게 당치 않은 수작을 부린 것 같아서였다.

'졌네. 그것도 완벽히.'

깔끔하게 인정하자 되레 마음이 편해졌다.

"그럼, 어떻게 해 드릴까? 그래도 혹시 모르니, 이거라도 한 번 드셔 보는 게 어떻겠습니까?"

붉은 액체가 담긴 병을 흔드는 제닌에게 노신은 고개를
가로저었다.

"망국의 신하가 무슨 낯으로 살기를 구구히 바라겠소.
게다가 폐하까지 더 모시지 못한 불충한 신하이니…… 차
라리 영웅의 손으로 마무리되는 삶이 더 좋을 것 같소만."

노신은 지긋한 시선으로 제닌을 바라보았다.

모든 것을 내려놓은 듯 초연한 모습에 제닌은 굳은 얼굴
로 고개를 끄덕였다.

"성함이 어떻게 되십니까?"

"허허! 그러고 보니 왕국의 영웅에게 아직 이름도 밝히
지 못했구려. 이 늙은이는 블랜트 드 빌런이라고 하오."

"이런 말 하기는 좀 낯간지럽지만, 다른 귀족들이 당
신만 같았다면 이 나라는 결코 이렇게 망하지는 않았을
것입니다. 그리고 당신의 충심은 역사에 기록될 것입니
다."

노신은 빙그레 웃으며 고개를 끄덕였다.

"당신에게 감사할 일이 늘었구려."

제닌은 고개를 끄덕이며 대검을 들어 올렸다.

노신은 지그시 눈을 감았다.

슈욱!

바람을 가르는 소리와 함께 둥근 물체가 떠올랐다.

'아마 내가 이 나라에서 인정할 유일한 귀족이 있다면, 아마 당신일 것이오. 그러니 편히 쉬시길…….'

제닌은 씁쓸한 얼굴로 몸을 띄웠다. 뚫어 놓은 구멍을 통해 지상으로 올라온 그는 새처럼 날아올라 사라졌다.

Ⅲ

번쩍.

고요함으로 물든 컴컴한 공간에 붉은 안광이 나타났다.

그와 동시에 목을 잃은 육체가 몸을 일으켜 어디론가 걸어가기 시작했다.

저벅. 저벅. 저벅.

다가간 곳에는 붉은 안광을 뿜어대는 머리가 놓여 있었다. 노신의 얼굴을 한 머리였다.

목을 잃은 육체는 손을 뻗어 머리를 잡았다. 그리고 들어 올려 목이 있던 자리에 내려놓았다.

스르륵.

목 주변의 피부가 스멀스멀 움직이더니 잘린 부분을 완벽하게 이어 붙였다.

"후우……."

온전한 형태로 돌아온 노신, 블랜트는 옅은 한숨을 내뿜었다.

"허어……. 정말 이런 일이 가능하다니. 그자는 정말 신적인 존재란 말인가?"

블랜트는 손을 들어 잘렸던 목덜미를 쓰다듬었다. 매끄럽게 이어진 목덜미에서는 잘렸던 흔적조차 찾아볼 수 없었다.

"이제는 믿을 수밖에 없겠군……."

블랜트는 젊은 날 자신을 찾았던 한 인물을 떠올렸다. 검은 로브를 걸친 비쩍 마른 인물이었다.

그는 압도적인 기세를 내뿜어 블랜트를 옭아매며 자신을 신세계의 신이라 밝혔다. 또한, 힘과 권력을 대가로 제시하며 블랜트의 협조를 요청했다.

블랜트는 단칼에 거절했다. 당시의 그는 굳이 누군가의 도움이 없어도 충분히 밝은 미래를 꿈꾸고 있었기 때문이다.

블랜트는 왕세자와 함께 교육받는 친우 중에서도 가장 왕세자와 가까운 인물이었다. 즉, 미래 권력의 핵심이 될 전도유망한 인재라는 의미였다.

그렇게 단칼에 거절한 이후, 이상한 일들이 벌어지기 시작했다. 나쁜 일이었지만 역설적으로 좋은 일이기도 했다. 왕세자의 친우들이 하나 둘 죽어가기 시작했기 때문이다.

때로는 사고로, 때로는 병으로, 때로는 잠든 사이 이유

모를 시신이 되기도 했다.

그렇게 블랜트는 왕세자의 곁에 홀로 남겨졌다. 정황상 사건의 원흉으로 꼽힐 수도 있었으나, 왕세자가 친히 나서서 그를 변호했다.

사고는 모두가 함께 있는 자리에서 갑작스럽게 일어난 일이었고, 병은 희귀하지만, 신관조차 고칠 수 없는 난치병이었다. 잠든 사이의 죽음 역시 블랜트가 왕세자와 함께 있거나 다른 많은 이들과 있을 때 일어났다.

왕세자는 홀로 남겨진 블랜트를 유일한 친우로 인정했고, 블랜트 역시 성심성의껏 그를 보좌했다.

그러던 어느 날 자신을 신세계의 신이라 했던 인물이 다시 블랜트의 앞에 나타났다.

"선물은 잘 받았는가?"

말과 함께 그가 지었던 섬뜩한 미소를 블랜트는 아직도 잊을 수 없었다.

"대체 당신이 원하는 게 무엇입니까?"

블랜트는 떨리는 가슴을 억누르며 쥐어짜 내듯 소리쳤다.

"앞으로 주기적으로 지령이 전해질 거야."

"내가 충성을 바칠 것은 오로지 한 분뿐이오!"

블랜트는 피를 토하는 심정으로 소리쳤다. 이에 검은 로브의 인물이 피식 웃으며 대꾸했다.

"그리 어려운 일이 아니니 너무 걱정하지 말라고. 게다가 난 2순위로 만족하니까. 하늘을 찌를듯한 네 충성심에 어긋나는 일은 하지 않아도 된다고."

"하지만……."

"내 선물이 네 주변에도 전해진다면 어떨까?"

순간 블랜트는 온몸의 솜털이 곤두서는 느낌이었다. 친우들이 당했던 일들이 가족들에게 일어난다는 의미였기 때문이다.

'어차피 2순위라고 했잖아. 전하를 향한 충성심에 방해되는 일은 아니니까……. 가족을 잃을 수는 없으니까…….'

블랜트는 그렇게 스스로를 속이며 검은 로브의 제안을 받아들일 수밖에 없었다. 이에 검은 로브가 비릿한 웃음을 지으며 말했다.

"신의 사도가 된 기념으로 작은 선물을 하나 주지."

말을 들은 순간 블랜트는 정신이 아득해졌다. 자신의 침대에서 정신을 차린 그는 베개 아래 숨겨진 쪽지를 발견했다.

- 죽음을 딛고 일어설 것이야.

당시에는 대수롭지 않게 넘겼고, 평소대로 일상생활을 이어 나가기 시작했다.

그로부터 몇 달 후, 지령이 전달되기 시작했다. 어떻게 한 일인지는 모르겠으나, 꿈결에 베개 아래를 확인해 보라는 목소리가 들려왔고, 아침에 확인해 보면 베개 아래 작은 쪽지가 놓여 있었다.

처음에는 작고 사소한 지령이었다.

블랜트의 양심에도 왕세자를 향한 충성심에도 문제가 없는 것들이었다. 이에 반해 그가 얻는 것은 많았다.

그가 발의한 안건은 대부분 받아들여졌고, 일사천리로 이루어졌다. 또한, 좋은 성과까지 이끌어냈다.

객관적으로 생각해도 어려울 것 같은 일들마저 그가 손만 대면 너무도 쉽게 해결되었다.

다른 이들은 블랜트의 능력을 칭송했지만, 정작 블랜트 자신은 기뻐할 수 없었다. 마치 보이지 않는 손이 그를 돕는 듯한 기분이었다.

위기감이 확 다가왔다.

이것은 단순한 도움이 아닌 경고일 수도 있었다. 자신이 생각을 바꾼다면 지금껏 도움을 주었던 보이지 않는 손이 올가미가 되어 그의 목을 옭아맬 것 같았다.

하지만 수완을 발휘할수록 블랜트를 향한 왕세자의 신임은 더욱 두터워졌다. 그리고 이것을 계기로 왕세자가 국왕에 오른 뒤에도 블랜트는 국왕의 최측근으로 활약할 수 있었다.

모든 것이 완벽했으나 블랜트는 늘 한가지 불안감에 시

달렸다. 바로 주기적으로 전해지는 지령과 보이지 않는 도움이 언제 칼을 뽑아들지 모른다는 점이었다.

몇 년이 지나자 지령의 내용이 슬슬 변하기 시작했다. 그렇다고 단숨에 배신을 강요하는 것은 아니었다.

처음에는 양심의 선을 아슬아슬하게 넘는 것부터 시작되었다. 그리고 차츰 정도를 더해가며 블랜트의 충성심을 갉아먹었다. 어느 순간 그것을 깨달았을 때는 블랜트는 이미 돌아올 수 없는 강을 건넌 뒤였다.

그것이 밝혀지는 순간, 그동안 누려왔던 지위와 그가 받았던 찬사는 모조리 물거품이 돼버린다. 그를 향해 무한한 신뢰를 보내던 국왕도 그에게 다른 목적이 있다는 것을 깨닫는 순간 그에게 등을 돌릴 것이다.

사회적 매장보다 블랜트가 더 중요하게 생각한 것은 국왕의 신임을, 친우의 신뢰를 잃는 것이었다.

결국, 블랜트가 할 수 있는 것이라고는 가면을 쓰는 일뿐이었다. 낮에는 충성스러운 신하로서 그리고 밤에는 왕국을 좀 먹는 세력의 조력자로서의 나날이 시작되었다.

죄책감이 커질수록 국왕을 대하는 블랜트의 행동은 더욱 극진해졌다. 이는 다시 국왕의 신뢰로 나타났고 그럴수록 충성심에 반하는 일을 할 때의 죄책감은 더욱 커졌다. 끝을 모르는 순환은 무려 수십 년 동안 반복되었다.

"이젠 끝이라고 생각했건만……."

자신의 몸을 내려다보는 블랜트의 눈가에 암담함이 스쳐 갔다. 속죄가 될지는 모르겠지만, 죽음으로나마 그동안의 배신에 대한 대가를 치르려 했다. 그런데 설마 되살아날 줄이야…….

'죽음을 딛고 일어설 것이야.'

검은 로브의 목소리가 다시금 귓가에 울리는 듯했다.

'설마, 이 모든 것이 그자가 계획한 일이란 말인가? 그렇다면 그자가 노리는 것은!'

블랜트의 온몸에 소름이 돋아날 때였다.

– 이제 슬슬 움직여야 하지 않겠나?

검붉은 스켈레톤 한 구가 블랜트의 눈앞에 서 있었다.

'아!'

과거의 기억을 더듬느라 잠시 소홀했던 현재가 눈앞으로 다가와 있었다.

'왕실의 비보! 처음부터 이걸 노렸던 거였어!'

오싹한 기분이 밀려왔다.

상대는 오로지 이것을 위해 수십 년 전부터 준비했고, 결국 나라 하나를 망쳐 놓았다.

'대체 왕실의 비보가 무엇이기에!'

블랜트 역시 왕실의 비보가 있다는 사실을 알게 된 것은 불과 며칠 전이었다. 국왕이 비밀통로로 빠져나가기 직전 슬쩍 귀띔하지 않았다면 절대로 알 수 없었을 터였다.

– 찾아서 파괴해주게. 반드시 파괴해야 하네. 그렇지 않으면 세상이 멸망할 수도 있는 일이니…….

국왕의 마지막 말이 귓가를 아른거렸다.

'세상의 멸망.'

설마 물건 하나로 가능한 일인지는 모르겠으나, 아무 이유 없이 그렇게 말한 것은 아닐 터.

'허어……. 어찌해야 한단 말인가!'

비록 이전까지는 순순히 그의 지시에 따랐으나, 죽음을 결심한 다음에는 달라졌다.

그는 삼천만에 달하는 크라인 왕국 국민을 지옥의 입구로 밀어 넣었다. 나라 하나를 멸망시킨 것도 씻을 수 없는 죄악이건만, 하물며 세상을 멸망시키는 일이야 어떻겠는가.

'막아야 한다. 어떻게든.'

속죄라고 할 수는 없겠으나 티끌만큼이라도 과오를 덜어낼 수 있는 일이라면 해야 했다.

'허허……. 이리도 편한 것을…….'

모든 것을 내려놓자 오히려 마음이 평온해졌다. 블랜트의 머릿속에는 오로지 한 가지 생각만 남았다.

비보의 파괴.

왕궁의 지하통로는 미로처럼 복잡했다. 실제 거리는 얼마 되지 않았으나 비보가 있는 곳까지 도달하려면 제법 오랜 시간이 필요했다.

좁은 통로를 지날 때, 마침내 블랜트가 움직였다. 허리춤의 검을 빼든 그가 천장을 향해 휘둘렀다. 온 힘을 쏟아넣은 오러가 담긴 공격이었다.

콰콰!

폭음이 일어나며 천장이 무너져 내렸다. 뒤따르던 검붉은 스켈레톤은 쏟아져 내리는 토사에 파묻혔다.

'언제 뚫고 나올지 몰라.'

블랜트는 달리기 시작했다. 벌어둔 시간을 최대한 활용해 목적을 달성해야 했다.

"허억. 헉. 헉……."

숨이 턱 끝에 차오를 때가 되어서야 비로소 국왕이 말한 장소가 나타났다. 그곳에 국왕이 말해준 방법을 사용하자 벽이 열렸고, 단단한 석실이 나타났다. 제단처럼 중앙에 솟은 기둥에는 온갖 기하학적인 무늬가 새겨진 은빛 상자가 놓여 있었다.

'저것이 왕실의 비보!'

보물이라는 말이 어울릴 정도로 아름다운 상자였으나, 블랜트의 눈에는 세상을 멸망시킬 악마의 물건으로밖에 보이지 않았다.

블랜트는 마지막 남은 힘을 끌어모아 검 끝에 실었다. 그리고 쥐어짜 낸 기합과 함께 검을 휘둘렀다.

"흐아아앗! 컥!"

블랜트의 동작이 일순 멎었다. 그리고 마치 벼락 맞은 물고기처럼 부들부들 떨리기 시작했다.

– 쯧쯧! 인간은 꼭 이런 게 문제란 말이지. 그간의 공을 생각해서 잘 대해 주려 했건만. 꼭 마지막 순간에 마음을 바꿔 먹더란 말이야.

소름 끼치는 목소리가 블랜트의 귓가에 파고들었다. 어디선가 들려온 목소리가 아닌, 그의 머릿속을 직접 울리는 소리였다.

"어떻게……."

온몸을 잠식한 아득한 고통 속에서 블랜트는 간신히 목소리를 쥐어짰다.

– 아무튼, 수고했어. 이젠 푹 쉬라고.

목소리와 함께 의식이 사라졌다.

눈을 감은 채 서 있던 블랜트의 눈이 서서히 열렸다. 그의 눈동자는 붉은 안광을 발하고 있었다.

IV

크르르르.

쿠워어어!

키륵. 키르르.

인성을 잃어버린 인간은 괴물과 다름없었다. 하지만 철 창 안에서 울부짖는 이들은 그 자체로도 괴물이었다.

빠드득!

이 갈리는 소리가 섬뜩하게 울렸다.

'빌어먹을 개자식들! 쌍놈의 새끼들!'

제닌의 머릿속은 그가 알고 있는 온갖 욕설로 점철된 상 태였다.

[사용자의 정신상태가 극도로 불안정합니다. 기분을 가 라앉히십시오.]

눈앞의 메시지가 끊임없이 울려 퍼졌으나, 들끓는 제닌 의 기분을 가라앉히기에는 역부족이었다.

삐그덕. 끼이이익.

녹슨 철창의 문이 열리고, 작은 물체가 안으로 던져졌다.

"꺄악!"

작은 물체는 짧은 비명을 내지르며 오들오들 떨었다.

어린아이였다. 그리고 아이의 앞에는 걸쭉한 침을 흘려 대며 다가오는 몬스터가 있었다.

크르르르.

다가온 몬스터가 어린아이의 눈앞에서 으르렁거리는 소 리를 내자, 아이는 하얗게 질린 채 숨조차 쉬지 못했다.

"사, 살려… 엄마… 아빠……."

애처로운 부탁에도 아이에게 도움을 줄 사람은 없었다.

철창 주변의 많은 사람은 그들을 감시하는 병사들의 삼엄한 기세에 눌려 그저 시선을 피할 따름이었다.

"더는 못 참아!"

[어리석은 짓입니다. 저들을 전부 구할 수는 없습니다. 오히려 위험한 상황을 초래할 뿐입니다.]

"시끄러워!"

일갈과 함께 푸른 섬광이 쏘아졌다.

슈욱.

바람을 가르며 날아간 푸른 섬광은 막 어린아이를 집어들고 입을 벌리던 몬스터의 머리를 꿰뚫었다.

풀썩.

"꺄악!"

내동댕이쳐진 어린아이가 다시금 비명을 내질렀고, 철창 안을 바라보던 병사의 눈은 놀라움으로 커졌다.

"니들도 저것들과 다를 바 없어!"

하늘에서 들려온 고함에 병사들의 고개가 들렸을 때, 그들은 보았다.

소나기처럼 떨어져 내리는 푸른 섬광의 무리를.

V

"하아, 하아, 하아……."

제닌은 어깨를 들썩이며 숨을 몰아쉬었다. 머리가 지끈거렸으며 몸은 물에 젖은 솜처럼 무거웠다. 대량의 마력이 순간적으로 빠져나간 탈력감이 원인이었다.

그래도 결과는 만족스러웠다. 철창에 갇혀 있던 몬스터를 모조리 도륙했고, 주민들을 둘러싸고 감시하던 천여 명의 병사들 역시 녹아내렸다.

아낌없이 쏟아 부은 마력이 아깝지 않은 결과였다.

제닌은 인벤토리에서 오색의 광채를 머금은 얇은 판을 꺼내 입에 넣었다. 마력결정체였다.

까드득. 파삭!

산산이 조각난 마력결정체는 이내 청명한 기운으로 변했고 제닌의 폐부로 스며들며 탈력감을 완화했다.

"하아……."

제닌이 긴 한숨을 내쉴 때 한 줄의 메시지가 그의 눈앞에 떠올랐다.

[너무 무모했습니다.]

'시끄러워! 그걸 보고도 참았으면 나 역시 저놈들과 다를 게 없었어!'

[사용자가 잘못된 선택을 했다는 말씀을 드리려는 것이 아닙니다. 다만, 격렬한 분노 때문에 마력 컨트롤에 문제가 생겼고 결국 힘의 낭비를 가져왔다는 점이 문제였습니다. 하다못해 제가 좌표 계산이라도 보조했다면 힘의 소모를

절반 이하로 줄일 수 있었습니다.]

차분한 애니의 설명에 격렬했던 제닌의 감정도 서서히 수그러들었다.

'그런 건 진즉 좀 말하지 그랬어.'

의미 없는 말이라는 것은 제닌 자신이 더 잘 알았다. 눈이 뒤집혀 애니의 말은 들을 생각조차 하지 않았기 때문이다.

[그럼, 다음은 어떻게 하시겠습니까?]

이어진 물음에 제닌은 말문이 막혔다.

성급했다. 끓어오르는 감정을 참지 못해 일단 손부터 쓴 뒤였다. 다음에 대한 생각이 있을 리가 없었다.

[아무리 감정이 격해졌다 해도 최소한 다음의 행동은 생각한 뒤에 움직이는 게 좋습니다.]

'알았어. 알았으니까, 어떻게 해야 할지 생각 좀 해보라고.'

계속되는 타박에 제닌은 한풀 기가 꺾인 말로 투덜거렸다.

[조금 전 상황에서 최고의 방법은 일단 지켜본 후 수뇌부를 타격해 적의 혼란을 유도하는 것이었습니다.]

'알아. 하지만 눈앞에서 사람이 죽어가는 데 그걸 그냥 둬? 그건 아니잖아. 게다가 고작 마리 또래의 어린아이였단 말이야.'

[사용자답지 않은 판단입니다. 대책 없이 손을 쓴 탓에 오히려 더 많은 희생자가 발생할 수도 있습니다.]

계속되는 애니의 질책에 제닌도 살짝 기분이 상했다.

'거 되게 시끄럽네. 이미 지난 일 가지고 왈가왈부해봤자 답이 나오는 건 아니잖아? 나도 잘못한 건 아니까 최대한 희생자를 줄이는 방향으로 방법 좀 생각해 보라니까?'

애니는 한동안 대답이 없었다.

'삐쳤냐? 잘못했다니까 그러네.'

[사과하는 태도로 보기에는 너무 짜증스러운 말투입니다.]

실체가 없어서 그렇지, 말투만 놓고 보면 영락없는 사람이었다. 그것도 꼬박꼬박 잘잘못을 따지려 드는 여인이었다.

'후……. 됐다. 됐어. 그냥 내가 하지 뭐.'

참다못한 제닌도 울컥하는 마음이 들었다.

제닌은 시선을 내려 아래를 바라보았다.

수십만에 달하는 사람들이 경악한 얼굴로 자신을 올려다보는 중이었다.

"모두 들어라. 내 이름은 제닌 드 라테스. 한때 왕국의 영웅이라 불리던 사람이다."

제닌의 목소리는 낮았지만, 수십만에 달하는 사람의 귓

가에 모두 전해질 정도의 울림을 담고 있었다.

"와, 왕국의 영웅!"

"우릴 구해주러 오신 거야!"

절망에 빠져 죽어있던 사람들의 얼굴에 비로소 생기가 감돌기 시작했다.

"조용! 시간이 없으니 일단 들어라! 잠시 후면 너희를 이곳으로 끌고 와 몬스터의 먹이로 던져주려 했던 자들이 나타날 것이다. 마음 같아서는 짐승보다 못한 놈들을 모조리 도륙해버리고 싶지만, 안타깝게도 내 몸은 하나뿐. 나 혼자서는 몰려드는 수만 명을 모두 막아낼 수는 없다. 따라서 내 손이 될 자들이 필요하다."

제닌의 말은 웅성거림을 불러왔다.

"서, 설마 우리더러 싸우라는 건가?"

"하지만 상대는 훈련받은 병사들이라고! 게다가 무시무시한 몬스터도 다루고 기사들도 있어!"

"우린 모두 죽을 거야……."

희망으로 들떠 있던 사람들의 안색이 다시금 시커멓게 죽어가기 시작했다.

'빌어먹을!'

[생각 없이 나선 대가입니다. 군중 다수를 상대할 때에는 먼저 분위기를 장악할 필요가 있습니다.]

마치 고소하다는 듯한 애니의 말투에 제닌은 눈가를 일

그러뜨렸다.

'계속 그렇게 속만 긁을 거지?'

[사용자에게 하고 싶은 말은 많지만, 일단은 접어 두도록 하지요. 제가 준비한 연설문입니다.]

제닌은 눈앞에 떠오른 연설문을 훑어보았다.

'이건 아무리 봐도……'

[평소 사용자가 즐겨 사용하는 화법을 참고했습니다.]

애니의 대답에 제닌은 딱히 대꾸할 말이 없었다. 사실이었기 때문이다.

'쩝! 어쩐지 사기 치는 것 같긴 하지만……'

제닌은 입맛을 다시며 아래를 내려다보았다. 수십만 군중이 오로지 자신을 주시하고 있었다.

'저들을 하나라도 더 살리기 위해서는 사기보다 더한 것이라도 해야겠지.'

[목소리는 낮게 깔아 장중한 분위기를 연출하는 편이 좋습니다.]

'알았어.'

제닌은 고개를 끄덕이며 입을 열었다.

"두려운 자는 도망쳐도 좋다. 밖은 너희를 바라보며 침 흘리는 몬스터들의 세상이니."

제닌의 목소리에 사람들의 웅성거림이 다시 잦아들었다.

"두려운 자는 웅크리고 있어라. 곧, 너희를 도륙할 악귀

와 같은 자들이 몰려올 것이니. 너희를 잡아 몬스터의 아
가리로 밀어 넣을 것이다."

수십만의 사람들의 입에서 말이 사라져갔다. 그들은 잔
뜩 겁에 질린 얼굴로 오로지 제닌을 바라볼 따름이었다.

"두, 두렵지 않은 자는 어떻게 하면 됩니까!"

누군가가 소리쳤다. 그리고 이 외침은 호수에 퍼지는 파
문처럼 사람들의 웅성거림을 불러왔다.

[지금입니다.]

'알았어.'

제닌은 천천히 고도를 낮춰 조금 전 소리친 사람을 향해
날아갔다. 제닌이 다가옴에 따라 소리친 인물의 주변에 있
던 사람들이 슬금슬금 뒤로 물러났다. 제닌이 내뿜는 기세
를 감당하지 못한 탓이었다.

하지만 소리친 인물은 제법 강단이 있는 모양인지 자그
맣게 만들어진 공터에 홀로 서 있었다.

제닌은 불안한 듯 떨리는 상대의 눈을 바라보며 말을 이
었다.

"두렵지 않은 자는."

제닌은 말을 끊고 주변을 둘러본 후 나직하게 외쳤다.

"지켜라."

말과 함께 검지를 들어 소리친 인물을 가리켰다.

'착용.'

좌라라라라라락.

사람의 몸에 갑옷이 자라나기 시작했다.

금속의 부츠가 발끝을 덮는 것부터 시작해 차츰 위로 올라와 사지와 몸통을 뒤덮고 마지막으로 투구까지. 헐벗었던 인물은 한순간에 은빛 갑주로 무장한 기사가 되어 있었다.

착용 명령은 보통 순식간에 이루어지는데, 시각적 효과를 위해 애니가 일부러 과정을 늦춘 것이었다.

제닌은 양손에 검과 방패를 소환하며 은빛 갑주의 인물에게 물었다.

"나와 함께 네 가족과 이웃을 지키는 방패가 되겠는가? 그렇다면 이것을 받아라."

잠시 어리둥절해 있던 인물이 퍼뜩 정신을 차렸다. 그리고 감격에 겨운 외침을 토해냈다.

"예! 기꺼이!"

은빛 갑주로 무장한 인물은 대답과 함께 제닌의 앞으로 달려와 검과 방패를 받아들었다. 이 모습은 사람들의 마음에 불씨를 퍼뜨리는 도화선이 되었다.

"저희도 지키고 싶습니다!"

"당신의 방패가 되겠습니다!"

수많은 외침이 터져 나왔다.

그중에는 단단해 보이는 갑옷을 입어 제 한 몸 살리려는 얍삽한 자들도 있었지만, 다 구분할 방법이 있었다.

"맹세하라. 진실로 이웃을 위해 희생할 준비가 된 자들만이 기회를 잡을지니."

"맹세합니다!"

"저도 맹세합니다! 목숨을 바쳐 지키겠습니다!"

마치 광신도가 된 듯 목이 터지도록 외쳐대는 사람들. 그들에게 두려움은 이미 잊힌 감정이었다.

'이건… 인정할 수밖에 없겠군.'

모든 것은 애니가 짜낸 각본에 의해 이루어진 일이었다.

제닌은 맹세를 외친 자 중, 애니가 색깔로 알려주는 이들을 찾아다니며 장비를 착용시켰다.

숫자는 대략 천여 명.

'아쉽군. 레벨이 낮아 숙련병사의 장비를 착용할 수 없다니……'

[지금 상황에서 할 수 있는 최선의 대책입니다.]

'그래. 어쨌든 최소한의 방책은 마련한 거니까.'

"우, 우리는 왜!"

"우리에게도 장비를 주시오! 우리도 이웃을 지킬 수 있습니다!"

장비를 받지 못한 이들이 불만을 토해냈다.

'별 시답잖은 것들이……'

정말 지키겠다고 마음먹은 자들은 강렬한 의지를 표출했다. 이것은 애니가 읽을 수 있는 정보였다. 그중 일부는 제닌에 대한 충성심을 보이기도 했다.

그렇지 못한 자들은 의지가 없는 이들이었다. 즉, 제 한 몸 살기 위해 거짓 맹세를 한 자들이었다.

"내가 가진 장비는 그것뿐이다."

제닌의 대답에 장비를 받지 못한 이들은 다시 소리쳤다.

"대체 어떤 기준으로 장비를 준 것입니까!"

"우리도 지키겠다고 맹세하지 않았습니까!"

"그만!"

제닌은 짧고 강한 어투로 그들의 말을 끊었다.

"정녕 의지가 있다면."

제닌은 검지를 들어 주변을 가리켰다. 그곳에는 처참한 몰골로 널브러진 시체가 있었다. 처음 이곳 주민을 감시하던 병사들의 시체였다.

"적의 칼을 뽑아서라도 싸워라. 그리고."

제닌은 검지의 방향을 틀어 코린트 성 쪽을 가리켰다. 그곳에서는 구름처럼 몰려나오는 병력이 있었다.

"악귀의 것을 빼앗아서라도 지켜라!"

장비를 받지 못한 이들은 순식간에 조용해졌다.

조금 안전해지겠다고 더 위험한 상황에 몸을 맡길 마음은 없었기 때문이다. 제닌은 차가운 눈빛으로 그들을 바라보며 다시 입을 열었다.

"시간이 없다. 아이와 여인, 노인들은 안쪽으로. 싸울

힘이 있는 자들은 바깥에 선다. 최외곽은 맹세한 자들의
자리이다."

일단 지시는 내렸지만, 제대로 통하리라는 확신은 들지
않았다. 이곳에 모인 사람이 수십만에 달했기 때문이다.
그저 말만으로는 도저히 통제할 수 없는 숫자였다.

제닌의 예상대로 사람들은 대부분 어찌할 바를 몰라 갈
팡질팡할 따름이었다.

이에 맹세한 자들이 나섰다.

최초로 소리친 자를 중심으로 맹세한 자들은 일제히 사
람들을 헤집으며 외곽으로 빠져나갔다. 그리고 성긴 원을
그리며 외곽을 둘러싼 후, 차츰 사람들을 안쪽으로 몰아넣
었다.

포위망은 사람들의 몸이 다닥다닥 달라붙을 때까지 좁
혀들었고, 덕분에 적은 숫자지만 안쪽의 사람들을 빈틈없
이 감싸는 진형을 형성할 수 있었다.

'아무래도 좀 불안한데……'

사람들을 둘러쌌다고는 하나, 숫자가 너무 적었다. 고작
한 겹밖에 안 되는 얇은 진형은 아무리 필사를 각오로 지
킨다 해도 뚫릴 수밖에 없었다.

"저것들을 끌고 와!"

처음 맹세한 자가 손가락으로 어딘가를 가리켰다. 그러
자 맹세한 이들 중 일부가 빠져나와 몬스터를 가뒀던 철창

을 옮기기 시작했다. 얼마 지나지 않아 철창으로 이루어진 방책이 형성되었다.

그렇게 전면을 틀어막으니 적의 돌격은 저지될 것이다. 더불어 전면을 막았던 병력을 돌려 다른 쪽으로 돌리니 진형은 한결 더 탄탄해졌다.

'오호! 누군지는 모르겠지만, 제법이군! 탐나는데?'

판단력도 제법이었고, 지휘력도 어느 정도 갖춘 인물이었다. 하지만 아무리 탐난다 해도 지금 당장 빼서 쓸 수 있는 것은 아니었다.

'일단은 살아남는 게 중요하겠지. 그러기 위해서는……'

제닌은 대검을 움켜쥐며 공중으로 치솟았다. 그리고 광포한 기세로 밀려드는 적을 향해 날아갔다.

'내가 미친 듯이 날뛰는 수밖에.'

미소를 베어 문 제닌이 입을 크게 벌렸다.

"으아아아아아아아아!"

목이 터지도록 내지른 함성과 함께 제닌의 신형은 적을 향해 내리꽂혔다. 그와 동시에 대검을 휘둘렀다. 대검의 끝에는 실처럼 가는 아우라가 넘실거리고 있었다.

가늘지만 보석처럼 영롱한 빛을 띤 아우라. 이것은 제닌의 인텐시브 아우라 컨트롤이 한층 성숙했음을 나타냈다.

순식간에 제닌의 주위에는 반경 수십 미터에 달하는 원

이 그려졌고, 이것은 금속과 육체를 가리지 않고 갈라 버렸다.

푸화아아아악!

분수처럼 치솟는 핏물이 모여 작은 연못을 만들었다.

순식간에 수백에 달하는 목숨이 사라졌다.

끔찍한 장면이었지만 죄책감을 느낄 여유 따위는 없었다.

"몇 번을 생각해 봐도 말이야."

다시금 솟구친 제닌이 다른 무리를 향해 내리꽂혔다.

번쩍이는 푸른 원반이 수백 송이의 붉은 꽃을 피워냈다.

"니들은 갱생할 자격이 없는 것 같다."

〈7권에서 계속〉